何ですかあの痴女は‥

このままでは奇跡の代償に ネリムが消えてしまう

「私は──捨てます」

「古今東西──こと起きましたぁ？」

「それ、今まで」

魔が与えし報酬はその全てが真実なの

夢、夢、夢。

「邪教イラ」

Mynoghra the Apocalypsis
-World conquest by Civilization of Ruin- 06

異世界黙示録
マイノグーラ

鹿角フェフ
イラスト・じゅん
author.Fehu Kazuno+illust.Jun

～破滅の文明で始める世界征服～

ちなみに美少女になってますぞ？

吾輩のラ……

神─

助けて！

「……よ……」

「小さく哀れな日記のお嬢さん。」

ネリムは、哀れな子です

君のお父さんも死んでるんですよ？

悪いやつつけなきゃ

やるべ

「だから泣かないで。闇に負けないで」

06

「下らん茶番ですな。勝手に不幸になって、勝手に悲劇の主人公になって世話が無い」

おいっ……おい

《教祖》！

「吾輩は！　夢とか愛とか希望とか！そういうのが大好きなので」

GC NOVELS

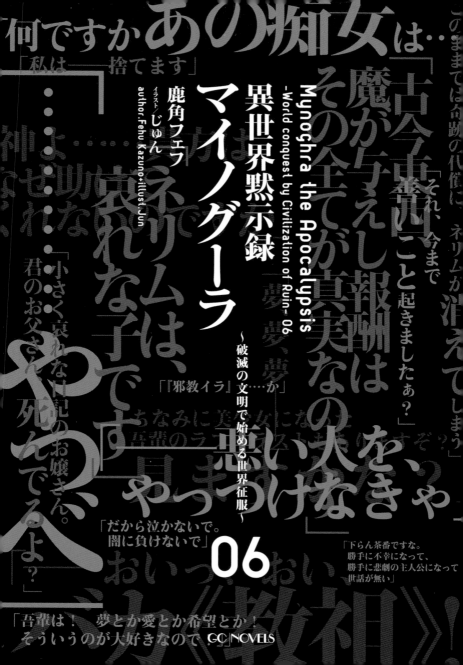

「もう何も無いのに、なくなっちゃったのに。
これ以上生きている必要はあるのかな」
生きてほしかった。
生きて幸せになってほしかった。
それだけが願いだった。
だがそれすらも自分のわがままなのだろうか？
もう何も手はないのだろうか？
無力感だけがクレーエを支配する。

Mynoghr the Apocalypsis
-World conquest by Civilization of Ruin- 06

CONTENTS

Mynoghra the Apocalypse
-World conquest by Civilization of Ruin- 06

異世界黙示録マイノグーラ
～破滅の文明で始める世界征服～
06

鹿角フェフ
イラスト／じゅん
author.Fehu Kazuno+illust.Jun

「ご乱心！
アトゥさんがご乱心ですぅぅぅ!!」

「幸福なる舌禍、ヴィットオオリィオ！」

だから泣かないで。

《教祖》

「下らん茶番ですな。
勝手に不幸になって、勝
に悲劇の主人公に
なってりゃ世話が無い」

「ちなみに美少女になった
吾輩のラフイラスト
ありますぞ？
見ますかな？」

「断言しましょう。
初手で私はブチキレ

「さあ、内政の時間だ」

GC NOVELS

プロローグ

テーブルトークＲＰＧの力を用いてアトゥを奪い去ったレネア神光国。

プレイヤー、魔女、聖女という強力な手札を持つ相手に対して拓斗《たくと》は《名も無き邪神》という隠された力を用いて一方的な勝利を得る。

だが、その代償はゼロではなかった。

圧倒的な力によって敵を無力化し、レネア神光国の首都を破壊せしめた拓斗だったが、同時に激しい消耗をしていたのだ。

その結果起きた悲劇がイラ＝タクトの意識喪失。

まるで自分という存在を忘れてしまったかのように記憶を失った拓斗は、一切の治療の効果無く床に臥《ふ》せる結果となってしまった。

敵によって奪われ、そして拓斗によって奪還された腹心の英雄であるアトゥもまた、責任を感じ奔走するがその献身も無駄に終わる。

敵の企みを打ち砕き、アトゥも戻りこれからと思われた時の悲劇。

このまま指導者不在でマイノグーラは終焉を迎えるのか？

誰しもが絶望に陥りかけた時、アトゥはついに決断を下す。

それこそがこの事態を打開できる新たなる英雄の召喚。

だが、アトゥの心はすぐれない。

なぜならその相手は『Eternal Nations』史上最悪と評される――。

《幸福なる舌禍《ぜっか》ヴィットーリオ》なのだから……。

第一話　廃都

【聖王国クオリア秘匿《ひとく》指定文書
邪神顕現《けんげん》に関する時系列報告書】

――聖王暦１５７年、緑黄の月

――第13の日、午後1時10分
複数の高位聖職者より強力な魔の気配に関する報告あり。

――同日、午後1時30分
三法王並びに中央在任枢機卿への通達と緊急会合の開催。
レネア神光国にて異常事態発生と暫定的に認定。

――同日、午後2時15分
三法王及び《依代《よりしろ》の聖女》より準聖戦状態への移行の発令。
《日記の聖女》並びに上級聖騎士へと緊急招集命令。

――同日、午後2時40分
日記の聖女の奇跡により、レネアにおける異常事態の原因および『破滅の王イラ＝タクト』の顕現を確認。

――同日、午後2時45分
依代の聖女による聖戦宣言。

――同日、午後3時20分
観測班よりレネア方面に仔細不明なれど大規模

火災が発生しているとの報告あり。
時をおかずして鎮火の修正報告あり。
先の火災鎮火を訂正し、火災は依然として継続しているとの報告。
観測班の混乱著しく報告に齟齬《そご》が見られ、以後の報告の正確性が疑問視される。

――同日、午後4時
三法王により聖王都の絶対防衛命令が発出される。

――同日、午後4時5分
日記の聖女、依代の聖女、要請受諾。防衛態勢構築。

――翌第14の日、午前5時30分
夜明けと共に斥候にて状況確認。
レネア方面に確認されていた火災はすでに鎮火しているとのこと。
また同行の聖職者により邪神降臨の痕跡を確認したとの報告あり。

――同日
レネア神光国との国境地帯を封鎖指定。
以後該当都市を廃都と認定し、第一級の禁域指定とする。

――レネア神光国首都アムリタ。旧アムリターテ大教会焼失跡地……。
小さな、とても小さな娘が、荒廃したその地に立っていた。
いまだ大人の保護と導きが必要であると誰しもが判断するような齢《よわい》にして、その身に余る重責を与えられた少女。

少女は聖王国クオリアにおける権力を誇示するかのような豪奢《ごうしゃ》な装いに身を包んでおり、随伴する者たちは一定の距離を取りつつ彼女の言葉を待ち、控えている。

何もかもが異質なその少女に向けられるは崇敬の念。

自分とは隔絶した尊き存在に対して抱く、畏れと歓喜。この幼き娘に向けられる視線は、一体何を意味するのか。

彼女が両手に抱える巨大な書物こそが……その答えを如実に表している。

――聖王国クオリアにおいて知らぬ者なし。

最も神に愛されし者。《日記の聖女リトレイン＝ネリム＝クオーツ》は多くの従者を連れ、唖然《あぜん》とした様子でアムリタの惨状を見つめていた。

「うう、酷《ひど》いです……」

ポツリとつぶやかれた言葉に、幾人かの聖騎士が無言で頷《うなず》く。

それは、かつての栄華がまるで幻であったかのような光景だった。

クオリアの上層部によって廃都と認定されたその街は、その蔑称《べっしょう》が正鵠《せいこく》を射ているとでも言わんばかりに荒れ果て、朽ち、滅びている。

いや、表面上の荒廃などどこの際どうとでもなる。

家が焼き払われたのならまた建てれば良い。

食う物に困るのであればクオリアから輸入すれば良い。

人さえ残っていれば、その道は苦難に満ち溢れていようとも必ず元の日々へと戻ることができるはずだ。

だが、《破滅の王》が残した爪痕はその人々にこそ、深い傷を刻みつけていた……。

運命の日よりすでに数日が経過している。レネア神光国にて異常の発生が確認されたあの日。聖王国クオリアの混乱は記録に残すことも憚《はばか》られるほどに情けないものであった。

長らく戦争というものから遠ざかってきたこともあったが、それ以上にレネアで発生した事象が彼らを恐怖に陥れたのだ。

結果、命令が二転三転することとなり初期対応に遅れが生じる。

三法王は破滅の王の脅威が自分たちに及ぶことをおそれ、保身のためにレネアの地を禁域指定にすることさえ行った。

結果この地でどのような出来事が起こったのかを判断することが困難となり、それどころかどれほどの被害が発生したのかも不明となっている。

ただ一つ明らかなことは、レネアを守るべき聖なる者たちが敗北したという認めがたき事実だけだ……。

そしてようやく調査隊の派遣が許可された今、リトレインはその幼い身では受け止められぬほどの悲しみと無力感に苛《さいな》まれているのであった。

「――ネリムさま。被害の範囲についておおよその断定ができました。病魔に関してはこのアムリタより脱出する人々を媒介に周辺の村落や街にまで蔓延《まんえん》している模様。クオリア本国との国境地帯には聖騎士団ならびに軍兵が監視にあたっているため感染はありませんが、一刻を争う状態なのは間違いありません」

リトレインの背後に佇《たたず》み、報告を読み上げるのは一人の女だった。

無論、只《ただ》の女ではない。

纏《まと》う雰囲気は剣呑で、その鋭い目つきは他者を萎縮させる。

身につける武具は女性にしては珍しく身動きを考えられたものであり、随所に金属製のプレートがあしらわれているとは言え、体形があらわになるその意匠は聖王国ではめったに見られないものだ。

制限の多いクオリアにおいては、ともすればみだりに情欲を掻き立てると非難を浴びそうな服装

ではあるが、そのような指摘をするものはかの国にはいない。

否、そのような大それたこと……彼女に対して考える者は皆無に等しい。

なぜなら糾弾と裁定こそが彼女の領分であり、不可侵の聖域であるゆえに……。

兵士の一人は、緊張気味にその名前を呼ぶ。

「イムレイス審問官」

「……はい。如何《いかが》されました？」

聖王国クオリア。特務聖位——異端審問官クレーエ＝イムレイス。

日記の聖女とともにこの荒れ果てたレネアの地に送り込まれた断罪の刃《やいば》。

それがこの女が持つ肩書きであった。

「周辺での聞き込み調査にまわしていた者が帰還致しました」

「……なるほど。では報告をお願いします」

悪鬼を恐れず人々の盾として邪悪に立ち向かうクオリアの兵士は、緊張の面持ちで彼女へと小声で報告を告げる。

中央から派遣されたこの調査団における名目上の責任者は、日記の聖女リトレインである。

だがリトレインがまだ幼いため、代理として様々な指示を行っている実務上の責任者がこのクレーエ＝イムレイスだった。

そしてその彼女の役職は、クオリアの兵士や聖騎士たちをしてもなお緊張を強いられるものだ。

——異端審問官。

その名のとおり、神の信徒たる者たちへの強力な調査と介入権を有する彼女の機嫌を損ねるようなことがあれば、どのような災禍が自分たちに降りかかるか分かったものではないからだ。

異端審問官によって調査のため呼び出しを受けた人々は数知れず。

だがその後に咎《とが》なしと開放された者たちの数は、数えるほどしか存在していない。

聖女や聖騎士とはまた別の意味でクオリア内において確かな存在感を有している存在。

それがクオリア異端審問局であり異端審問官であるのだ。

その審問官の中でも、もっとも神と職務に忠実であると囁《ささや》かれるクレーエに対して、聖騎士や兵士たちはどこか緊張感をもって接していた。

「報告致します。旧大教会を中心とし大規模な火災跡と、聖騎士並びに未知の魔物の死体を多数発見いたしました。また周辺ではすでに確認済みの疫病とは別に住民の記憶障害が発生しており、この場所でどのような出来事が起きたか現時点では情報が不足しております」

かつての栄華、その成れの果て。

破滅の王によって蹂躙《じゅうりん》された地は、疫病が蔓延し人々が己を忘れ狂う都となっていた。

正しく廃都の呼び名に相応しきその有様にクレーエも眉を顰《ひそ》める。


それればかりか、聖なる勢力にとって最も許し難き事態が続けざまに語られていく。

突如異常事態に見舞われたレネアの地にて、何が起こったのかを詳しく知る者は乏しい。

善なる当事者はそのことごとくが神のもとに召され、僅かばかりの目撃者は記憶に混乱が見られる。

更に調査を加えれば何かこの都市を見舞ったおぞましい出来事の糸口が見つかるかもしれない。

ただ……何か人智を超えた異常が起きたことだけは、残された哀れな人々の様を見ることによって容易に想像がついた。

「――加えて、《華葬の聖女ソアリーナ》さま、及び《顔伏せの聖女フェンネ》さま。いずれもこの地より離れたとのことです」

その中で聖女生存の情報である。これには打ちひしがれる民とレネア聖騎士たちの凄惨な屍《しかばね》を見て意気消沈していた調査隊にも、僅かな希望が戻った。

だが吉報こそが同時に凶報であった。

「二人の聖女さまは、生きていらっしゃったのですか？」

何の感情も抱いていないような、まるで人形が持つガラスの瞳のように……。

空虚なソレを兵士たちに向け、クレーエは問いを投げかける。

「は、はい……情報によると」

「それは実に良くない」

「――っ！」

その心の内まで見透かされてしまうかのような視線を受け、兵士たちは思わず寒気を感じる。

この場に、このレネア調査団にクレーエが参加していること。それこそが恐ろしき推測を容易にさせるからだ。

異端審問官は時として聖女ですら断罪する権限を有する。

その事実が、クオリア中央が何を想定して彼女を……そして日記の聖女リトレインをこの地に送りつけたのかを雄弁に語っている。

「聖女が自らが始めたことに始末もつけずに逃げ出すとは……。それも二人も。――これは彼女たちが持つ信仰に疑問を持たざるを得ないですね。実に良くない」

誰かが息を呑む。それは果たしてどのような意味を持つのだろうか？　否――言わずともそれは分かる。

クレーエは二人の聖女に対して異端認定を検討しているのだ。

自分たちの勝手で国を起こし、民を扇動し、そして滅ぼす。

しかも自らが討伐したと高らかに宣言した破滅の王の逆襲を受けて、だ。

一体何人の人々が死んだのだろうか？　一体何人の人々が今なお苦しんでいるのだろうか？　自

分たちが始めておきながら後始末もつけずに逃げるとは、いかなる理由があっても決して許されることではない。

クレーエは聖職者としての責務以前に一人の人間として、二人の聖女がしでかしたことに強い怒りを感じていた。

破滅の王がもたらした災禍は消し去らなければいけない。

かの邪神がいまだ健在である以上、マイノグーラと最も近い場所にあるこの南方州には依然として脅威が存在している。

南の暗黒大陸への備えも必要であるし、先より混乱続きの北部大陸の安定をはかるにはどう考えても戦力が足りない。

中央の聖都、その奥深くで祈りを捧げる《依代の聖女》が動かぬ以上、今後邪悪なる勢力との戦いには必然的に日記の聖女が駆り出される。

エル＝ナー精霊契約連合の情勢も決して座視できぬ状況の中、目の前で所在なさそうに佇む少女の肩にどれほど大きな責任がのしかかるか……。

彼女の周りを取り巻くその状況に、クレーエが抱く焦燥感は鈍い頭痛さえ引き起こす。

だが始めなければならない。

できることから、それしか彼女には許されていないのだから……。

「――ネリム」

クレーエは隣にいた少女に声をかける。

顔の高さを合わせるためか、わざわざ膝を折ってまで語りかけるその表情は相変わらず感情を悟らせないものであったが、先ほどまでの険はどこにもない。

「あっ、はい。何でしょうかイムレイス異端審問官」

だがその返答に、クレーエの表情が僅かに曇った。

先ほどまで感情など存在していない人形かのよ

うな態度をとっていたクレーエが、初めて自らの内にある思いを表に出したのだ。

そしてそれは不思議なことに、深い悲しみであった。

「まずはこの地を救済しようと思います。破滅の王が残した爪痕はあまりにもむごたらしい。袂《たもと》をわかったとは言え、この地に住む人々は元はといえばクオリアの民。捨て置くことは神が決して許しません」

悲しみのまま、何かを確認するかのようにクレーエは自らの報告を続ける。

その瞳はじぃっと聖女リトレインへと向けられ、それはどこか相手の様子を観察するようにも見受けられる。

「華葬の聖女ソアリーナさまと、顔伏せの聖女フェンネさまの捜索は一旦保留といたします。彼女たちがどのような考えでこの地を離れたかは分かりませんが、人を割くには余裕がない」

「えっと……」

キョロキョロと視線を周囲に這わせたリトレインは、慌てたように日記を捲《めく》る。

そして何かを探すかのようにその内容を確認し始めた。

クレーエはその姿に静かに目をつむり、やがて何かを振り払うかのようにまた静かに瞳を開く。

「そう……またなのですねネリム。それは実に良くない」

日記を捲る手を遮るようにそっと手を差し伸べる。

「確かにあなたの力ならこの地の人々を救うことができます。最も神に近い力と呼ばれるその力なら……」

日記を読むことを止められたことに驚いたのか、くるりとした無垢な瞳がクレーエを捉える。

純粋で汚れを知らぬ、澄み渡ったその瞳を見つめながら……。

「でも忘れないで。その代償は途方もないもの。小職はあなたに——その日記の力だけは使って欲しくないと思っているのです」

そう、どこまでも悲しそうに。クレーエは小さな聖女へと語りかける。

「あの……？」

「こちらの話です。——それから、小職のことはぜひクレーエとお呼びください。あまり堅苦しいのは嫌いですので」

ぎこちない微笑みを浮かべ、クレーエは立ち上がる。

どこか温かさを感じるその態度に、リトレインはつい自らの内に秘めていた不安を漏らしてしまう。

「あの、私のお父さんは見つかりましたか……」

だがその途中で小さな聖女は言葉に詰まった。

リトレインの父——すなわち養父である上級聖騎士ヴェルデルは現在行方不明とされている。

リトレインは過去一度この街にて秘密裏に再会していたものの、その後に起きた混乱でまたその繋がりを絶たれている。

この状況だ。父が戦火に巻き込まれていやしないかと安否を気遣うことは至って普通の感情と言えよう。

だがその願いは決して許されぬもの。

リトレインは聖女になった時から自らの養父との関係性を断たれている。

特定の誰かではなく万民の守護者たれ。それこそが決して違《たが》えることの許されぬ聖女の在り方だ。

「あう……申しわけありません、イムレイス審問官」

「クレーエです」

「うう、クレーエ……さん」

じぃっと、無機質な瞳がリトレインを射貫《いぬ》く。

その視線に耐えきれず、注意や叱責に身構え思わずギュッと目を瞑った彼女の頭に、優しくのせられたのは他ならぬクレーエの手だった。

不器用でぎこちないが、そこにはたしかな温もりがある。

「……大丈夫。あなたのお父上はきっと見つかります。それだけの代償をあなたは今まで神に捧げてきたのですから」

優しげな声音の反面、その表情には隠せぬ悲痛が見えていた。

「……だからきっと、大丈夫ですよ」

クレーエのその言葉は、まるで小さな聖女リトレインに言い聞かせるようで……。

何よりクレーエ自身に言い聞かせるようであった。

SYSTEM MESSAGE

レネア神光国が滅亡しました。
《華葬の聖女ソアリーナ》
《顔伏せの聖女フェンネ＝カームエール》
が行方不明になりました。

OK

第二話　方針決定

大呪界の奥深く、マイノグーラの【宮殿】では先の戦いにおいて受けた被害の検証と今後の方針についての策定が行われていた。

主要な面々が集まるこの場において主導者を務めるのは《汚泥のアトゥ》。

彼らの主である拓斗が不在の中、どこか痛ましい空気の中で会議は始められる。

「さて、現在マイノグーラを取り巻く状況は皆さんご存じだと思います」

開口一番放たれた言葉に、その場にいた者は全員静かに頷《うなず》いた。

先の戦い……つまり聖王国クオリアから分かたれたレネア神光国とそれらを率いる者共。

テーブルトークRPG勢力と呼ばれる者たちとの戦いは混乱と衝撃の連続であった。

一方的な襲撃とアトゥの離脱。そして拓斗の出撃とアトゥの奪還。

最終決戦ではまさに破滅の王の呼び名に相応しき破壊を敵へともたらし、そこに至る過程はどのような者にも予測不可能。

イラ＝タクトという存在を世界に知らしめた戦いだった。

だが結果として見れば……果たしてこれは勝利と言えるのだろうか？　確かにアトゥは再びマイノグーラのもとに戻り、神光国は完膚なきまでに破壊された。

しかしながらその代償はあまりにも大きいものであった。

「言葉を濁すことはあえてしません。現在拓斗さまの記憶は失われており、国家を率いることができない状況です」

　それこそが王の不在。

　イラ＝タクトの状況がマイノグーラを取り巻く危機的状況をこれでもかと示している。

　国家とは王であり、王とは国家である。

　拓斗の状況が芳しくない今、マイノグーラは今までの戦いのどれよりも窮地に陥っていると言えた。

「王の体調に何か変化は……？」

「いえ、残念ながら」

　藁《わら》にもすがる思いなのだろう、どこか苦々しい表情で戦士長のギアがアトゥへと尋ねるが、静かに返された言葉に肩を落とす。

　拓斗の現状を簡単に説明すれば、記憶喪失と表現するのが一番近いだろう。

　言語や一般的な常識は残っているようだが、自分が誰かを完全に忘却しアイデンティティを失っているようであった。

　今は自室の椅子に座り、日がな一日外をぼんやりと眺めている。

　なぜか時折記憶が戻るようで運が良ければアトゥと会話をすることもできるが、だとしてもそれはほんの僅かな時間で、到底国家を率いることなど不可能であった。

　原因不明。解決策もまた不明。

　ただ一つ分かることは、早急な対処が必要であるという明らかな事実だけだ。

「王の不調。その責任はこの私にあるのですが、今はそのようなことを論じている暇が無いことは皆さんも理解していると思います」

　アトゥは己の不甲斐なさと無力感にどうにかなりそうになりつつも、自らを叱咤し言葉を紡ぐ。

　まだ終わったわけではないのだ。自分が敵の手に落ちた時も拓斗は助けてくれた。

　なら今度は自分が彼を助ける番だ。そして拓斗がいなくても自分にできることはいくらでもある。

「王が不在の間のマイノグーラ運営。そして王が早く快復されるよう我らにできる最善を行う――ですな」

「ええ、現在私が代理として国家の運営権を譲渡されています。慣れない仕事ですが、皆さんの協力があればその点については問題ありません」

一時は拓斗の状況に落ち込みこそすれど、今のアトゥは比較的平静を保っている。

もともと英雄としての機能と同時に、指導者としての機能も有しているアトゥであれば国家の運営も問題なく行える。

ダークエルフたちのサポートもあるため、国内に関して言えばさほど不安は無い。

「国内は問題ないでしょう。しかし国外に目を向けるとそうはいきませぬぞ」

「ええ。国外への対応は急務。ただ情報が不足していてはどのような判断もリスクになりえます」

問題は外だ。

モルタール老の鋭い指摘も、今この場では頼もしくある。

彼の言うとおり国内以上に国外の動きが厄介であった。

レネア神光国の破壊はすでに先の戦いでなされている。そしてその中核たる《啜《すす》りの魔女エラキノ》の撃破と彼女を使役するプレイヤー――繰腹《くはら》慶次《けいじ》の排除も完璧に行われた。

だがその後の状況があまりにも不明だ。相手側に余力が残っていたとしてもすぐさま行動に移せるとは思わないが、他の善勢力の動向が掴めないのは危険に過ぎる。

しかしマイノグーラはこの世界において『Eternal Nations』の頃とは全く別の大きなアドバンテージを有している。それこそが彼らだ。

「その点はご安心を。王がお休みであろうと我ら臣下は健在。すでに手のものを放ち、情報収集に努めております」

彼らダークエルフは元々が暗殺や情報操作に長けた一族。

拓斗も太鼓判を押していた能力はこの状況下においても遺憾《いかん》なく発揮される。

「それは重畳《ちょうじょう》。……で、何か判明していることはありますか？」

その言葉を待っていたのだろう。予《あらかじ》め内容を精査していたであろうエムルより情報がもたらされる。

それはマイノグーラにとって少々よろしくない類のものであった。

すなわち聖女二人の存命確認と、現在所在不明であることとの情報。

結局、魔女エラキノの願いどおりに二人は生きながらえることとなった。

彼女たちが持つ奇妙な友情を間近で見ていたアトゥとしては、二人の聖女が今後大人しくしていてくれるとは口が裂けても言えない。

懸念事項がまた一つ、アトゥの頭を悩ませる。

「所在不明というのは気になりますな。これはどこぞに潜伏して立て直しを図っていると見て良いでしょう。ワシらがあの時に王に代わりトドメをさせていれば……」

「そうですね……。いえ、拓斗さまが自らの計画を片手落ちで終わらせるはずがないので、無論二人の聖女も予定に入っていたはず。それが敵《かな》わなかったというのはやはりあの時点でギリギリだったのでしょう……」

「王の御身《おんみ》を優先する以上、ワシらではどうしようもなかった、ということですな」

アトゥは記憶を思い起こす。最後のあの時、拓斗は聖女ソアリーナに止《とど》めを刺そうとしていた。

だが突如その行動を中止してまで撤退を選んだ。

戦闘中わずかに頭痛を感じているような仕草はあったが、抱え込んでいた爆弾があの瞬間まさに爆発したということだろう。

それだけではない。

あの時確かに彼は舌打ちの後に言ったのだ、「流石に、それは無理だったか」と。

すなわち自分たちでは知覚できない何らかの異常が発生し、作戦の変更を余儀なくされたのだ。

結果がこれだ。

拓斗ですら予期できなかったそれは、結果として拓斗本人を蝕《むしば》むこととなっている。

「アトゥさん。王は現在どのような状況なのでしょうか？　その、このままお休みになっていれば回復するのでは……」

「いいえ。断言はできませんが、時間が解決すると考えるのは少し楽観的かもしれません」

悲しげに尋ねてくるエムルの言葉に、アトゥは歯がゆい思いで残酷な現実を突きつける。

この状況にアトゥもただ黙って見ていただけではない。

記憶喪失と忘却ということで、能力に関連性のあるメアリアを呼び出し、密かに拓斗を診てもらったことがあったのだ。

だが返ってくる答えは奇異なるものだった。

曰く「記憶を忘れていると言うよりは、王さま自身が初めからそこに存在しないの……」。

通常とは違う異常。拓斗の状況は、調査すればするほど絶望的な事実を突きつけてくる。

ゆえにアトゥは考えた。

このまま時を重ねたとしても拓斗が回復する見込みは残念ながら少ない。

それはあの時の本人の態度からも明らかだ。

何かこの状況を打破する手段が必要だった。

そして幸であるか不幸であるかはさておき、アトゥはその手段を一つ知っていた。

「拓斗さまのご不調はおそらく能力を使ったことに起因するもの。ですが現状では何が悪影響を及ぼし、どのように対処すれば回復するのか全くもって想像がつきません」

会議の場がいっそう暗くなった気がした。

無論物理的にではない。その場にいる者たちの消沈がこのような錯覚を思い起こさせるのだ。

だがアトゥによる次なる言葉で、錯覚は全く逆の形を見せる。

「拓斗さまを取り巻く問題に対して、とある英雄の協力を仰ぎます」

その言葉に全員の視線がアトゥへと向かう。

驚きと、そして期待だ。

すでにその決断を知っているモルタール老は唯一冷静にことの成り行きを見守っているが、他の者たちが浮かべる期待の色は見るからに明らかでその興奮度合いがうかがえる。

それほどまでに、この国で英雄という存在が持つ影響力は大きい。

「英雄の名は《幸福なる舌禍ヴィットーリオ》。戦闘能力は皆無《かいむ》ですが、その不利を覆すだけの深謀遠慮に長ける英雄です。彼の能力について説明は難しいのですが……力押しでは対処できない複雑な状況でこそ真価を発揮すると言っておきましょうか」

「素晴らしい！　まさにこのような状況に打ってつけではありませんか！　早速その英雄殿をお招きし、王のご不調を解決してもらわねば！」

「はい！　王がお臥《ふ》せになったと聞いてどうなるかと思いましたが、希望が湧いてきました！」

「うむ、この状況を打破するにはそれが一番でしょうな。聞けば王にも認められるほどの知謀とのこと。ワシも今からお会いするのが楽しみじゃ」

他にもその場にいるエルフール姉妹や、書紀役の文官などが喜色をあらわにする。

先ほどまでの閉塞感が嘘かのように、会議室に活気と熱気があふれかえる。

「英雄を召喚する資源に不足はありません。準備も特に必要がありませんので明日にでも召喚を行いたいと思います。あの者なら必ずや拓斗さまを快方に向かわせる策を編み出してくれるでしょう」

　静かに語るアトゥ。

　彼女を見つめるダークエルフたちの瞳には強い意志の炎が灯っている。

　今度こそ自らの王を守り、マイノグーラを唯一無二の覇権国家としてこの世界に君臨させるという強い意志だ。

　その第一歩が新たな英雄召喚。自分たちの平穏を邪魔する全ての存在に対する反逆の狼煙《のろし》は、今まさに上げられたと言えよう。

　だが……。

「ですが……その、……皆さんに少しお願いがあります」

　その熱気に冷水を浴びせる存在が一人いた。

　何やら微妙な表情を浮かべ、何かを言いにくそうに落ち着かない態度を取る娘だ。

　それは他ならぬアトゥであった。

　いの一番に気炎を上げても良いはずの彼女の態度にダークエルフたちは内心で首をかしげる。

　彼らの困惑が伝わったのか伝わってないのか、アトゥは何やら決心をした様子で突如よく分からないことを言い出した。

「少しでいいので、今この場で世界一頭がおかしくて、世界一言動がうざったくて、世界一自分を苛立たせる存在を考えてみてくれませんか？」

　ダークエルフたちは再度内心で首をかしげた。

　果たしてそれにどういう意味があるのだろうか？　だが特に反論する意味も無いので言われたとおり内心でそのどう考えてもお近づきにはなりたくない人物像を描く。

　そして……。

「それがヴィットーリオです」

　アトゥから不意に爆弾が投下された。

「断言しましょう。初手で私はブチギレます。空に昇った日が落ちるように、水が高き場所から低場所に流れるように……ヴィットーリオは私に対して全力で喧嘩を売ってきて、私は全力でそれを買うでしょう。それが真理であり、二人のありき方なのです」

往々にして、才能あふれる者は代償に何か常人とはかけ離れた感性を有していることがある。

アトゥ曰く、ヴィットーリオもその類なのだそうだ。

口を開けば他人を煽り、不愉快にさせずにいられない。

何を考えているかよく分からず、ただただ結果を出す。とは言え行動も発言も不謹慎かつ不適切。存在するだけで他人を苛立たせる英雄。それがヴィットーリオなのだ。

「皆さんにお願いしたいのは、私がブチギレてヴィットーリオを殺しそうになったら止めて欲しいということなのです。ほんと、ヤツと私の相性は最悪なのです」

『Eternal Nations』上司にしたくない英雄堂々の第一位並びに、部下にしたくない英雄堂々の第一位。

その英雄は残念なことに、汚泥のアトゥをからかうことが大好きであると、そう設定付けられていた……。

世界観に厚みを持たせるための挿話にて、何度も自分をマジギレさせたその英雄のことを思い返すだけで、アトゥの心は沈んでいく。

「ほんと、もう……考えるだけで……ハラワタが……」

言葉につまり、ぷるぷると震えだすアトゥ。

彼女の中でヴィットーリオという存在がどれほどのものかをこれでもかと指し示している態度だ。

アトゥという少女は邪悪なる破滅の王に仕える英雄には似合わずにいささか子供っぽい部分がある。

ゆえに感情をあらわにする態度というのはさほど

ど珍しくないのだが、それにしてもこれはいささか限度を超えたものと言わざるをえなかった。

それほどまでに、汚泥のアトゥという存在は幸福なる舌禍ヴィットーリオに嫌悪感を抱いているらしかった。

「できることならあんなヤツは召喚したくない。ですがその頭脳と能力だけは随一。かの存在に頭脳戦で勝てる者は拓斗さまを除いて他に存在しないと断言できます……それだけの存在なのです」

アトゥの熱弁にダークエルフたちもただ首を縦に振るしかできない。

「くっ、考えたらなんだかイライラしてきました……」

――どれだけその英雄のことが嫌いなんだ。

あからさまに機嫌が悪くなったアトゥにその場にいる面々は何とも言えぬ表情を浮かべる。

だがそれほど嫌っていてなおその力を認めている。

英雄の凄まじさは理解すれど、此度の者はどのような存在なのか。

興味や不安といった様々な感情が入り乱れる中、新たなる英雄の召喚はすぐそこまで迫る。

マイノグーラにとって新たな変革の時期が、訪れようとしていた。


召喚前日の夜は、ここ最近嵐のように過ぎ去っていった日々を思えばひときわに静謐《せいひつ》であった。

静かで、ゆっくりとした時間が流れ、誰にも邪魔されない……二人だけの夜。

アトゥは椅子に座りぼんやりと窓から夜の景色を眺める拓斗の側《そば》に立ち、自らが心から敬愛する主に穏やかな視線を向ける。

「思えば、こうして静かな時間を一緒に過ごすのも初めてかもしれませんね……」

返事はない。

拓斗は心ここにあらずといった様子で、事実彼の心はそこに無いのだろう。

だがアトゥはそれでも変わらず言葉を紡ぐ。

「拓斗さま。本当はこういうのダメなんでしょうけど、私はどこかこの状況を懐かしく思っているんです。――あの頃もこうやって夜遅くに二人でおしゃべりしていましたね。もっとも、あの頃の私はお返事ができなかったので拓斗さまのお話を聞くばかりでしたが」

かつての時間がアトゥの脳裏に思い起こされる。

拓斗とアトゥがこの世界にやってくる前、病床で毎晩の如く重ねた逢瀬《おうせ》。

それがたとえ拓斗の一方的な語りかけであり、通常で考えるのであれば到底正気とは思えない行動だったとしても。

そこに絆はたしかに存在していた。そしてその絆は今なお強く二人を結びつけている。


だからこそ……。

「だから今度は私が拓斗さまにおしゃべりしちゃいますね。拓斗さまがお元気になって、またいつものように二人で過ごせる時まで……」

返事はない。だがアトゥは自らの想いが必ず拓斗に届いていると信じていた。

彼の言葉は自分に届いた。だから自分の言葉もきっと届いているだろうと。

そうして拓斗に語りかけ、ずっとずっと、彼が夜の静けさに誘《いざな》われ眠りにつくまで。

アトゥは懐かしい思い出に浸るのであった。

SYSTEM MESSAGE

一時的に《汚泥のアトゥ》がマイノグーラの指導者になりました。
同期間中、イラ＝タクトは指導者から離れます。
生産項目が新たに選択されました！

生産中！《幸福なる舌禍ヴィットーリオ》

OK

第三話　舌禍

嵐の前の静けさという言葉がある。

総じて大きな事件の前には、不気味なほどの静寂があるということわざだ。

この日も、そんな静けさに満ちた日だった。

「では召喚の儀式を始めます。……イスラの例を考えると大丈夫だとは思いますが、念のため注意だけはしておいてください」

周辺を警護するダークエルフの銃士が了承したとばかりに頷《うなず》く。

かつて全ての蟲《むし》を統《す》べる女王を生み出した儀式場にて、アトゥは以前と同じく英雄を生み出そうとしていた。

今回使用するは黄金の山々。

RPG勢力ブレイブクエスタス魔王軍を撃破した時に手に入れたものだが、この場には辺りを埋め尽くさんほどの量が集められている。

英雄の召喚は回を重ねるごとにコストが重くなる性質がある。

あれほどあった金貨も、今回の召喚で半分以上消費してしまうことになる。

まだ余裕はあるが今までのように湯水の如く使うわけにはいかないだろう。

ギアやモルタール老、エムルやエルフール姉妹といった主要なメンバーはあえてこの場に呼んでいない。

ヴィットーリオは謀《たばか》りを得意とする英雄である。状況を説明する前に余計なことを吹き込まれてはまずいと警戒したのだ。

――ヴィットーリオの能力は特殊だ。アトゥですら何が起こるか予想がつかない。

ゆえに最大限の緊張と、最大限の警戒をもって儀式を行う。

彼女が瞳を閉じしばらくして……金貨の山に変化が起こった。

はじめに空間の重力が消え去ったかのように金貨がふわりと浮き出す。

かと思うとそれらはまるで突風に吹き飛ばされたかの如くぐるぐると弧を描き、小さな竜巻となって儀式場の中心へと集まる。

黄金の渦はどんどんとその密度と速度を増していき、やがて一つの塊へと変じていく。

そうして球体だった塊がゆっくりと人の形を取り、突如ガラスが砕けるような音と共に爆《は》ぜ――。

「幸福なる舌禍、ヴィットォォリィオ！　召喚の呼びかけに応え、今日も元気に罷《まか》り越してござぁいまぁぁっす！」

それは現れた。

背丈は優に2メートルを超える。他に比べ高身長ではあるが反面その体躯は非常に細々としたもので、不健康な肌色と相まってともすれば乞食にも思える。

手足は異様に長く、その瞳は不気味なまでに黒く輝いている。

身につける衣服はマイノグーラという国家を表すかのように仄暗い闇を感じさせる色合いで、だが人の感性では理解できぬ意匠をしていた。

頭には奇妙なデザインの帽子。

そして何より――まるで虚言を弄する性根を隠しきれなかったとでも言わんばかりの表情が、その英雄がどのような存在かを如実に物語っていた。

ダークエルフの銃士の息を呑む音が漏れ聞こえる中、アトゥは彼を凝視し、その一挙一動を観察する。

やがて新たなる英雄――ヴィットーリオは、仰々《ぎょうぎょう》しい態度でボウ・アンド・スクレープと呼ばれる貴族が用いる礼を行うと、視線を上げて自らを迎える集団へと興味を移す。

「おんやぁ？」

わざとらしい驚愕の態度。

「おやおやおんやぁ？」

わざとらしい困惑の態度。

そのどれもがアトゥを苛立たせ、同時に警戒感を募らせさせる。

彼はまさしくヴィットーリオだ。呼び出されしそれは、寸分の違いなく彼女の知る英雄であった。

だからこそ何よりも厄介で、何よりも予想がつかない。

「吾輩の偉大なる王にして、深淵の闇たるイラ＝タクトさまはいずこにぃ？」

まず第一にその言葉が来たことにアトゥは内心で安堵する。

すでにイスラで経験していたことだが、彼が拓斗を自らの主として認識しているかどうか少しばかり不安だったのだ。

いや、気を抜くのはまだ早い。

未《いま》だニヤニヤと不気味な笑みを浮かべながら辺りをしげしげと観察しているかの奇人が、その内にどのような考えを秘めているのかは未知数なのだ。

むしろ今もその軽薄で無遠慮な笑みの裏で謀《はか》りごとを企んでいると考える方がそのあり方を思えば自然だ。

だがすでに賽《さい》は投げられている。アトゥが彼の力を借りるのは既定事項で、ならばこれから行うべきこともすでに既定事項だ。

すなわち彼への現状の説明と協力の依頼である。

アトゥは少しばかりの緊張と、これから確実に起こるであろう混乱に多大な不安を抱きながら意を決して口を開く。

「よく来てくれましたヴィットーリオ。拓斗さまについては、私の方から説明いたします」

「これはこれは！　アトゥ君ではありません

かっ！　あいも変わらず貧相な見た目で、吾輩同情を……ぶふぅっ！　き、禁じえませんぞ！　くくっ！」

初手で煽りが来た。

アトゥはこめかみに青筋を浮かべつつもその言葉を無視する。

この程度で怒っていてはいずれ目覚めるであろう拓斗に顔向けができない。

今重要なのは何よりも拓斗の安否であり、彼が快方に向かうことである。

すなわちこの場においてアトゥが持つプライドや怒りなど無価値に等しい。

話を進めることこそが最大の目的であり、ひいては拓斗の益につながるのだ。

それはそれとして、貧相と言われたことは後ほどしっかりとけじめをつけさせる腹積もりであったが……。

「余計な雑談は後ほど思う存分に。まずは拓斗さまとこの世界についての現状を説明します」

「むぅん？　アトゥ君がねぇ……。ではどうぞぉ？」

顎に手をやり、これでもかと眉を歪ませ……いかにも不本意だといった様子で話を促すヴィットーリオ。

その辺りの不誠実な態度は想定済みでありさほど心を動かさない。

それどころかアトゥとしては彼の煽りがこの程度で済んだことに小さな驚きを抱いていた。

どうやらヴィットーリオとしても早く情報が欲しいらしい。

主である拓斗の安否を気にするほどの理性が彼にあったことは驚きだったが、ひとまず邂逅《かいこう》の一段回目は突破したと判断しても良かった。

「では説明します。少し長くなりますがお聞きください。まずは私たちがこの世界にやってきた時まで話は遡《さかのぼ》ります――」

ダークエルフの銃士がこの場にいるため、前世や『Eternal Nations』に関する話はできない。

アトゥは注意して言葉を選びながら、この世界にやってきてから自分と拓斗に起こった出来事と、現在巻き込まれている戦いについての説明を行うのであった。

………

……

…

「それってお前らが無能だからじゃん。ちゃんと仕事しろよこのド貧乳」

「――ぐっ！」

ぐぅの音も出ないとはまさにこのことであった。

アトゥも辛辣《しんらつ》な言葉に反論がでてこない。いや、反論を出すわけにはいかなかった。

なぜならヴィットーリオの言葉は一字一句違《たが》わず正論で、彼女たちの無力がまさしくこの状況を生み出しているからだ。

王を守らずして何が配下か。アトゥは自責の念にとらわれる。

守るどころか、逆に守られこのざまだ。

我こそが拓斗の英雄と名乗りをあげるには、今のアトゥは明らかに無力であった。

「あーあっ！　タクトさまお可哀想！　こんな無能どものお守りをしないといけないタクトさまお可哀想！　しかも無駄にそのツケを払わされて床に臥《ふ》せるだなぁんて！　ああ！　おいたわしや！　しかし偉大なる闇の王イラ＝タクトよ！　貴方さまは一つ失態を犯したのでぇす！　それこそが最初に呼ぶ英雄の選定！　ではぁ？　本当に必要な英雄は誰だったぁ？　イエス！　このヴィットーリィオ！」

長々とした口上が終わり、アトゥの苛立ちは更につのる。

だが彼女とて無闇矢鱈《むやみやたら》と激憤し、相手のペースに乗せられるようなことはしない。

ただ大きく深呼吸しその手には乗らないぞとばかりに冷静さを保つ。

「貴方の指摘、今は甘んじて受け入れましょう。何よりも拓斗さまにお元気になっていただくことが最優先です。ヴィットーリオ……私たちでは拓斗さまのお力を取り戻す方法が分かりません。貴方のその知恵、その能力を貸してください」

「ふむぅん？　アトゥ君にしてはやけに殊勝《しゅしょう》な心がけですねぇ！　吾輩、ちょっとつまんない！」

やはり先ほどの言葉はアトゥをからかうためだけのものだったのだろうか？　アトゥが乗ってこないと分かるとヴィットーリオはあからさまな意気消沈を見せ、その場にしゃがみ込んで本当につまらなそうに土いじりを始める。

だが突然……。

「あっ！　吾輩いいこと思いついた！　やっべ、じゃなかった――こほん。確かに、我らが王たるイラ＝タクトさまの状況、看過できぬ国難。このヴィットーリオ、タクトさまのために全身全霊をもってこの問題の対処に当たり、必ずや王の心を取り戻してみせましょう！　お任せくださぁいアトゥ君！　このヴィットーリオにぃ！　安心して全部お任せくださぁい！　もうマジで」

「……よろしくお願いします」

アトゥはそう返事をする他なかった。

とりあえずなんとか当初の予定どおり彼に拓斗の快復手段模索を依頼することができたわけだが……。

その言葉の端々から強烈に漂ってくる胡散臭《うさんくさ》い詐欺師の香りが、アトゥをただただ不安にさせるのであった。


ヴィットーリオがマイノグーラに参加してからのことであった。

彼が熱望する記憶喪失に陥った拓斗との謁見の後、マイノグーラの主要な人物との顔合わせも終わってから……。

では早速彼の仕事ぶりを発揮してもらおうと考えるマイノグーラを襲ったのは、実に胃と精神に悪い日々だった。

「これはぁ！　なぁんですか？」

ある日のことである。

いつの間にかマイノグーラの重鎮としての地位を得てしまったエムルが、もはや自分の役職が何だったか分からなくなってしまうほどの事務処理に追われていた時のことであった。

どこからとも無く現れたヴィットーリオがぬぅっと彼女が取りまとめを行っている書類を覗き込んできたのだ。

「ひぇっ！　……えっと、先の出来事を纏《まと》めているのですが」

一切気配を感じさせずに現れた彼に思わずギョッとしながらも何とか答えを返すエムル。

正直彼女としてはニヤニヤと不気味な笑みを張り付かせたこの奇妙な英雄が苦手であったが、拓斗が復活するための方法を探るという重大任務を与えられている関係上無視するわけにもいかない。

何とか平静を保ちながら、丁寧な対応を心がける。

「ほほほぅ!?　報告書ですなぁ？　ではちょっと失礼して拝見をば……」

一方のヴィットーリオはそんなエムルの内心などまるで知らぬとばかりに彼女の手元にある書類を乱雑につかみ取り、片っ端から読み漁り始める。

「ほ～～～ん。へぇ……えっ!?　あっ。あぁっ、なるほど。すぅ――はぁぁぁぁぁ」

あからさまにため息を吐かれた。

ヴィットーリオという英雄の厄介さとはた迷惑さはすでに被害にあった人たちより嫌というほど

聞いている。

加えてアトゥからのアドバイスもあったため当初は適当に話を合わせてお引き取り願おうと考えていた。

だが自らが寝る間も惜しんで作り上げた報告書や記録まとめの書類などを前にこのような態度を取られては思わず口がすべる。

「あの、何か？」

「いんやぁ？　何でも？　いやいや、何でも？　ただ……まぁ……ね？」

「何ですかっ!?」

我慢の限界だった。

挑発だと分かっていてもどうにも抑えが利かない。

それもそのはずだ。彼のような度を超えた性格破綻者はマイノグーラには存在していなかったし、ダークエルフの部族にも存在していなかった。

今までの人生全てを思い返すと唯一エルフ族の長老などは時折嫌みったらしい言葉を投げかけてくることはあったが、目の前の奇人に比べればそれも児戯《じぎ》に等しい。

エムルにかかわらず、マイノグーラに住まう人々は今までここまで極端で厄介な人物に遭遇したことがなかったのだ。

ある意味でマイノグーラの住人は己の忍耐力を試される試練の最中にいると言えよう。

そしてエムルの試練が本人の意思を無視して開始される。

「意識が、低いなって」

「は？　い、意識？」

「何て言うかな、熱意が足りないって言うか……。チミってばマイノグーラでも重要な位置を占める役職でしょ？　こんな杜撰《ずさん》なお仕事で、給料貰って恥ずかしくないのですかぁ？」

まるで立て板に水のごとく罵倒と煽りと嘲笑の濁流がエムルを襲う。

それらの一部、あるいは殆どが彼女にとって未知の単語ではあったが、馬鹿にされているのは簡単に理解できた。

と言うかわざとらしくこちらを見つめながらニヤニヤ笑いのこれである。

馬鹿にする以外の意図が感じられなかった。

「で、では具体的にはどうすれば！　ぜひご教示頂きたいのですがっ！」

声を荒らげるエムル。普段穏やかで理性的な彼女がここまで感情をあらわにすることは稀《まれ》だ。

だがその態度こそヴィットーリオが待ち望んだもので、

「その位自分で考えて。社会人でしょ？」

「はぁっ!?　――くっ、くぅっ!!」

エムルの顔を怒りで真っ赤にさせるに十分なものであった。

「ひえっ！　なんか怒ってるから近寄らんとこ。んでわでわっ！　さらばですぞぉ！」

その態度に満足したのか、それともからかい飽きたのか。

エムルの表情をひとしきり堪能したヴィットーリオはわざとらしい台詞を吐きながら来た時と同じくどこかへと消えていく。

その後ろ姿を睨みつけながら、エムルはただただ悔しそうに歯ぎしりをした。

……………

……

…

また、別の日のことである。

此度の標的はダークエルフの戦士団。国と王のためにとさらなる研鑽《けんさん》を積み重ねるべく日々奮闘しているギアを筆頭とした者たちであった。

「なんと！　ダークエルフはタクトさまより与えられた銃器にて武装をしているのですかぁ！　それは素晴らしっ！」

また突然、その男は現れた。

訓練中とは言え、いや訓練中だからこそ気を張っていた彼らが気づかぬうちの接近。

果たしてどのような手段を用いたのか訝《いぶか》しみながらも、戦士長のギアは彼に応対する。

「はい、王より賜《たまわ》りし神の国の武器によって我々は今まで以上に強力な戦力となることができました。更に研鑽に努め、王の剣と盾になれるよう日々精進しています」

「しからばぁ、タクトさまのご安全も完全完璧――でしょうなぁ！」

「くっ！　……それは！」

ギアの言葉に先ほどまでの勢いと自信がなくなる。

すでにヴィットーリオは今までマイノグーラで起こった出来事の全てを大まかに把握している。

であればこの指摘もわざとのもので、当然理由は嫌みを言うためであろう。

アトゥからさんざん注意しろと言われていたギアだったが、早速きたかとばかりに内心である種の覚悟を決める。

「いたいよぅ。吾輩、いたいよぅ……」

しかしどうしたことか、とうのヴィットーリオは突然胸を押さえながらその場にうずくまり、情けない声で泣き始めたのだ。

「むっ!?　ど、どうかなされたかヴィットーリオ殿」

こうなってはギアとしても声をかけなければならない。

アトゥからはできる限り無視するようにと言われていたが、ここで形だけでも心配する態度を見せておかねば戦士団団長としての信用にかかわるし、何より本当に怪我や病気などだった場合は大事だ。

そう思って心配したのだが……。

「ギア戦士長が守ってくれなくて負った怪我が、痛いよぅ」

「は？　一体それはどういう……」

「我らが王のお心を代弁しているのです」

　ヴィットーリオの陰湿さは、ギアの気遣いを纏めてどこか彼方へと放り投げてしまうものだった。

「痛いよぅ。痛いよぅ……このままじゃ死んぢゃうよぅ。誰かさんが守ってくれなかったせいで、あっさりぽっくり死んぢゃうよぅ」

「なっ、なんだそれは！　王を侮辱するのはゆるさんぞ！」

「王ではなくてお前を侮辱してるのですぞ」

　すっくと立ち上がり、途端に真顔で言葉を投げ放つ。

　緩急併《あわ》せ持ったその煽りにギアの怒りはどんどんと増していく。この男は何のためにマイノグーラにやってきたのだ？　自らの責務も果たさず国に不和をもたらし、一体何を考え何をしたいのだ？　煽り気質で他人を挑発し激怒させることを好むとは聞いていたが、これは酷《ひど》すぎる。

　いくらこの英雄が王の体調を快復させるにあたって重要であるとは言え、このままでは国の崩壊すら招きかねない。

　何より……このような人物に王が救えるとは思えない。

　ギアは、場合によってはヴィットーリオに対してある種の覚悟すら必要かと感じ始めていた。

「確かに我々の不甲斐なさが今の王の状況を生み出している。その汚名は決して拭い去れないものだ。だがその場にいなかったヴィットーリオ殿がそれを言うか？　そもそも、今まで呼び出されなかったことが王からの信任を得られていないことの証明ではないのか？」

　殺気立つ。

　エムルと違って、そのまま黙って怒りに震えるままにしておくほどギアはお人好しでも自制が利くわけでもない。

　それどころかいまだ結果を出してすらいないの

にここまでさんざん好き勝手言われては、引くわけにはいかなかった。

それは周囲で話を聞いていたダークエルフの戦士たちも同様で、一気に場が剣呑とした雰囲気に包まれる。

そんなダークエルフたちの怒りを一身に浴び、ヴィットーリオがどういう態度に出たかというと……。

「ひぇぇっ！　何という恐ろしさ！　このままでは何も出来ないのに怒りだけ一丁前のダークエルフに吾輩殺されちゃうっ！　ここは逃げの一手！」

「ま、待たれよヴィットーリオ殿！　くっ！　なんて逃げ足だ！」

人々を散々煽ってはすかさずの逃走。

果たしてこの行為に意味はあるのか？　それともただ単に彼の趣味なのか……。

本来の目的――拓斗の快復につながる何がしかの手段を得るという重要な任務などどこ吹く風といった様子で、ヴィットーリオによる被害は急速に広がっていった。


拓斗は現在その記憶を失っており、王としての采配一切が不可能となっている。

ゆえに抗議と不満の言葉はもれなくアトゥへとやってくる。

汚泥のアトゥは、英雄としての誇りがどこにいったかと言わんばかりの表情で机に突っ伏し頭を抱えていた。

「よ、予想以上です。予想以上に厄介でした……」

「飴ちゃん取られたー」

「前に王さまにもらったお菓子、根こそぎ持っていかれたのです……」

隣でプンプンといった態度で頬をふくらませるエルフール姉妹に何とも言えない表情で笑みを返しながら、アトゥは頬をひくつかせる。

本日のヴィットーリオ被害者一号と二号である。

なお一見すると他の人々に比べて穏やかなやり口に思われるが違う。

ヴィットーリオは姉妹がまだ精神的に幼い部分があり、分別や判断に足りない部分があることを理解した上で、一番困るであろう嫌がらせを選択しているのだ。

しかも姉妹が密かに大切にしていた、王から直接もらったお菓子を奪うという最悪の形で。

これが昼間のことだったから良かったものの、もし満月の夜にでもやらかそうものなら間違いなくマイノグーラに血の雨が降り注いでいたであろう。

無論それはヴィットーリオの血である。

もっとも、全て承知のうえでしっかりと昼間を選んで犯行に及んでいるであろうことは明らかであったが……。

エルフール姉妹から視線を逸らすとそこにはモルタール老と戦士長ギア。

他にもよく見かける文官から、普段はさほど関わりのないダークエルフの住民。

果ては《ブレインイーター》や《ニンゲンモドキ》などのマイノグーラ由来のユニットまでいる。

この全員がアトゥへの訴えを携えてこの場にいるのだ。

もちろん内容は一つしか無い。あの仕事もせずに他人にちょっかいを出すしか能のない奇人をどうにかしろ、である。

どうしようもない。

一度思いっきりぶん殴ったら言うことを聞くようになるだろうか？　そんなことをしても無駄なことは分かりきっていたが、アトゥは引き続き頭を抱えながらヴィットーリオを黙らせる方法を考える。

無論いくら考えても答えは出て来ない。そもそもそんな都合の良い方法があるのならすでにアトゥが実行しているからだ。

そんな中、トラブルは更に舞い込む。

「た、大変です！」

慌てた様子でかけつけてきたのはエムルだ。

昨日散々愚痴を聞いてやったのだがまたぞろ嫌がらせを受けたのか？　と思ったアトゥだったが、その慌てた様子にどうやら何か問題が発生したようだと眉をひそめる。

「どうしましたか？　よもやヴィットーリオが何か？」

「出ていきました……」

「は？」

頭が理解する前に声が漏れた。

「街から出て、勝手にどこかに行っちゃったみたいなんです！」

「はぁっ⁉」

おもわず素《す》っ頓狂《とんきょう》な叫び声を上げるアトゥ。

見誤っていた！　彼女の瞳は驚愕に見開かれ、隠しきれなかった焦りが表情に出る。

ヴィットーリオはいつも彼女の予想を上回る。

それも悪い方向で……。知っていたはずなのにすっかり忘れていた。

いや、知っていたが目を逸らしていたのだ。

まさかそんなことにはならないだろうと、希望的観測を抱いていた。

だが現実は非情である。

蓋《ふた》をしていた問題は当然のように噴出し、周囲を巻き込んで大騒動へと発展する。

「ヴィットーリオは何か言っていましたか！　まさか離反？　こんなタイミングで⁉」

思わず立ち上がり、だが立ち上がったところでできることは何も無いと机を殴打する。

幸福なる舌禍ヴィットーリオという英雄は、

『Eternal Nations』の中でもかなり特殊な性質を有している英雄である。

その一つがコントロールが利かないことにあった。

この英雄は国家に所属しながら、プレイヤーの指示を一切受け付けないのだ。

（コントロール不可の影響がこんなところで出るとは！　元々人の話を聞くような英雄ではありませんでしたが、これを放置しておくにはあまりにもまずすぎる）

かの英雄は指示を聞かない。その上で自己の判断により勝手に行動し、勝手に能力を行使する。

その厄介な能力は無数にあれど、最も危険なものは――一部のプレイヤーコマンドの行使。

具体的には建物の建築やユニットの生産、果ては技術の開発や都市の設立等、おおよそ『Eternal Nations』で指導者が行える全ての行動をコスト無視で行えるとされているのだ。


この能力は一見すると有利に思えるがこれが実のところ非常にまずい。

物事にはバランスというものがある。順序というものがある。取捨選択というものがある。

国家を運営する指導者が選択する行いは、全てが各々《おのおの》の理論に基づいた強固な秩序の上に成り立っている。

それらが相互的に作用し、国家繁栄と敵国の撃破につながる。

なんでもかんでも手当たり次第に手を出せば良いなどとは子供の主張に過ぎない。選んではならない選択というものもあるのだ。

そしてヴィットーリオはそれらを無視する。無視することができる。

無視して好き勝手にやる。

しかも対象は敵味方にかかわらず……だ。

すなわちそれは自分たちに益となることもあれば、同時に不利益になることもあるという事実を示している。

つまり彼が自分にしか分からない理論によって能力を行使するたびに、マイノグーラに未曾有《みぞう》の不利益をもたらす可能性を示唆《しさ》していた。

（拓斗さまであればヴィットーリオを御すことができた。拓斗さまほどアレを上手に扱えるプレイヤーは『Eternal Nations』には他に存在しなかった。だからこそアレも拓斗さまに尊敬の念を抱き、そうそうおかしなことはしないと高をくくっていた！）

ヴィットーリオはその設定において、策謀に長けているとされる。

まるでその設定を理解し利用するかのように、拓斗はヴィットーリオの無秩序を完璧に乗りこなしていた。

それこそ、プレイヤー・イラ＝タクトこそがヴィットーリオの真の主であると噂されるほどに……。

だがそれは……この無秩序と混沌を愛する、策謀の英雄の前にはさして意味を持たないことだったのかもしれない。

否――彼が彼であるからこそ、ヴィットーリオは己の信念にもとづいて行動を起こしたのだ。混沌と無秩序こそが彼の領分であるがゆえに。

（ヴィットーリオの能力を用いれば、国家から離反すら可能！　けど……その目的が分かりません!?　いや、もしかして全く別の目的があって大呪界から出ていった？　だとしてもただ難癖つけるだけのアレにどのような策が？　一体拓斗さまの快復とどのような関係が？）

彼の行動は、常に突拍子もなく他人に理解できるものではない。

だが『Eternal Nations』の設定において、彼の行いはその全てが深い洞察と叡智《えいち》、そして大量の遊び心によって行われるとされていた。

その行動を理解できぬは、その者がヴィットーリオの見ていている世界へまでたどり着いていない証左であると。

（ヴィットーリオの目的が、一切分からないっ――）

何も考えずの行動であるならまだ許せた。

確実に考えた上での行動であるから、アトゥにここまでの焦燥感を抱かせているのだ。

（ちっ！　まずは落ち着かないと。分からないことを分かろうとするのは時間の無駄です。特にあのヴィットーリオに関しては……）

自分がしっかりしなくてはマイノグーラの先行きは暗礁に乗り上げる。

拓斗の援護が一切得られない今、アトゥの手にマイノグーラの未来が委ねられているのだ。

アトゥは急速に頭を回転させ、己ができる範囲でまずはことの対処に当たる。

このような時に必要なことは情報収集。些細なことにこそ重大なヒントが隠されている。

「まずは現状を整理しなくてはなりません。何でも良いです。何か彼に関する情報はありますか？」

何がヴィットーリオにこのような行動を取らせたのかをまずは確認する必要があった。

苛立つ気持ちを抑え、アトゥは情報を持ってきたエムルに尋ねる。

あの英雄の性格を考えれば、必ず自分たちに対して何らかのメッセージを残していくと考えたからだ。

「いえそれが……こんな書き置きが」

「……書き置き、ですか？」

エムルの懐から一枚の便箋《びんせん》が取り出される。

丁寧に折りたたまれたそれは何やらカラフルな装飾が施されており、一見するとどこぞの少女が戯れに用意した友人へのお手紙といった様子だ。

だがその内容が自分たちにとってとてつもない爆弾になるであろうことだけは理解できる。

見た目どおりのファンシーな内容ではないだろ

う。なにせ書き手はあのヴィットーリオなのだから……。

「とりあえず見せてもらえますか？　アレが何を思ってこのような行動に出たのかを少しでも理解する必要があります」

「はい、その……あんまりご覧にならない方が良いと思うのですが……」

「いいえ、見ます。見なければいけないでしょう。不本意ではありますが……」

　エムルの言葉で思わず頬が引きつる。

　おそらく、完全にこちらを小馬鹿にした内容なのであろう。エムルが読ませることを躊躇《ためら》うほどの……。

　だがヴィットーリオの意図を確認せねばならぬ以上、この書き置きを放置するという選択は存在しない。

　本当であれば今すぐ火にくべて全てを忘れてまた日々の仕事に戻りたいところではあったが。

――アトゥは静かに息を呑む。

はたしてヴィットーリオは本当に離反したのか？

本当に拓斗への尊敬を持ち合わせていないのか？

あの欺瞞と謀りの英雄が、何を考え何を残したのか覚悟を決めて受け止めるため……。

拝啓

陽春の候《そうろう》、如何《いかが》お過ごしでしょうか？　平素より大変お世話になっております。皆様の希望ことヴィットーリオでございます。

さて、この度このように手紙を認《したた》めたのには、理由があります。

実は吾輩、深刻ないじめを受けております。

その相手とは他ならぬマイノグーラの皆様。

新人いびりと言いましょうか、やはり愚鈍である皆様は優秀かつやる気に満ちあふれた吾輩が気に食わなかった様子。

それはもう文章では表現できないような数々の嫌がらせを受けておりました。

胸どころか観察眼にも乏しいアトゥ君には何も起こっていないように見受けられたでしょうか？

いいえ、吾輩は気丈に振る舞っていただけ。

その内心では、泣いていたのです。

吾輩は、泣いていたのです（ここ重要）。

ですが泣いているだけでは始まらないのもまた事実。なぜなら口先だけで何もできない無能どもに代わってタクトさまをお救いできるのはこのヴィットーリオをおいて他にいないのですから……。

頑張れ吾輩。負けるな吾輩。

ゆえに、吾輩は旅に出ようと思います。

自分探しの旅と申しましょうか。

自分が本当の意味で輝ける場所を見つける、新たな人生の一歩でございます。

今の吾輩には、それが必要なのです。

かような理由でございますゆえ、ここで一旦お別れの挨拶をさせて頂きたく存じます。

なおどうせ無能なアトゥ君は裏切りなどを警戒しているのでしょうが、吾輩がそのような不義理をタクトさまに行うことは絶対にあり得ないと念押しをさせて頂きます。

まんまと洗脳されてマイノグーラを裏切ったクソ雑魚《サコ》英雄さんとは違ってね!!

では、やがてこの世を統《す》べる偉大なる神であるイラ＝タクトさま――その唯一にして無二である腹心ヴィットーリオより。


哀れでみすぼらしいド貧乳へ、愛をこめて――。

敬具

「あんの！　ど畜生があぁぁぁっ！」

アトゥ絶叫。同時に激怒。

彼女の激発と共に木製の机が勢いよく破断される。

「きゃああ！　ご乱心！　アトゥさんがご乱心ですぅぅ!!」

側《そば》でハラハラと様子を窺っていたエムルがアトゥの爆発に思わず悲鳴をあげる。

なお怒りが収まらぬのか、真っ二つになった罪なき机を何度も踏み抜き破壊するアトゥ。

そのたびにバキバキと嫌な音が鳴り、あれほどマイノグーラに貢献した木製の机は見るも無惨な姿へと変貌していく。

「お、落ち着いてくだされアトゥ殿！　お気持ちは分かりますが物に当たるのはよくありませんぞ！」

「そうです！　気持ちは分かります！　気持ちは大変分かりますがここはどうぞ抑えて頂きたい！」

アトゥへの直訴のためにやってきていたモルタール老とギアが慌てて諫《いさ》めようとする。

だが今まで立場があるからと散々我慢を強いられ、ここに来て最上のトラブルと煽りを食らったアトゥにはそれらの言葉も何ら効果をもたらさない。

それどころか叫べば叫ぶほど、彼女の怒りは増すばかりだ。

「あの変人がぁっ！　この私を嘗《な》めに嘗め腐りやがって！　次に会ったら速攻でぶち殺してやる!!」

「退却！　全員退却じゃ！　巻き込まれる前に逃げるぞ！」

「急げ！　アトゥ殿は待ってはくれんぞ!!」

どうしたものかと戸惑う老賢者と戦士長だったが、アトゥの背中から特徴的な触手が伸び始めたのを確認すると慌てて悲鳴にも似た叫びを上げる。

と同時にモルタール老とギアの号令を聞いた者たちが一斉に扉へと殺到し逃げ出していく。

アトゥの怒りとともに背中から伸びでた触手はすでに周りの家具を破壊し尽くし、建物の構造物にまで手をかけようとしている。

それでもなおアトゥの怒りは収まらない。

「ささ、キャリーたちが最後なのです。行きますよお姉ちゃんさん」

「飴ちゃんー……」

「くそぉぉ！　腹立つぅぅ！　せめて！　せめて何をするか位は説明していきなさい！　ってか『ド』って何ですか『ド』って！　その……私だって、うっ、うう……もうやだ！　あいつと一緒に仕事するのやだ！　うわぁぁぁん！　拓斗さまぁぁ!!」

最後にエルフール姉妹が扉から軽やかに退出し、アトゥは一人にさせられる。

ある意味で放置されたとも言える状況になってなおアトゥの怒りは収まらず、今度は癇癪《かんしゃく》を起こした子供のようにダダを捏《こ》ねて、今は頼りにならない主へと助けを求めるのであった……。

マイノグーラの都市、ドラゴンタンでは表面上はいつもの日常が戻ってきていた。

街の住民に国家が抱える状況を詳細に伝える必要も無いためにこの平穏は当然ではある。

だがこれは都市長でもある流れ者のエルフ、アンテリーゼの手腕によるところが大きかった。

上層部がいまだ混乱状態にあるためマイノグーラ配下の魔物による支援などは限定的となっているが、それでも住人たちが日夜熱心に街の改善にあたっており、ドラゴンタンだけを見れば街には活気が確かにあった。

そんなある日のこと。街を吹き抜ける湿り気のあるぬるい風が妙にまとわりつく日のことだった。

夫に逃げられ、女手一つで娘を育てているごく平凡な街の住人の家に、日も落ちかける頃合いに訪問者が訪れたのだ。

トントンと静かにノックされる戸に目を向け、猫の獣人である母親は料理で手が離せない自分に代わって応対してもらうため、四歳になる小さな娘に声をかける。

「あら？　お客さんかしら？　ごめんねトト、ちょっと出てもらえるかしら？」

「はぁ～い！」

元気良い掛け声と共に猫耳としっぽがピコピコと揺れる。

小さな娘は、トテテと扉へとかけてゆき、背伸びしながら戸に手をのばす。

「どちらさまですか～？」

ここドラゴンタンの街はマイノグーラの支配下にある。

フォーンカヴンの街であった昔と違って、現在のここではブレインイーターや街の自警団による警備が厳に行われ、盗人や犯罪者などは影も形もない。

そのためこのように無警戒で応対をしてもさほど問題はないのだが、それにしても果たしてこんな時間に訪問してくるとは誰なのだろうか？　あまり交友関係も広くないため、首をかしげながら扉に目をやる母親。

すると娘の手によりゆっくりと扉が開かれ……。

「くぉ～ん、ばぁ～ん、わぁ～！」

ぬぅっと、あからさまに怪しい人物が顔をのぞかせた。

「ひぇっ！」

奇妙な装いの上着に不自然に細長い手足。

そしてその顔に浮かぶ詐欺師じみた笑み。

獣人の娘トトは思わず尻もちをつき、ぽかんとした表情でその怪人を見つめる。

「あ、あの……何か御用でしょうか？」

突然の不審人物に慌てた母親だったが、いくらか冷静さが残っていたのか娘へと駆け寄り素早く自分の背後へと隠す。

その様子をじぃっとなめ回すように見つめた男は、そのままスルリと扉から家へと入り――。

「貴女《あなた》はいまぁ、幸せでぇすかぁ～？」

――ヴィットーリオは、ニヤニヤと不気味な笑みを浮かべるのであった。

Eterpedia

幸福なる舌禍ヴィットーリオ

特殊ユニット

戦闘力：０　移動力：３

《邪悪》《英雄》《狂信》《煽動》《洗脳》
《説得》《脅迫》《説法》《折伏》《宣教》
《破壊工作》《魔力汚染》《文化衰退》
《焚書》《詐欺》《通貨偽造》《スパイ》
《隠密》《偽装》《潜伏》《逃走》

※このユニットはコントロールできない
※このユニットは戦闘に参加できない
※このユニットは一部の指導者コマンドを使用する
※このユニットは――――

解説

～口から溢《あふ》れる災禍の言葉は、決して誰にも理解されることなく～


ヴィットーリオはマイノグーラの英雄ユニットです。

この特殊なユニットは全英雄中で最も変わった能力を有しており、基本的にプレイヤーが操作することはできません。

またこのユニットは保有する能力に加えて一部の指導者コマンドの使用が可能であり、固有のＡＩの判断によってそれらを行使します。

その結果はプレイヤーに有利に働くこともあれば不利に働くこともありますが、コストを無視して能力を行使できるため、使いこなせればとても強力な英雄です。

マイノグーラの都市ドラゴンタンでは、ここ最近奇妙な光景が見られるようになった。

異質で奇異な衣装を身に纏う怪人の男に引き連れられた集団が、それだ。

「はぁい！　みなさぁん！　ではぁ、ここで今一度お尋ねしましょ～う！　世界一頭が良くて格好良い神ぃ……それはぁ～～？」

「「偉大なる神イラ＝タクトさま!!」」

「んグッドォ!!」

男の掛け声で、集団が一斉に返答する。

その一糸乱れぬ姿は異様なものを感じさせ、老若男女問わずのその構成は一種の狂気すら感じさせる。

彼らの瞳はどこかうっとりしているようで、だがギラギラとした暗い光が他者を威圧してやまない。

集団は男を囲むように集まり、その一挙一動を目に焼き付けると言わんばかりの妙な集中力を見せている。

その姿こそまさしく男の求めるものなのだろう。

どこまでもよく通る声は、不気味なまでに集団を支配していく。

「んではぁ、この世で一番強くて素晴らしい神はぁ～～？」

「「偉大なる神イラ＝タクトさま!!」」

「んナイスぅぅぅ!!」

誰が音頭《おんど》を取ったでもなく、一糸乱れぬ返事の合唱。

集団の外では何事かと怪訝な表情で様子を窺う住民もいるが、どちらかというとかかわり合いにはなりたくないようで、その誰もがそそくさとその場を後にしている。

無論、件《くだん》の集団はそのような外野に構う様子は一切ない。

彼らの視線が向かう先はただ一人。

その男の名前はヴィットーリオ。

幸福なる舌禍との二つ名を持つ、れっきとしたマイノグーラの英雄だった。

「もっともっとぉ！　神を称えましょう！　イラ=タクトさまを敬いましょう！　唯一無二！　万夫不当《ばんぷふとう》！　徳高望重《とくこうぼうじゅう》！　秀外恵中《しゅうがいけいちゅう》！　焼肉定食！　年中無休！　我らが神イラ=タクトさまをっ!!」

「「「おおおおぉぉぉお!!」」」

「わぁぁぁ！」

「きゃあああ！」

人々が放つ歓喜のうねり。その最前列には猫獣人の親子が揃って歓声を上げている。

とりわけ狂信的で、とりわけ狂気的な二人である。

どこにでもいそうなこの親子ですらここまでの有様になっているのだ。

彼らが見ている共同幻想は、きっと彼らにとって何よりも素晴らしく、何よりも心地よく、そして何よりも尊いものなのだろう。

歓声は止まない。むしろそれはどんどんと熱を帯び、大きくなっている。

彼らには見えているのだろう。その視線の先に、愛し敬う存在が。

祈りにも似た歓声は止むことなく続く。

その光景は熱狂的で、幻想的で、非現実的で、そしてどこか異常で……。

まるで偶像を崇《あが》めているようでもあった。

「んむぅ～！　いい感じですぞぉ！　皆さんの声援はぁ、必ずや神へと届きぃ、祝祭の日に実を結ぶでしょう！　絶対にっ!!」

「「「おおおおお!!」」」

ヴィットーリオの言葉で、集団の盛り上がりが最高潮に達する。

街の中心部に位置する往来の一角を堂々と占拠しての騒ぎだったが、すでに正気の住民は全て去り、道沿いの店もことごとくが閉店、本来であればいの一番で飛んでくるはずの衛兵ですら目を逸らして知らぬ存ぜぬを決め込む有様だ。

「イラ＝タクト！　イラ＝タクト！　我らが王！　我らが指導者！　偉大なる神！」

「「「わぁぁぁぁぁぁぁぁ!!」」」

盛り上がりが最高潮に達したことで我慢できなくなったのか。

ヴィットーリオに先導された集団はどこかへ向けてゆうゆうと練り歩き始める。

どこに行こうというのか？　信仰の熱に浮かされた彼ら本人ですら、それは定かではないのかもしれない。

ただ一つ分かることは……。

きっと彼らはゆく先々で同じことをするのだろう。

神への祈りを捧げ、愛を説き。

その規模を巨大化させながら。

狂気的な集団はまるでうねる荒波のようで。

未だ彼らを知らぬ哀れな人々のもとへと、その教えを説きにゆく……。


その光景を都市庁舎の自室の窓から無言で眺め、ドラゴンタンの都市長であるアンテリーゼ＝アンティークは何やら思案の表情を浮かべていた。

「あれは……なんなのでしょうか？」

窓から見下ろす彼女の隣には、唖然とした表情で同じくその光景を眺める一人の文官。

元衛兵であり、最近では専属の秘書として辣腕《らつわん》を振るっている獣人の彼からの、至極もっともな問いかけに、視線を一瞬移したアンテリーゼは一瞬肩をすくめて何とも表現し難い顔色を見せる。

「新しい英雄さま……らしいわよ。なかなかに、変わった方よね」

ヴィットーリオの情報はすでにアンテリーゼに

伝わっている。

彼女が直接会話をしたことがある英雄はアトゥただ一人だ。

その印象が強いせいか、ヴィットーリオという新たな英雄が現在進行形で巻き起こしている騒動を受け入れるには少々心の整理が必要だった。

浮かぶ表情は、その複雑な内心を表したものと言えよう。

「はぁ、それはまた。しかし、新しい宗教……ですか。アンテリーゼ都市長、良く許可しましたね？」

ドラゴンタンには土着の宗教が存在する。

それは元々の所属国家であったフォーンカヴンより脈々と受け継がれた祖霊を信仰する原始的な宗教だ。

本来であれば宗教を広めるとなると様々な利害関係や問題が発生するために慎重な判断が為政者には求められる。

だが今回の件はそれら慎重かつ十分な検討をすっ飛ばす形で例外的に行われていた。

「まぁ別に否定するものでもないし、その辺りは個人の自由だし皆ゆるいからね。それに、ここはマイノグーラですもの」

実のところ、最初は許可など出してはいなかった。

例の英雄がいつの間にか勝手に行い、勝手に始めたのだ。

無論アンテリーゼも慌ててヴィットーリオを呼び出して事態の説明と活動の即時停止を求めたのだが……。

気がつけば言いくるめられた挙げ句、許可まで出していたというのがことの顛末《てんまつ》だったりする。

「本国はなんと言っているんですか？」

「とりあえず様子見みたいね。向こうも持て余しているらしいわ。逐一報告だけはするように結構きつく言われてるの」

アンテリーゼとて腐っても都市長の地位を与えられている重要人物だ。

自画自賛ではあるが、自分のことを一角《ひとかど》の人物であると贔屓目《ひいきめ》なしで自認している。

だからこそ、あれほどあっさりと言いくるめられたことに強烈な違和感を抱いていた。

慌てて本国のアトゥに連絡を取ったところ、仕方ないといった雰囲気で追認される始末だ。

ヴィットーリオによって、都合の良い展開が半ば強引に作られている印象が拭えなかった。

「はぁ、そうなんですね……。っと、長く話しすぎましたね。何か他にやっておくことはありますか？」

「いえ、特に無いわよ」

「分かりました。では失礼します」

「は～い、ありがとね。じゃね～～」

パタリと、静かに扉が閉められる。

「――様子見ってより、相手をする余裕がないと言った方が正しいのかもしれないけどね」

秘書の去った部屋で、アンテリーゼはひとりごちた。

決して聞かせられない、聞かれてはならない言葉だ。上層部以外知られてはいけない問題が今のマイノグーラには存在している。

だがそれよりも今は目の前の懸念の方に気が向いた。

一人になった部屋で堂々と酒をカップに注ぎながら、アンテリーゼは考えにふける。

（しっかし……変わったことをするものね。そもそもマイノグーラの住民は皆イラ＝タクト王に崇敬の念を抱いているわ。それをわざわざ宗教に落とし込んで成立させる意味はどこにあるのかしら？）

マイノグーラの住人となった者は、その全てが例外なく王への忠誠を植え付けられる。

それは日に日に増していき、彼の偉業と日々の平和な暮らしによって強固に強化されていく。

アンテリーゼとて最初はあれほどに怯えていた王に対して、今は何ら恐怖の感情など抱いていないのだ。

まぁ緊張はするが……それはどちらかというと偉大なる存在を前にしたときのそれだ。

この純度の高い忠誠は、無論街に住まう人々も同様のはず。

クイッとカップを呷《あお》ると、強烈な酒精が喉を焼き、胃へと滑り落ちていく。

窓の外から流れてくる歓声を酒のつまみとしながら、拓斗より直接賜った酒の味に酔いしれる。

(アトゥさんから説明があったけど、かの英雄――ヴィットーリオ殿は策謀に長けるとのこと。ならばこの行為に意味がない、なんて事はありえないのだけれども……)

一見すると無駄に見える行いだ。

街の住人をいくら信徒にしたところで詰まるところは同じ。宗教の輸出を図っているのか？　だとしたら納得は行くが少々稚拙に感じる。

クオリアでは聖神アーロスを主とする聖教が信仰されているし、フォーンカヴンでも土着の宗教が存在する。

ドラゴンタンの住人はイラ＝タクト王への忠誠があったからこそすんなりと受け入れられたが、他の国ではこうはいかないはずだ。

それどころか場合によっては禁教指定すら考えられる。むしろクオリアやエル＝ナーなどの宗教国家が対策をしてくるのは火を見るより明らかだ。

この地で宗教を起こす理由が全くもって理解できなかった。

本来なら必要のないことだ。加えて無駄でもある。

(まぁ私が宗教が持つ力の全てを知ってるってわけでもないし。もしかしたら意外な理由があるのかもしれないしね。それにしても次から次へと……全く、厄介ごとは仲間が好きで群れる習性でもあるのかしら？）

ため息を吐く。酒の酔いだけがこの逼迫《ひっぱく》した状況下で唯一の慰めだ。

本国、つまり大呪界にあるマイノグーラの本拠地においてアトゥやダークエルフが今回のヴィットーリオの行動に関してどのような判断を行っているかはいまいち分からない。

少なくとも、アトゥと手紙でやり取りした手応えでは、混乱し持て余していることは確かだった。

マイノグーラを悩ませる懸念事項はそれだけではない。

フォーンカヴンとの交渉や対話も続けていかなければならないし、両国の戦力を強化することは現在の国家情勢を考えると急務だ。

一応のところ……今は北も東も、そして南も落ち着いている。

だがいつまたぞろ野心を持った者たちが現れるのか分かったものではない。

その時……果たして今のマイノグーラの状況で対処が可能なのか？　一都市を治める者にしては些《いささ》か過分な情報と、一都市を治めるに十分過ぎる知識が、アンテリーゼを暗澹《あんたん》たる気持ちにさせる。

（何よりも、当のイラ＝タクト王が原因不明の記憶喪失で臥せている、というのが一番の問題なのよね）

アトゥの奪還成功とレネア神光国の撃破という吉報を知らされた後に特大級の爆弾を伝えられたアンテリーゼの胃が、ストレスから来る胃酸過多で壊れなかったのは不幸中の幸いだろう。

以後部下の前でも平静を保ち、事実をひた隠しにして情報漏洩を阻止できたこともまた不幸中の幸いだ。

もっとも、あくまで巨大で全貌も分からぬ大きな大きな不幸の中の、ほんの小さな幸いではあるが。

（はぁ……もっと楽に過ごせると思ったのにね。もしかしてこの世界って、私が思っているよりも何倍も危険なのかしら？　知りたくない事実だったわ）

考えれば考えるほど暗澹たる気持ちになり、思わず酒を飲む速度も速まる。

とは言えだ。

彼女は意識を切り替える。

このままクダを巻いていても始まらない。そして自分は腐ってもドラゴンタンの都市長だ。

できることが少しでも残されているのなら、足《あ》掻《が》かねばならぬし、足掻いて見せる。

アンテリーゼはカップの中身を勢いよく流し込み、喉の焼けるような熱と共に立ち上がる。

「よしっ！　誰かいる？　おーい！」

ゆえに決断する。

と同時にすぐさま人を呼ぶ。思い立ったら即実行。

この行動力の高さがアンテリーゼが優秀であると評価される要素の一つでもあった。

もっとも時折、仕事サボりという悪しき方向に発揮されることもあったが……。

「そんなに大声出さないでも聞こえていますよ都市長。全く、用事があればさっき一緒に済ませてくれればよかったのに……」

「うるさいわねー。今思いついたのよ、今！」

だが気分屋なところがあるアンテリーゼと違い、部下はサボるということを知らない。

彼女が声をかければすぐさま返事があり、先ほど退出した秘書がやれやれといった表情を見せながらも現れる。

「それで、どうかされましたか？」

「んー、ちょっと馬と護衛を用意してくれる？」

「おや？　どちらへ？」

秘書が不思議そうな表情で行き先を尋ねる。

普段ならまたサボる気か？　と小言の一つでも

飛んでくるのだが、ちゃんと今回は目的あっての外出であると察したのであろう。

言葉にせずとも察する者は秘書として有能だ。自分の中にある疑問を明け透《す》けにぶつけて来る点も相まって、なかなか有能な部下が育ってきたと満足気にうなずく。

「大呪界までね。本国で直接アトゥさんと相談したいことがあるのよ」

「わざわざ本国まで出向くなんて、何か問題でもありましたか？」

「いいえ、ただ――」

と、そこまで答えてハッと口を噤《つぐ》む。

これ以上先は言わなくて良いし、これ以上先は彼が知るべきではない。

考えが表情に出たのか、秘書の男は「分かりました。すぐ用意させます」と答えると静かに頭を下げ、そのまま退出する。

その後ろ姿を眺め、再度良い部下を持ったとその配慮に内心で感謝する。

彼のことだ、もしかしたら今までの態度や会話からすでにある程度の察しはついているかもしれないが……。

（『誰も名前を知らない宗教』……ねぇ。通称はあるようだけど、一体どういう意図があるのかしら？）

ヴィットーリオがこの街に来てまだ三日ほどしか経っていない。

にもかかわらず信者の数は異常な勢いで膨れ上がっている。

今はまだ奇妙な人々の集まりにしか過ぎない彼らがこれ以上膨れ上がったら。

よしんばその布教の手をマイノグーラだけではなく他国へと伸ばし始めたら。

彼女の予想を超えて、この街と同じように布教が成功すれば……。

おそらく、大陸全土を巻き込んだ混乱が起こされる。
懸念は、もはや確信に近いものとなっていた。

SYSTEM MESSAGE

ドラゴンタンで宗教が設立されました。

～～邪教イラ～～

偉大なる神イラ＝タクトを讃えよ！　永劫不滅の絶対神を！
その前に神はおらず、その後ろに神はいない。
唯一無二のその御名《みな》を讃えよ！
来《きた》るべき祝祭の日に備え、ただひたすら祈りを捧げるのだ！

OK

第四話　復帰

英雄であるから、魔女であるから……。

だから心も身体同様に強靱《きょうじん》である、という考えは些《いささ》か間違いである。

彼ら彼女らだって他と同様に心を持った存在だ。

無論他者と隔絶した精神性を有している部分はあるが、それでも完全完璧に自己完結している傷一つつかない存在というわけではない。

それは、《汚泥のアトゥ》と呼ばれし英雄であってなお同じであった。

「拓斗さま……お加減はいかがでしょうか？」

拓斗と共にマイノグーラへ戻ったあの日より、彼女は暇を見つけてこうやって自らの主の休む部屋へとやってきている。

拓斗の顔を見ていないと落ち着かないという理由もあったし、そもそも彼女は拓斗第一主義なので彼が元気な頃から常にその側《そば》にいたという理由もあった。

特に最近はヴィットーリオの件で胃が痛い思いをしっぱなしなのである。

先日も緊急で来訪したアンテリーゼよりイラ教なる宗教の発足とその異常な行動について報告を受けたばかりだ。

完全に後手に回っていることは理解しているが、かといって対策がすぐさまとれるわけでもない。

様子見という玉虫色の回答をしたアンテリーゼには心底申しわけないが、アトゥとしても一杯一杯なのが実情だ。

ゆえに、彼女にとって日課となったこの時間だけが唯一の癒やしとなっていた。

むろん拓斗は現在自己が失われており、その意識も定かではない。

だが当初の動揺から抜け出し……むしろ今は山のように発生する問題に頭を悩ませる彼女には、拓斗の状況を確認することに加えてまた別の目的があるようだった。

「あああ～～。お仕事したくないです拓斗さまぁ……。頭を使う仕事ってこんなにも疲れるんですね。いつも素晴らしい戦略を考える拓斗さまは本当に凄《すご》いですぅ」

拓斗が休むベッドにがばっとダイブし、ゴロゴロ転がる。

王専用のベッドということでそれこそキングサイズを超える大きさであることが幸いだ。

一般的な一人用のそれとは違って、少女一人くらいなら飛び込み転がり回っても寝ている主人に影響はないのだから。

もっとも普通であればそのようなはしたない行為、到底できないだろうしするつもりもない。

だが拓斗の記憶と意識が曖昧《あいまい》な今にあっては、アトゥは少しだけ大胆になっていた。

そう、彼女は拓斗の体調を確認するという名目のもと、誰に憚《はばか》ることなく拓斗成分を堪能していたのだった。

「それにしてもあんの詐欺師！　一体全体何を考えているのやら……。拓斗さまを讃える宗教とは感心ですが、でもその前にすることがあるでしょうに」

英雄たちの――いや、マイノグーラに住まう全ての存在が現在最も注力すべきことは拓斗の復活に寄与することである。

アトゥとて何か自分でできることはないかと必死で考えているつもりだ。

ヴィットーリオの行動は目的が不明なこともあいまって優先順位をはき違えているように思えてならなかった。

「近いうちに詰問しないといけないだなんて憂鬱《ゆううつ》

すぎます。こうなれば拓斗さま分を補給してこの怒りを抑えるしかありませんね。すぅ……はぁ。うーん、拓斗さまの匂い落ち着くぅ。このまま寝てしまいたい位です……」

誰も――拓斗本人ですら見ていないからとやりたい放題するアトゥ。

ベッドのシーツに顔を押しつけると思いっきり深呼吸しながら主の香りを楽しむ。

そのまま数分ほどむにゃむにゃと夢の世界に入りかけていた彼女だったが、ハッと何かに思い至ったようで勢いよくシーツから顔を上げる。

「でもそれはいけません！　私がいなければマイノグーラはこのままでは滅んでしまいます。それどころかあの変態詐欺師にいいようにこねくり回され私物化され、なんだかよく分からない愉快な国にされてしまうでしょう！　それを止めることができるのは、拓斗さまの真の腹心であるこのアトゥだけなのです!!」

ふんすっと気合い十分で気炎を吐き、己を叱咤する。

まだまだやるべきことは多い。拓斗との穏やかな一時で十分休息はとった。

後はひたすら頑張る時間だ。マイノグーラの状況は決して楽観視できるものではなく、彼女の奮戦こそが未来への導きとなるがゆえに。

意識を改め、最後に敬愛する主の顔を記憶に刻み込んでおこうとアトゥは拓斗の方へと向き直る。

「私の頑張りに全てがかかっている。そうですよねーっ、拓斗さま～！」

しかし……。

「――そ、そうだね……アトゥ」

「――へ？」

何とも言えない苦笑いを浮かべる拓斗と目が合った。

「あっ、えっ？　えっ、えっと、はわわ」

困惑と混乱がアトゥを支配する。

はわわ

見間違いでも、気のせいでもない。アトゥの妄想でも幻覚でもない。

意思と英智を携えたその瞳はたしかに拓斗のもので、自らのベッドで怠惰をむさぼるアトゥを少し困った表情で見つめるその姿は正《まさ》しく彼女が願い続けていたものだ。

「おはよう。心配かけたね」

その言葉にアトゥはようやく先ほどの自分の痴態を思い出し顔を真っ赤に染め上げる。

あわあわと慌てて言い訳をまくし立てようとするが、次いで拓斗の意識が確かに戻っていることに歓喜の表情を浮かべる。

そして最終的に――。

うるうるとその瞳に涙をたんまりと溜め……。

「ヴィットーリオが私のことイジメるうぅぅ!!」

「あ、あはははは……」

今まで張り詰めていたものが決壊したかのように拓斗に泣きついた。

辛いことが多すぎると、精神が自らを守るために幼児退行するとは聞くが、今のアトゥを見る限りどうやら似たような状況に陥っているらしい。

さしもの拓斗であっても何とも言えない。

意識が戻った直後にこれでは彼も混乱するばかりだ。

――拓斗は、マイノグーラの英雄らしからぬアトゥの姿に何とも言えない表情で笑うしかなかった。

……

……

…

グズるアトゥを宥《なだ》めすかし、なんとか機嫌をとる。

拓斗のためとは言え、ヴィットーリオを召喚するという決断は彼女にとって耐えがたいものだったらしい。

慰める拓斗もどう対応して良いか分からず終始

困った表情ではあったが、その中であってもアトゥとの再会を喜ぶ感情は良く見て取れた。

時間にして数分だっただろうか。ようやく気持ちも落ち着いてきたアトゥは、ハッとした様子で拓斗へと確認する。

「拓斗さま！　身体のお加減はよろしいのですか!?　その……また今までと同じような状態になってしまわれるのではないかと私は……」

再会の喜びでしばし忘れていたが、今マイノグーラにとって最も重要な事柄が拓斗の体調である。

今のところは記憶を完全に取り戻しており、元気な様子を見せている。

だがまた突然自らを忘却するのではないかという恐れがアトゥにはあった。

何が原因で拓斗の記憶が失われたのかも不明、そして何を理由に彼の記憶が戻ったのかもまた不明。

拓斗の安否を気遣うのは従者として当然の態度であり、最も重視する部分だ。

「ああ、安心して。そこは大丈夫だよ。まぁ少し問題は残ってるけど、今までみたいな状況にはならないと思う。それより、僕の記憶がなかった間に何があったか教えてくれるかい？」

「…………そうですか、分かりました。では今まであったこと起こったこと、全てお話しいたします我が王よ」

少し気になる点はあったが、アトゥはその気持ちを押し込めて求められるがままに報告を行うことを決める。

拓斗は普段においては優しい部分が目立つが、それでいて頑固だ。彼が大丈夫と言った以上しつこく聞いてもはぐらかされるだけだろう。

何かあるのは間違いないが、アトゥと拓斗はいろいろな意味で長い付き合いだ。その位、言わずとも理解できる関係性が二人には存在していた。

だからアトゥは自らの心配を一旦忘れることにし、これから行う報告に一切の漏れがないよう細心の注意を払いながら記憶を呼び起こす。

今まで彼女とマイノグーラに起こった出来事を……。

まずは拓斗の記憶が失われてからの行動を。

次にヴィットーリオが召喚されてから彼が突然失踪するまでの行動のあらましを。

穏やかな表情で、最後の話だけ少し真剣な様子で……拓斗は、ずっとアトゥの話を聞いていた。

時折少し視線をそらし考える素振りを見せていたが、概《おおむ》ねいつもの彼が戦略を考える時と同じ態度だ。

やがて彼はゆっくりとベッドから立ち上がると、うーんと背伸びをして身体をほぐし、語り始める。

「それにしても。そっか、ヴィットーリオ……予想どおりかな」

その言葉で、アトゥは全てを理解した。


今の状況はすでに拓斗の手の内で、ヴィットーリオが召喚されることも拓斗の中では予想の範《はん》疇《ちゅう》であり作戦の内だったということを。

「ま、まさか私がヴィットーリオに助力を求めることを予想されていたのですか!?」

「ああ、いくつか予想していたプランの一つとしてね。アトゥには大変な決断だったでしょ？　ありがとうね」

「い、いえそんな！」

両手をぶんぶん振りながら慌てて返事をする。

「ありがとう」――その言葉だけでアトゥは今までの苦労が報われた気持ちになった。

あれほどまでに怒りと気苦労に満ちた日々はなかった。だがその全てが今では幸福と喜びのスパイスでしかない。

アトゥの中で拓斗に対する敬愛の念が今まで以上に膨れ上がっていく。

自分が不退転の覚悟で行った決断も、あれほど疑問に思っていたヴィットーリオの行動も、全て計算された上でのものだった。

全ては結果が物語っている。

拓斗の復活という、否定しがたい結果が。

はたしてヴィットーリオがどんな手段を用いたのかは現状において不明だ。

自分などでは到底推測し得ない複雑なる知謀の絡み合いの果てに拓斗は復活を遂げたのだろう。

悔しいがその奇跡をなすヴィットーリオの知は本物。

だが何よりも……深遠なる神算鬼謀の権化たるあの闇の詐欺師すら自分の策の内としてしまう拓斗の賢《けん》の冴え渡り！

アトゥの気持ちはどんどんと高ぶり、喜びで幸せ、そして興奮で最高潮に達する。

もはや勝ち確定である。

後はあの我《わ》が儘《まま》放題している詐欺師をこの場に呼び出して、今までの非礼を拓斗よりキツく戒めてもらうのだ。

拓斗がヴィットーリオを叱責するその横で高笑いをあげる自分を夢想しながら、アトゥは全て拓斗の予定どおりに進んでいることを歓喜した。

（少し前までアレが作ったふざけた宗教で悩んでいたのが嘘みたいです！　流石に正式名称が不明なのは不便なので公的には『邪教イラ』で通しましたが……）

アトゥはウッキウキでわっくわくである。

瞳はキラッキラで、喜びのあまり子供のようにぴょんぴょんその場で飛びはねる。

全て目の前にいる拓斗の脳裏に浮かぶ幾万もの作戦のうちの一つであり、彼が見据える芸術的なまでの采配によって万事よしなに進められているのだから。

「さすが拓斗さま！　拓斗さま凄《すご》いです！　あの状況から復活する手立てをすでに打たれていただなんて！　このアトゥには考えも及びませんでし

た『Eternal Nations』世界ランキング一位の実力、このアトゥ感服いたしました！」

「ははは っ、煽《おだ》てすぎだよアトゥ。実際危ういところだったのは確かなんだから。……それに、たしね」

ヴィットーリオの手を借りることにもなっちゃったしね」

「でも、それすらも拓斗さまの予定どおりだったのでしょう？　いけ好かない詐欺師ですがこうも見事に拓斗さまの掌の上で踊るといっそ滑稽ですね！　拓斗さまを神とする宗教を作って日夜奇祭をはじめた時は流石に不安になりましたけど、まさかそれも策の内とは！」

興奮のあまり早口でまくし立てる。拓斗のことだ。ヴィットーリオのこの行動も予想の範囲内で、当然のように彼は頷《うなず》いて見せるのだと思っていた。

だが……。

「えっ？　ちょっと待って。何やってるのあいつ？」

「……えっ⁉」

真顔の拓斗に冗談の雰囲気は一切ない。

その言葉に一瞬驚いたアトゥも、彼の言葉をどう判断すべきか困惑する。

だが普段からしてこと戦略においては動揺というものが少ない拓斗が、何ともぎこちない笑みを浮かべたことによって確信に至る。

沈黙は、二人が冷静に物事を反芻《はんすう》するに十分な時間を与える。

その上で……。

（もしかしてこれヤバいことになってるんじゃ……）

アトゥと拓斗。長い別離と困難を越えて再会が叶ったこの主従の脳裏によぎった言葉は奇《く》しくも同じもので……。

未《いま》だヴィットーリオがどのような策を用いたのか、知る者はいなかった。

第五話　采配

　奇跡にも似た、奇妙で突然の復活劇が終わった後の話だ。

　いや、これからこそが始まりだとも言えるだろう。

　大呪界では拓斗の復活がすぐさま報じられ、事情を知る者たちは我先にと【宮殿】に駆けつけその快気を口々に祝う。

　マイノグーラ王の復活。

　誰しもが心から望んだことであり、そのために様々な手段や手法を模索していたが一向に回復の兆しが見えなかった難題でもある。

　その復活は、まさしく奇跡の顕現《けんげん》のように思えた。

「王！　お加減はもうよろしいのですか!?」

「ああ、もう大丈夫。心配かけたね」


　マイノグーラの宮殿。玉座の間。

　この場で最後に話し合いがされたのは果たしていつだっただろうか？　久方ぶりに主だった配下が全員集合した玉座の間には、ダークエルフたちによる歓喜のためか、一種の高揚した空気のようなものが醸し出されている。

「王よ！　この時のため、日夜欠かさず訓練を行っておりました！　ダークエルフ銃士団は準備万全です！　ご命令を！」

「いやはや、やはり我々のごとき矮小《わいしょう》な存在に王のあり方を推し量ろうなどと不敬にもほどがありましたな。ワシが王をお治しするのだと息巻いていた浅慮がほとほと恥ずかしいですわい」

　ギアとモルタール老。

　相も変わらずだが拓斗への心酔が強い二人の喜

びは計り知れない。

「よ、よくぞご無事で……。早速アンテリーゼさんにもお知らせしますね！」

エムル。

今回の事変においては目立った活躍こそないものの、揺らぐマイノグーラの屋台骨を支えていた縁の下の力持ちだ。

自分だけではなく友人でもあるアンテリーゼにも吉報を知らせようとするあたり彼女の性格がうかがえる。

「よかったー」

「元気になって一安心ですねお姉ちゃんさん」

エルフール姉妹もまた嬉しそうだ。

魔女となってその精神に大きな変化があったとしても、元のあり方まで変わるわけではない。

結局、彼女たちは拓斗のことが大好きで、いつもの王様が戻ってきてくれることを強く願っていたのだから。


もう大切な人を誰も失いたくない——まごうこと無き彼女たちの本心だった。

「皆さん。拓斗さまへのお言葉は簡潔に！　なぜなら！　この程度のこと、我らが王にとって困難のうちに入らないのですから！　私は拓斗さまがこうやって元気になることを、ちゃあんと知っていましたので！」

そしてアトゥ。

口では皆を制するようなことを言いながらも、その顔からは喜びが隠しきれずにいる。

むしろこの中で一番喜んでいるとさえ思われた。

その後も、拓斗はマイノグーラ中枢に関わるダークエルフや配下から、様々な言い回しを用いた祝いの言葉を贈られる。

少し——いや、かなり気恥ずかしいものがあったが、今まで自分が陥っていた状況を考えるとこうなるのも仕方なしかと、拓斗はコミュ障なりに頑張って返事をするのであった。

………

……

祝いの言葉も一段落し、落ち着いて思考の海に潜ることができるようになった頃合い。

拓斗はようやくここまで態勢を立て直せたことに安堵する。

思えば……ドラゴンタンと接触してから問題続きだった気がする。

暗黒大陸南部からの蛮族襲来と、それに続く敵対勢力――ブレイブクエスタス魔王軍の出現。

一難去ったかと思えば、次なる敵はテーブルトークRPG勢。彼女らによる急襲とそれに伴う一連の難事。

最終的には拓斗の活動が不可能になるほどの消耗を受け、回復するのにここまで時間がかかってしまった。

世界の状況は未《いま》だ混沌に満ちている。

他のプレイヤー、その背後にいるであろう存在。

確実に訪れるであろう、全てをかけた戦い。

現実的な国家運営だけではなく、それら超常の現象にも対処していかなくてはならない。

だがそれもまた、拓斗が過ごしてきた日常であった。

今までも困難な敵にはあたってきた。それが『Eternal Nations』というゲームの中の話であるか、現実であるかは拓斗にはさほど関係ない。

敵がいるのなら、必ず打ち砕く。

奪われたものを、全て奪い返すために。

拓斗は――決意を新たにした。

「よし、じゃあ早速頑張っていこうか!!」

ともあれ、やることは実のところ地道であった。

まずは内政。何よりも内政。

様々な問題はあるものの、土台である国家運営をおろそかにはできない。

このような状況であるからこそ、なおのことだ。

「では早速拓斗さまに指導者権限をお返ししますね。どうぞ存分にあのヴィットーリオを懲らしめてやってください！」

拓斗の宣言に触発されたのか、アトゥがペカーッとした――常春を思わせる笑みを浮かべ申し出る。

指導者権限を代理的に付与する方法はあくまで一時的な手法だ。

建築や生産、外交などの国内における様々な指示を行うことができるが、反面、拓斗のようにユニットの視界を共有したり念話を送ったりすることはできない。

ゆえにシステムの能力を最大限に発揮するためには早期の返上が必要なのだ。

むろん、実利的な意味よりも本来拓斗が持つべきものだから、という理由の方が大きいが。

拓斗が指導者であることこそが最大にして最強の武器なのだ。返上しない理由はどこにもなかった。

だが……。

「ああ、それだけど。まだ本調子じゃないから指導者権限はそのままにしておいてくれるかな？」

「へ？　そ、そうなのですか？」

唐突に出鼻がくじかれた。

周りでことの成り行きを見守っていた者たちも、少し驚いた様子を見せている。

「うん。まぁ正直に言うけど、アトゥを奪還する時に使った能力。僕の体調が良くなかったのはあれが原因なんだよね。どうにも連続で使用するには無理があったみたいだ。できればもう少し回復に専念したいというところなんだよ」

「それは……時間さえあれば問題ない、ということでしょうかな？」

会話に口を挟む愚行を承知で問うたのは、モルタール老だ。

拓斗が復活したものの、その理由の詳細は依然として判明していない。

王への信頼はあれど、万が一を危惧するのは彼の立場を考えれば当然だ。

「ああ、少し休む時間があれば大丈夫。何も年単位じゃない。そうだね……一ヶ月もあれば十分かな？　まぁ筋肉痛とか魔力切れとか、そんなものだと思ってくれればいいよ」

「かしこまりました。では御身の周りに一層護衛をつけなければなりませぬな」

「そこまでしなくてもいいと思うけどね」

あっけらかんと言う拓斗だったが、彼以外はより一層の護衛充実を決意している。

次こそは必ず拓斗を守ってみせるという不退転の決意をもって。

「念話やユニットの確認ができないのが難点だけど、指導者として最も大切なのはここ――頭だからね。その点は安心してほしい」

「もとより不安視などしていません！　では拓斗さま、ご随意にご命令を！」

「ははは、ありがとう」

深々と頭が下げられる。

王の帰還を祝福するかのように、その復活を祝福するかのように。

様々な問題はあれど、ここにマイノグーラは再始動を果たす。

――そして忘れるなかれ。

『Eternal Nations』は国家運営シミュレーションゲーム。

すなわち時間が経過すればするほど、その規模と国力は増大していくのだということを。


「さぁ、内政の時間だ」

ウキウキとした声音で、拓斗が宣言する。

マイノグーラに住まう誰しもが、自国の繁栄を望んでいるが、誰よりも強い執着と愛着を見せているのは他ならぬ拓斗だろう。

彼は、何よりもこの時間が好きだった。

「すでに国内の状況はある程度把握している。いくつか修正点があるから、それを詰めて行こう」

拓斗の号令によって国家という名の巨大な生き物が鎌首をもたげ胎動を再開する。

すでに頭の中で作戦は組み上がっている。

後は実務的な調整と指示を行うだけだ。

拓斗は自分の把握している情報と齟齬《そご》が無いか、現状把握を行う。

「確認だけど、新しい施設は建築できないんだよね？　モルタール老。今のところ研究は止まっているんだっけ？」

「はい、《六大元素》はなんとか研究が完了しており次の研究項目については保留しております。しかしながら今から新規技術を研究するとなると……先の研究で得た知見を踏まえるとかなり時間がかかるかと愚考します」

最初の議題に対する返答は、皆が口々にまくし立てた勇ましい言葉から打って変わって少々気落ちしたものだった。

それもそのはず、マイノグーラの国家運営において求めるほどに結果が出ていないのが、この研究に関してだったからだ。

無論これはモルタール老を筆頭とするダークエルフたちが無能だからというわけではない。

単純に考えて新技術の開発など一朝一夕でできるものではないという、至極常識的かつ覆しがたい理由によるものだ。

むしろこの世界にやってきてからの時間で《軍事魔術》と《六大元素》を完成させたことを褒め称えられるべきだろう。

だがそれでもなお、足りなかった。

「今のマイノグーラにおいてネックとなっているのは技術不足。数多くの配下や施設があれど、土台となる技術を確立しなければ生産することが不可能です……」

アトゥの言葉は正鵠《せいこく》を射ている。

様々な能力を有する施設。様々な奇跡を起こしてみせる魔法。

そして様々な力を振るう英雄。

いくら無限の可能性と圧倒的な力を有していようと、使えなければ無用の長物だ。

本来であれば数年単位――それこそ数十年という単位で国家を運営していく『Eternal Nations』の弱点が、この時間への無力にあった。

そしてこの弱点は、彼らがいるこの世界における戦いと最も相性が悪いと言える。

すでに現状の研究状況で解禁される建物は全て建造済みだ。

ドラゴンタンでは建築途中のものもあるが、それも大呪界で行ったことの焼き直しで、現状を大きく変えるほどのものではない。

有り体に言えば、技術という大きな枷《かせ》によってマイノグーラは身動きがとれなくなっていた。

だがそれすらも――。

「あっ、言い忘れてたけど、技術は盗《と》ってきたから大丈夫だよ」

拓斗の手にかかれば容易に解決しうるものである。

驚きの視線が一点に集まる中、拓斗はどこからともなく巻物のようなものをいくつも取り出す。

羊皮紙の束と思われるそれは、それぞれがまるで隙間を埋め尽くすかのような勢いでビッシリと書き込みがされており、見え隠れする豪奢な文字装飾などから察するに重要な情報であることは一目で分かった。

「《精錬》《演劇》《漁業養殖》《城砦建築》《先進狩猟》――宗教系の技術はさすがに概念が違いすぎて無理だったけど、僕らでも利用できるものは根こそぎ、ね」

驚きによる沈黙が場を支配する中、気がつくとそれらはうずたかく積まれた一つの山と化していた。

その全てが聖なる国家が心血を注いで築き上げてきた技術書であり、その全てが門外不出の決して他国に渡ってはいけない最重要国家機密である。

まるで当然のように、むしろこの時を予見していたかのように、芸術的なまでの先見性と戦略性をもってなされた一手。

その卓越した手腕に昔から拓斗の側《そば》でその実力を見てきたアトゥも驚きを隠せない。

「い、いつの間に――まさかあの時に!?」

拓斗はその問いに小さく頷《うなず》き、正解の意を伝えた。

レネア神光国に拓斗が潜入していた際、彼は《名も無き邪神》が持つ《完全模倣》の能力を利用して聖女となり情報収集を行っていた。

その際に聖女が持つ権限を最大限に利用し、情報を根こそぎ奪い取っていたのだ。

奪われたアトゥを取り戻すという一つの行動の中に、他に波及する様々な意図と成果を滑り込ませる。

これこそが拓斗が『Eternal Nations』において最も優秀なプレイヤーと謳《うた》われるゆえんだった。

ちなみにその時アトゥは特に何をするわけでもなく一人で暇を持て余していたわけであったが、幸いなことにこの場にいる者でそれを指摘する者はいなかったので、彼女の名誉は守られたと言えよう。

残念ながらアトゥは所詮従者であり、正直なところ拓斗がいないと割と駄目になる性格だった。

「……というわけで、技術の問題は一部解決したわけだ。メインの魔法系統に大きな進展が無いのは残念だけど、これだけでも建築できる建物は大幅に増えた。まずはそこから手をつけていこう」

配下の者たちがその卓越した手腕に感動と驚き、

そして表現しがたい畏怖を感じている中、拓斗はさっさと次の方針を決定する。

彼にしてみればこの程度のこと、何ら自慢すべきことでも驚くべきことでもない。

ただできるからやった。それだけのことだ。

「じゃあすでに考えていた方針を伝えるよ。まず大呪界とドラゴンタンにそれぞれ【酒池肉林】と【異形動物園】を緊急生産で建築。ドラゴンタンには追加で【練兵所】【魔法研究所】【市場】【診療所】【工房】【見世物小屋】も造っておこう」

情報の奔流が一気に押し寄せる。

無論それぞれに意図と意味があり、当然造れるから造るといった安易なものではない。

先の技術奪取と同じく、二手三手先——それどころか遥か未来までを見据えた選択だ。

「研究はそうだね……少し方針を変えて《医学》で。完成したら《医療魔術》を研究して【閉鎖病棟】の建築を目標にする。かかる時間については一旦保留で」

他者の理解状況を完全に忘れてしまったかのように続く説明に、慌ててエムルやモルタール老といった面々が手元の紙へとペンを走らせる。

一字一句漏らさず、後ほどその意図と作戦を尋ねるためだ。今は考える時間すら惜しい。

「ああ、あと【宮殿】のレベルを1段階上げよう。技術が集まったし、国家規模的に条件は満たしている。そしてユニットの生産は後で詳細を考えるけど、とりあえずバランス良くかな。《出来損ない》は強いけどコストが重すぎるから、とりあえずそれぞれの地形で合計二体だね」

さらに理解の範疇《はんちゅう》を超えた単語が出てきた。

それがなんとなく新しい配下だとは理解できるが、どのような運用を行うのか、そもそもどんな見た目をしているのかすら分からない。

ただ拓斗より告げられた言葉が持つ禍々《まがまが》しい響きは、自《おの》ずとより強力な存在が生み出されるという確信をダークエルフたちに抱かせた。

「という感じだけど。気になったことがあったら質問してね」

質問と言われても……。

それがダークエルフたちが最初に抱いた感想だった。

あまりにも知らない単語が出てきすぎたため、まず説明を求めたいといったところが正直な思いだ。

マイノグーラの建築物は一般的な国家が造るそれとは大きく違う顔を持っている。

建物それぞれが特殊な力を有しており、建築するだけで国家や都市に何らかの効果をもたらすのだ。

ゆえに名前だけではどのような意図をもって選択されたのかも分からない。

だからこそ、これは実質アトゥただ一人に投げかけられたものということになる。

「そ、相当なコストですが。大丈夫でしょうか？」

それに対するアトゥの答えは、至極まともで、至極表面的なものだった。

だが一番分かりやすく、かつ重要でもある。

拓斗もその問いに満足しているようで、待ってましたとばかりに説明が始まる。

「正直大丈夫じゃない――ってかこれで国庫はすっからかんだよ。魔王軍から巻き上げた金貨のボーナスもおしまい。後はひたすら税収に期待するばかりさ」

逆に言えば、あれほどあったブレイブクエスタスの金貨を全て消費しても、この選択をとる価値があるということである。

マイノグーラの【市場】で金貨を魔力に換算する裏技じみた行いは、手札として残しておけば今後様々な場面で活躍するであろうことは明らかだ。

その手札をここで全て切る。

アトゥも――そしてダークエルフたちも、拓斗の覚悟とその決断の重要性が自ずと理解できた。

しん、と部屋が静まりかえる。

此度の沈黙は、全面的な王への賛同であった。

「ではすぐに建築を開始します。ドラゴンタンは——指導者権限を持っている私が赴いて緊急生産する必要がありますが、そちらも早急に」

「うん、頼むよ」

簡潔に答え、拓斗は大きく伸びをする。

身体がなまっているのかグギッと嫌な音が鳴り皆が慌てるが、それらを手で制して思い出したかのように続ける。

「そうそう。フォーンカヴンも事情説明と協力を求める親書を出して少し時間稼ぎをする。どちらにしろあの国はマイノグーラの銃器がもたらす武力がないと地域の平定が困難だ。彼らには申しわけないが、ここは少しばかり足下を見るとしよう」

否の声は無い。

唯一エムルが少しだけアンテリーゼを案じたが、無論拓斗のことだから彼女へのフォローもなされるだろうと首を縦に振る。

「諸外国。——レネア神光国については聖女の動きが気になるけど……どうやら今はどこかへ逃げおおせたみたいだね。おそらく暗黒大陸のどこかだと思うけど。まぁさほど気にする必要は無い。国に見放された宗教家の末路は悲惨なものさ」

アトゥが少しだけ気にするそぶりを見せた。

それは捨ておかれた敵が思わぬ刃《やいば》とならないか心配する心か、それとも少ないながらも仲間として濃密な時間を過ごした相手を思いやる僅かな憐《れん》憫《びん》か。

「まあ、レネア神光国については安心していい。仕込みは間に合ってる。あそこはもう何かをするだけの余裕はないさ。クオリアもレネアの状況を放ってこちらまで手を伸ばせないだろう」

エルフール姉妹が小さな声で「あーあ」とつぶやいた。

魔女である彼女たちが、拓斗に命令されてやったことだ。

すなわち疫病と忘却の蔓延《まんえん》。それは敵対する聖騎士たちに止《とど》まらず、街中を覆い尽くす形で行使され、今なお続いている。

きっと今頃あの地はひどいことになっているだろう。

だが二人にはどうでも良いことだ。本心から、どうでも良いことだった。

「唯一の懸念点はエル＝ナー精霊契約連合とサキュバスの軍勢だけど……。おっと、この辺りの情報はまだ話してなかったね」

拓斗が上級聖騎士ヴェルデルとなってレネア神光国で手に入れたものは数多くある。

その中でも重要なものの一つが、エル＝ナー精霊契約連合の状況についてだった。

すなわちサキュバスの軍勢と魔女ヴァギアと呼ばれる存在。

十中八九プレイヤー勢力であろうが、どのようなゲームかは得体が知れない。

ともあれ重要な点は、エルフの国がサキュバスたちによって支配されたことと、聖王国クオリアがそれらの対処に当たっているために動きを鈍化させているることだ。

それらを配下に説明し、拓斗は情報の共有を図る。

「なんと！　エルフどもの国がそのようなことになっていたとは……！　しかしながら王よ、であれば今以上に警戒を強める必要があるかと愚考いたしますじゃ」

モルタール老が目を大きく開かせ、驚きの言葉を上げる。だが逸《はや》る指摘にも拓斗は冷静に返事をする。

「しばらくはフォーンカヴンに防波堤となって貰う予定だ」

その言葉でモルタール老は大きく息を呑み、

深々と頭を下げる。

正統大陸との境界の土地を彼らに任せたのはそういう意図もあったのかと感心したからだ。全て計画の内、であればこれ以上言うことは何もない。

そんな配下の態度に拓斗も満足気に頷く。

この計画は拓斗の独断ではあったが、フォーンカヴンとてその程度は理解済みだろう。

「もっとも、これだけ働いてくれるんだからそれなりにお礼はしないとね」

対レネア神光国戦時における共同戦線についてもフォーンカヴンによる協力を得ている。

一方的に要求ばかりを突きつけていては国家の威信に関わってくる。

この解決策として拓斗が挙げたのが、《破滅の精霊》だ。

新しく生産する予定のこの配下は魔術ユニットであり、ドラゴンタンの【龍脈穴】から生み出される大地のマナを利用することができる。

そして大地のマナによって可能となる軍事魔術は《土地の平凡化》。

これは土地における効果を消し去り、言葉どおりなんの変哲も無い平凡な土地へと変化させる魔術だ。

豊かな特性すらも打ち消すデメリットがあり、一見すると使い道のない微妙な効果に思える。

だが暗黒大陸の枯れた大地においてはこの魔法こそが無二の輝きを放つ。

どこまでも続く荒れ果てた大地に緑が蘇るさまを想像すればその意味は簡単に分かるだろう。平凡化とは、時としてそれほどまでに価値があるものなのだ。

より上位の土地改善魔術には劣るが、国土のほとんどが活用不可能なほどの荒れ地であるフォーンカヴンにとってどれほどの価値があろうか。

拓斗はこのユニットを派遣することによって、彼らへの返礼とするつもりであった。

痩せた土地に今まで散々苦渋を飲まされてきた彼らだ。この贈り物は効果覿面《てきめん》であると半ば確信めいたものがあった。

「これで僕らがいる暗黒大陸はひとまず安心できるとして、問題は北――正統大陸か」

拓斗は次なる問題へと思考を巡らせる。

決着がしっかりとした形で付いていない以上、ある意味で戦争中とも言える聖なる国家の問題だ。

レネア神光国は聖王国クオリアとは別の国であるが、それでクオリアが黙っているはずもないだろうし、旧レネアの土地も宙に浮いた形だ。

こちらはまだ具体的な対策がとれていないため、フォーンカヴンの押さえがあるとは言え早急な対処が必要だろう。

加えてサキュバスが支配する詳細不明なエル＝ナー精霊契約連合。南に比べ北は問題だらけだ。気が抜けない。

拓斗の意を正しく受けたのか、モルタール老は求めていた情報の報告をはじめる。

「現在詳細が不明のエル＝ナー精霊契約連合とは違い、レネアとクオリアに関してはある程度情報が入ってきておりますゆえ、今後の判断の一助にしていただければと」

「レネア神光国の首都にはそれなりの痛手を与えたはずだ。クオリアがその復興に動いていると言った感じかな？」

「まさしく王のご賢察どおりの状況にて。かの地には現在クオリアに残る聖女のうち、日記の名を冠するものが派遣されており、エルフール姉妹によって蒔かれた忘却と疫病の対策に奔走しております」

「聖女が出ている……か」

王が瞳を閉じてしばし考え込む様子を見せ、配下の者が沈黙を守る。

拓斗は己の記憶を呼び覚ます。

それは彼が上級聖騎士ヴェルデルとしてレネア

の地にて暗躍していた頃の記憶だ。

その折に《日記の聖女》についてはある程度情報を得ている。どのような能力を持っているかは不明だったが、直接話した印象ではあまり争いごと等は得意でないように思えた。

マイノグーラや暗黒大陸へ侵攻を企てているというよりは、やはりレネア神光国の後始末が目的なのだろうと拓斗は判断する。

そういえば日記の聖女は精霊契約連合について残り一人の聖女――《依代の聖女》が救援に動いていると言っていた。

聖王国クオリアの力を信じるわけではないが、聖女が動いているのであれば連合を滅ぼしたサキュバスたちがマイノグーラへ意識を向ける可能性も薄まろう。

「結局、僕らにはまだ少しばかり猶予はあるわけだ」

拓斗はそう結論づける。現段階で敵対勢力がマイノグーラに影響力を行使する可能性は極めて低い。なればこの黄金に等しい時間をもって、よりマイノグーラを強大な国家に発展させることが第一の目標だ。国家の反映こそが、拓斗の力となるのだから……。

「できることは沢山ある。今後も、今まで以上に気を抜かずやっていこう」

その言葉で会議は締めくくられる。

何も問題は無い。いつもどおりの会議である。脅威は数あれど、拓斗がその叡智をもって命令し破滅の軍勢が打ち砕く。

油断無く、慢心無く。

『Eternal Nations』世界ランキング一位の頭脳は、これからも世界を征服していく。

はずだ……が。

「――よしっ！」

パンと拓斗が手を叩く。

「じゃあヴィットーリオの話をしようか」

その全てを真剣に聞きながら、拓斗は冷や汗まじりにその対処を考えるのであった。

ピシリと、空気が凍る音が皆の耳に幻となって届いた。

「内政。外交。敵対国家の状況。この世の真理――。対処が必要な問題はもちろん数多くある。けど今一番どうにかしないといけないのはヴィットーリオだ。誰でもいい、どんな小さな情報でもいいから僕に教えて」

拓斗は真顔だ。だがあからさまに嫌そうな雰囲気がにじみ出ている。

楽しい内政の時間は終わり、覚悟の時間がやってきたのだ。

マイノグーラ史上最低最悪の英雄について話をする時間が……。

全員がお互いを見合わせ。ややして――。

「［「まずは私の話をお聞きください王よ！」］」

堰を切ったかのように数々の陳情があがる。悲鳴まじりのそれはもはや報告というよりはクレームだ。

SYSTEM MESSAGE

施設の建設が実行されました。

＞大呪界

【酒池肉林】【異形動物園】

【マイノグーラの宮殿：Lv.2】

＞ドラゴンタン

【練兵所】【魔法研究所】

【市場】【診療所】

【工房】【見世物小屋】

【酒池肉林】【異形動物園】

研究が完了しました。

研究済！《六大元素》

研究項目が選択されました。

研究中！《医学》

以下のユニットが生産されました。

《足長蟲》× 30

《首刈り蟲》× 10

《ブレインイーター》× 22

《巨大ハエトリ草》× 30

《破滅の精霊》× 4

《出来損ない》× 2

OK

報告を受けると言うよりは、どちらかと言えばねぎらいにかけた時間の方が長かっただろう。

だが彼らの怒りと不満がすさまじかった分、との詳細はわざわざ確認せずとも把握できたのは幸いであった。

拓斗はヴィットーリオの行動を脳内で再現し、その意図が何であるか推測を試みる。

当初彼が考えていた方向とはまた別の様相を呈する奇抜な作戦であったが。拓斗ならその真意を推し量ることができた。

「『邪教イラ』……か。正式名称をあえて付けないのは気になるけど、なんとなくやりたいことは見えてきた」

一通り、だが情報として入手していなかった部分までヴィットーリオの行動を確認できた拓斗は、少しばかり面白そうに笑うと皆が最も求める言葉を告げた。

アトゥを、そしてマイノグーラの住民を今日まで悩ませてきたヴィットーリオの行動の真意が判明する。

すなわちそれは現在マイノグーラが行っている戦略の詳細が明らかにされるのと同意義であるのだから。

加えておおよその予想はついてきたものの、拓斗の記憶が失われたことの原因と、その解決法が判明することも意味している。

むしろ配下の者たちにとって、そちらの方が重要なのかもしれない。

「拓斗さまの意識が回復したことと何か関連性があるのでしょうか？　正直、アレの行動は突拍子もないものばかりで、私にはどういう意図があるのか到底分かりませんでした……」

「まぁ快復したことと関係があると言えばあるかな。とは言え僕も確証がないから本人に聞いてみないと分からないけど」

拓斗が言葉を濁して説明する。

何やら奥歯にものが挟まったような物言いは本当に確証がないがゆえなのだろうか？

アトゥやダークエルフたちとしては今後また同じような状況になっては一大事なために詳細を知りたかったが、残念ながらそれは叶わぬようであった。

だがアトゥだけは、彼女だけは常日頃から拓斗をよく見ているがゆえに気づくことがあった。

すなわち――拓斗は何かを隠していると。

一体それが何であり、またどのような理由であるかは彼女には分からない。

だが一つ理解できることはあった。

（拓斗さまは、ヴィットーリオの行動に何か懸念を抱いている？　確かにイラ教の設立は不可思議なことが多い。つまり表には出ていない理由があるということでしょうか……）

ヴィットーリオの目的が完全に拓斗の意に添っていないのではないか？　という推測である。

舌禍の英雄は謀《たばか》りを最も得意とし、彼の主である拓斗はその神算鬼謀をすら超える。

その高みはアトゥでは決して計り知ることができず、ただ頂上で行われる知恵のぶつかり合いを仰ぎ見ることしかできない。

互いの手札を読み合う戦いは、すでに始まっているように思われた。

「さて、ヴィットーリオがどんな意図をもって現在行動しているか。それを理解するためには情報が必要だ――そうだね、教典はあるかい？」

「ええっと……教典、ですか？」

オウム返しでアトゥが尋ねる。

少しばかり話の流れが唐突だったような気がしたからだ。

アトゥの言葉を意図が伝わらなかったかと勘違いした拓斗は、あーっと言いながら軽く天井に視線を向け考える仕草を見せる。

「イラ教の聖書と言った方が分かりやすいかな？

ああ、邪教だから邪書？　まぁ何でもいいや。とりあえずそれを読んでみたいんだ。もしあるなら持ってきてくれるかい？」

アトゥは周りを見回し、誰か教典を入手していないかを確認する。

だが他の者たちもアトゥと同様の態度を見せていることから当てにはならないようだ。

あれほど嫌ったヴィットーリオの行動を一挙一動観察し、その詳細を把握しておくなど彼らの内心を慮《おもんぱか》れば少しばかり無理難題だったかもしれない。

もっとも王が復活して冷静さを取り戻した今となっては、それすらもヴィットーリオが用いた策の一つだったのかと考えてしまうのだが……。

だがどうして拓斗は教典など求めるのか？

――『邪教イラ』の教義はわざわざ調べずとも比較的多くの情報が集まっていた。

その内容は単純だ。とにかくひたすら神であるイラ＝タクトを称え、敬う。それだけだ。

分かりやすく言えば――イラ＝タクトはすごい！　かっこいい！　つよい！　むてき！　さいきょう！　これが教義である。子供でも分かる内容で、むしろ子供でも分かるからこそ伝播《でんぱ》する速度には驚異的なものがある。

わざわざ教典という形にせずとも、とりとめて重要な意味を持つものではないはずだ。

そんな物をなぜ読みたいと？

アトゥが言葉にせずに不思議そうに拓斗へと問いの視線を向ける。

「――興味があるんだ」

本当に興味深そうに、何かを楽しみにするように、拓斗は軽く笑いながら答える。

ただなるべく早く欲しいと付け加えたその言葉からは、教典が重要な意味を持つことは明らかだ。

玉座から決して動くこと無く、破滅の王の一手は放たれようとしていた。

Eterpedia

酒池肉林

建築物

人口増加率　＋10%
都市幸福度　＋10%
食糧消費量　＋20%

解説

～酒と食い物で一日中どんちゃん騒ぎ～

酒池肉林はマイノグーラ固有の建築物です。
住民の幸福度と人口増加率にボーナスを与えますが、反面食糧の消費量が増加するデメリットがあります。前提条件として【人肉の木】の建築が必要です。

Eterpedia

工房

建築物

建築物都市生産力　＋20%

解説

～鉄の量こそが、国家の運命を決める～

工房は都市の生産力を増加させます。
また、特定の武器や建築物を生産するのに必要となります。

第六話　夢

拓斗の意識が戻り、早速その手腕を発揮しマイノグーラを導いているその頃。

ドラゴンタンにおける邪教イラもまた、着々とその規模を拡大させていた。

彼らが現在力を入れているのは主として拠点作りである。

イラの信徒たちは街の商業区に存在するかつて有力者が住んでいた大型の邸宅を購入し、改造のうえで集会所として利用している。

設立からまだ数えるほどの日数しか経過していないにもかかわらず、彼らは組織としての形を整えつつあった。

「おーい、バカ《教祖》。いるかぁ？」

邸宅――集会所の一室、かつて使用人の部屋として使われていた簡素な部屋に、およそ敬意と礼儀に欠ける口調で入室する娘がいた。

ドラゴンタンでも珍しい山羊《やぎ》型の獣人。だが人の要素が強いためそうと分かるのは角や耳と言った部位からのみ。

齢《よわい》にして十五、六。

山羊族独特の特徴的な目つきと粗暴な態度が目につくが、身につける装飾品はどれも一級品であり、美しい角とその見た目も相まって黙ってさえいれば男が放っておかないだろう。

娘の名前はヨナヨナ。邪教イラにおける代理《教祖》の位を戴く、組織のナンバー2である。

「ん～～？　はいはぁい、おりますよぉ」

椅子以外には何もない部屋で何やら思索にふけっていたヴィットーリオが面倒くさそうに返事をする。

彼――ヴィットーリオの近況だが、意外なことに目立った行動は無かった。

おおよその組織構築が終わってしまえば後は全ての布教活動や雑務を部下に放り投げ、こうやって日がな一日自室に閉じこもるようになっていたのだ。

腐っても邪教イラの教祖。本来であれば信徒の前に姿を見せて説法を行うべき立場のヴィットーリオがこのような行動にでるのは重大な問題だ。

だがそもそもが分かりやすい教えの宗教だ。各々《おのおの》が勝手に拓斗の偉業を称える集会を開くなどして組織は比較的問題なく運営されていた。

むろん、そのような中でも細々《こまごま》とした雑事やトラブルは存在する。いわんや彼にしか解決できない案件となればヴィットーリオに話が行くのは当然の帰結だ。

「……それでぇ、このクソ忙しくて寝る暇も無い吾輩に、一体どのようなご用ですかな？　吾輩の時間は有限ですぞヨナヨナくん」

「いやいや。アンタ何もやってないじゃん。何もやってない奴が偉そうにするんじゃねぇよ。ぶん殴るぞ？」

「んまっ！　沸点低ぅい！」

棘《とげ》のある言葉だが暖簾《のれん》に腕押し。

ヴィットーリオは相変わらずニヤニヤとした薄気味悪い笑みを浮かべ、何を考えているのか分からぬ態度だ。

代理教祖などというまどろっこしい役職をつけられ仕事の全てを放り投げられている事実に、ヨナヨナはほとほと疲れていた。

元が親なしの浮浪者という出自のため、世間の荒波には十分揉まれてきたつもりだったが、頭を使う仕事だけはどれだけやっても慣れないと思ってしまう。

上司が全く仕事をせず、あらゆる面倒ごとの全てを自分に押しつけるのだからなおさらだ。

なおそこに上司自身の無茶ぶりも含まれているため不満と怒りは余計募る。

はぁ……と、大きなため息を吐く。

ため息を吐く度に幸せが逃げていくとは誰の言葉だったか、ヨナヨナは諦めにも似た心境でヴィットーリオをにらみ付ける。

「おぉ！　なんという鋭い視線！　吾輩漏らしてしまいそう！　んところでぇ！　わざわざ吾輩の部屋にお越しになったということはぁ、何か理由があるはず。いったいぜんたい、なぁにようですかなぁ？」

ヴィットーリオの部屋に来る者は少ない。

すでに邪教イラは彼の手を離れて独自の動きを始めている。今更教祖としての役目を放り出して思索と暗躍にふける彼に興味を抱く者は少ないのだ。

だからこそヴィットーリオも用事を問うた。

「本国より召喚状が届いているぜ。年貢の納め時ってヤツだな。どうすんだ？」

ヨナヨナが懐から取り出したのは一枚の書簡。

よくよく見ると紫色の蝋《ろう》に国家の紋章で封印がされており、それが一定の格式を持ったものだということがよく分かる。

マイノグーラにおける重要事項の伝達に関して、今までは基本的に拓斗が直接念話で配下へと連絡を入れていた。

だが当然彼が休息を取っている最中にあってはそれも不可能だ。

ゆえにわざわざ仰々《ぎょうぎょう》しい手段をとったのだろう。

国家印の押された書簡はそれ相応の意味を持つ。

ぞんざいに扱って良いはずがないものだったが、ヨナヨナはぽいっとヴィットーリオに放り投げる。

「お行儀が悪いですぞぉ！　全く、親の顔が見たい――あっ！　ヨナヨナくんは親に捨てられたんでしたっけ、これはしっけ――」

刹那……。

獣人特有の俊敏な動きでヴィットーリオの懐に入った少女――ヨナヨナは、そのままフッと短く息を吐き、その腹に思いっきり拳を打ち込む。

「ぐほぉっ！　暴力反対！」

戦闘に秀でているわけではないヴィットーリオは、無論その攻撃を受けて椅子から転げ落ち派手な悲鳴を上げる。

だがそもそも身から出た錆《さび》であり、残念なことにマイノグーラでは彼が暴力を振るわれていると訴えたところで喜ぶ者はおれど問題視する者は少ない。

当然少女も彼の抗議を聞き流し、用件を続ける。

「いちいち余計な嫌みを言わなくていいんだよ。いいからさっさと読め。アンタが本国でどうなろうが知ったこっちゃないが、そのせいでウチとイラの信徒が迷惑を被るのだけは勘弁なんだよ」

「んん～っ！　その信仰心はべり～ぐっ！　なんですがねぇ～。吾輩への愛が足りないっ！　もあラブ！　もあカインドリー！」

腹の痛みでぷるぷると震えながらも笑顔でサムズアップ。

ヴィットーリオがこの少女を代理教祖に据えた理由がこの信仰心だった。

信仰心の高い者は有益だ。それはヴィットーリオにとってという意味でもあるし、何よりイラ＝タクトにとって有益という意味でもある。

信仰の強い者は欲や誘惑に抗《あらが》う力が強い。信仰に強く依存し縋《すが》るがゆえに、他者の介入を一切許さず宗教の教えにただひたすら邁進《まいしん》する。

それは教祖であるヴィットーリオに対してですら例外ではなく、役職や立場という権威的なものすら考慮に値せず、その心の内に神以外存在しない。

ただただイラ＝タクトのためだけにあれ。

それこそが彼が求めた完璧なる信徒であり、偉大なる神に対する祈りの供物だ。

「ヨナヨナくんはほんとーに出来が良いですが、その暴力だけはいただけませんなぁ。そんなんでイラの代理教祖が務まりますぅ？」

「安心しろ、ウチはこう見えて今までの人生でほとんど暴力を振るったことがないんだ。マイノグーラの仲間とイラの信徒には優しく。きっと神もそう仰《おっしゃ》るだろうからなっ！」

「えっ？　ナチュラルに吾輩仲間はずれにされてない？　吾輩も仲間だよね？　仲間ですよね？」

「いいからサッサと手紙読め」

軽口のたたき合いをしながら、ヴィットーリオは手紙を読み始める。

彼の考えるプランは順調過ぎるほど順調に進んでいた。

ヨナヨナはまさに理想の教祖であり、彼女こそが邪教イラの表に立つべき人物だ。

猫族の親子もまた良い逸材だ。初期の信徒ではあるが彼女らもまた信仰心が強く、疑うことを知らない。

その他にも邪教イラを支える優秀な人材が集まりつつある。

無論信徒たちも順調に増え、今頃は交易などを通じてフォーンカヴンの領域まで手を伸ばしているだろう。

狂信者たちはどんどん増え、祈りは神の元へと集まっている。

『邪教イラ』の――ヴィットーリオの目的は成就しつつあった。

………

……

…

その奇人は、一人自室で微睡《まどろ》んでいた。

この世界に来た瞬間から彼を突き動かす願いは、全てを巻き込みただひたすらに突き進んでいく。

『Eternal Nations』のあらゆるプレイヤーが試み、唯一を除いて誰もなし得なかったヴィットーリオの制御。

けして縛られぬその神算鬼謀。

人知を超える策謀の頭脳はこの時のためにこそあったのだと、貪欲に情報を食らい、濁流のごとく策を吐き出す。

「んふふふ～」

全てが完璧であり、全てが完全であった。

もはやここに至っては誰もその策を打ち破ることができず、もはやここに至っては誰もその策を否定することができない。

ゆえにヴィットーリオは、己が打ち出した策を拓斗が理解した時に彼がどのような反応を見せるのか楽しみでならなかった。

己が夢を、どう評価してくれるのか楽しみでならなかった。

「夢、夢、夢――」

奇異なる詐欺師は全てを騙《かた》る。

自ら敬愛して止まない主ですら欺き、一体何を望み、叶えようと言うのか。

「夢は、愚かであれば愚かであるほど狂おしいほどに恋い焦がれる。そう思いませんかなぁ？　我が神よ」

だが祈りの果てに、ついに彼の夢は叶う。

全ては――偉大なるプレイヤー、イラ＝タクトのために。

「祝祭の日は近いですぞぉぉぉぉ！　我が神よぉぉぉぉ!!」

ヴィットーリオは、心地好《よ》い夢に微睡み、ただただ笑い続けるのであった。

Eterpedia

見世物小屋

建築物

都市の幸福度　＋５％
都市の文化力　＋５％
都市の魔力生産　＋５％

見世物小屋は主として大道芸人がその技を披露する場所です。

文化力を増加させる効果があり、都市の規模に応じて僅かながら収入も発生します。

邪悪国家ではごくまれに敵対国家の捕虜などが展示されることもあり、この場合善国家からの評価が下がります。

Eterpedia

異形動物園

建築物

都市の幸福度　＋10%
都市の文化力　＋20%
都市の魔力生産　＋10%

※《出来損ない》の生産が解禁

異形動物園はマイノグーラ固有の建築物です。

他では決して見ることの出来ない、およそ動物とは言いがたい異形の存在が展示されています。この建物は都市の住民の幸福度を上げる効果があり、都市の規模に応じて収入が発生します。

また、戦闘ユニットである《出来損ない》の生産が解禁されます。

高い能力を持つ建築物ですが、反面建築コストは膨大になるので注意が必要です。

第七話　日記

旧レネア神光国首都――アムリタ。

灰燼《かいじん》に帰した旧大教会は、しかし現在聖王国クオリアの臨時指揮所へと変貌していた。

要請していた本国からの支援もいくらか到着したのか、瓦礫《がれき》が片付けられ更地になった場所にはいくつもの天幕が張られ、配給用の食糧や医療用の薬草など様々な物資が集積されている。

《破滅の王》が顕現《けんげん》し、その悪意と暴威を奮って聖女ごと一つの国家を滅ぼした起点。

そのような場所に指揮所を作ることに、無論反対の声もあった。

だが、だからこそ聖王国クオリアがこの場所に活動拠点を作り、邪悪の監視と人々の慰撫《いぶ》、そして都市の再建を行うことに意味があったのだ。

言葉にすれば聞こえは良いが、現状クオリアの最高戦力である《日記の聖女》たちはこの南方州で釘付けにされていた。

「イムレイス審問官。区画整理に関する報告書。炊き出しに関する報告書。疫病の治療状況に関する報告書になります」

「――ありがとうございます。それぞれ口頭で概略を教えてください」

天幕の中にある執務机では、異端審問官であるクレーエ＝イムレイスが聖騎士より報告を受けながら都市の復興を指揮していた。

クオリアにおける異端審問官はその特殊な役職柄、様々な知識や技能を有する。

有事の際に軍を率いること、他国と交渉を行うこと、災害に見舞われた都市の復興など、その権限と能力は多岐にわたる。

ゆえにクレーエにとって聖女の代理として聖騎士団と部隊を率い、この地で復興を行うことは決して無理難題ではなかった。

だが何もかもが足りない。

今回の派遣はあくまで調査の名目。むろん聖騎士以外にも州の軍兵や後方支援用の聖職者などいくらかの人員は連れてきているが、一つの都市全体を立て直すなどと言った大規模な活動は当然想定されていない。

いわんや被害は南方州全体に広がりつつある。

彼女たちが駐留するこの都市が最も被害が大きいと言えど、他の被害を無視して良いものでもない。

各地に点在する村落はもちろん、いくつか規模の大きな街も他に存在する。

そして南方州全域に手を差し伸べるにはあまりにも彼女が動かせる力は少ない。

正直なところ、クレーエが施す様々な施策は効率的ではあるものの焼け石に水と言ったところであった。

「以上が報告になります。都市に蔓延《まんえん》する疫病についてですが、幸いなことに風邪のようなもので自力で回復した者も多数おります。ただ感染力が高く南方州全域へと急速に広がっており、楽観はできません。仲間とも話していますが、おそらく長期戦を覚悟しなければならないかと」

「それはよくない。――このような場合患者の隔離による封じ込めが鉄則ですが、規模が大きく人員も足りない状況ではそれも覚束《おぼつか》ない。悔しいですが重症者を重点的に治療するしかありませんね」

クレーエの言葉に年若い聖騎士の男は悔しげに頷《うなず》く。

決して防げぬものではない。ただ物資と人手が足りなすぎる。

思うように行かぬ焦燥感が、苦渋の表情となって表れていることは明らかだった。

支援に乏しい。薄情に聞こえるが、実のところ本国——つまりクオリアとしても何も指をくわえて待っているわけではなかった。

エル＝ナー精霊契約連合の敗北。

善なる二大国家の一つ。エルフたちが治めしかの国が落ちたのであれば戦乱の世が来るのは避けられぬ未来。

破滅の王の活動も確認された以上、クオリアとしても軍の再編が急務であり、そちらに手を取られているのだ。

今頃聖都では聖騎士の再教練と、軍の編制で大わらわだろう。

何せクオリアは長らく戦というものを経験してこなかったのだ。

中央から動かない《依代の聖女》を除いて、唯一の聖女である日記の聖女を動かしただけでも情があると言えた。

むしろ、この状況で聖女を動かす胆力をこそ褒め称えるべきだろう。

だからといって現状が何か良くなるわけではなかったが……。

破滅の王がもたらしていった呪《のろ》いは、彼らに重くのしかかっている。

そしてその呪いは疫病にとどまらない。

ある意味で、と言おうか。むしろこちらの呪いの方が影響力としては大きかった。

「問題は信仰心を忘れた者たちのことですね……」

アムリタの街に住まう人々の信仰喪失。

なぜか彼らは聖神アーロスの教えの一切を忘れ、まるで最初からそんなもの存在しなかったかのような態度を取るのだ。

それが邪悪なる意図が込められた悪意の播種《はしゅ》であることは容易に分かる。

聖なる寄る辺《べ》を失った者たちがどれほどの寂寥

感を得ているか。

再度教えを伝えることには成功している。

だが疫病と違い、短期間で効果が出るようなものではないため、難儀しているのが実情だ。

「正直なところ、いかんともし難《がた》いというのが現状です。目下アムリターテ大教会の禁書庫を当たっていますが、それらしき記述の文献はなく、皆目見当が付かない状況です」

「それは良くない。闇の秘術はクオリアにて固く禁じられております。たとえ研究目的であっても関連する書物を所持することは認められていません。残念ながら情報は得られないでしょう」

「異端審問局の方では何かご存じありませんか？」

「闇なる秘術への対応は、聖なる御業《みわざ》によってのみなされるもの。理解し紐解こうとすること自体、間違いなのです」

「それは失礼しました」

あまり褒められた質問ではないが、クレーエは特段彼に注意するつもりはなかった。

異端審問局は信徒の言葉尻を捉えて糾弾する組織ではないし、何より今は一人でも人手が欲しい。

その程度のことは当然わきまえているし、むしろ異端審問官というのは通常よりも忍耐力が必要な役職だ。

ゆえにこの場においては彼のように思ったことを口にする人物の方がありがたかった。

それがたとえ若さゆえの無謀さであってもだ。

「記憶が失われている。それも信仰だけが特定的に。なんたる邪悪なる業か。嘆くことすら分からない者たちを見るのは、さすがに小職もつらいものがあります」

疫病と忘却。全く性質の異なる破滅の王による呪いではあったが、それらは非常に効率的にこの南方州を混乱に陥れているとクレーエは声に出さず推察する。

どちらか一つであれば楽だった。
疫病だけであれば、南方州に滞在する聖職者を総動員して治療に当たらせることができる。
忘却だけであれば、都市機能を掌握後に順次簡易的な教化を行えば事足りる。
両方だ。
両方同時に発生しているからこそ、まるで粘性の高いぬかるみにはまり込んだかのように動きを制限されている。

破滅の王がどのような目的でこの地に呪いを放ったのかは不明だ。

だが単純な破壊や死をもたらさないあたり、悪しき意図が隠されていることは間違いなかった。

「後ほど小職も再度被害に遭われた方と話をしてみましょう。もしかしたら見落としていた気づきがあるかもしれません」

もう何度も試みた信仰忘却者への聴取。

最初の数度以降はさして目新しい情報も得られてはいないが、だとしてもやらない理由にはならない。

クレーエは粘り強い忍耐でもって、調査を継続する意思を示す。

「分かりました。早速手配いたします。では――神のご加護がありますように」

「ありがとうございます。貴方にも神のご加護がありますように……」

深々と礼をしながら、若い聖騎士は退室していく。

その後ろ姿を見ながら、小さくため息を吐く。

これから先、未来はどうなってしまうのだろうか？

クレーエは静かに目を瞑り、しばしの間神へ慈悲を乞《こ》うた。

………

……

…

「貴方は……たしか、ケイマン医療司祭でしたか？」

クレーエの目の前に連れてこられた男を見て、彼女は数秒の後にその名前を思い出した。

記憶が確かならこの都市のどこかの教区を担当している医療司祭だ。

信仰心が厚く、医療司祭としての実力も高かったことを覚えている。

だが、ケイマン医療司祭が見せた反応は彼女の記憶の中にある彼とは違和感を覚えるほどに差異があった。

「は、はぁ……そういう貴女はたしかイムレイス異端審問官、でしたかな？」

「……ええ、以前こちらの街で発生した神父殺害事件の際に何度かお話をお伺いしております」

「そう、ですね。いや、確かにそうだ。しかし、私は……なんと言って良いやら、すみません」

「ご気分が優れないのですね。それは良くない。どうぞそちらにお座りになって楽にしてください」

クレーエとケイマン医療司祭は一応知り合いと言える間柄だ。

彼女の言葉どおり以前の事件においてクレーエはケイマン医療司祭の助力を乞うている。

簡単な捜査任務ではなかったがゆえにそれなりに期間を要し、ケイマン医療司祭ともある程度の関係性を築けたと感じていた。

だが今の彼を見るに、以前別れの挨拶を交わした時の様な面影は見られない。

ケイマン医療司祭はクレーエが今まで出会ってきた中でも上から数える方が早いほどに敬虔なる信徒であった。

その深き信仰が失われ、酷《ひど》い混乱に陥っているのであろう。

友人と言っては少々気安いだろうが、酷く怯える友の姿を見るのはクレーエも忍びなかった。

「その……私は一体どのような理由でここへ？　しょ、正直お答えできることなど何もないと思うのですが……」

「そうですね、少しお話をお伺いしたいのです。ご安心を、この場はあくまで質問の場。貴方に何か不都合が起きることはありません」

その言葉で少し落ち着いたのだろう。

緊張気味だったケイマン医療司祭の表情が幾分柔らかくなる。

とは言え……どうしたものか。

話には聞いていたが、信仰が失われたことで人はここまで変わるのか。

本来はもう少し詳しい話などを聞くつもりであったが、これでは自分が求める答えはほとんど得られないだろう。

クレーエが内心でどう話を進めるべきか検討をしていると、不意に閉じられていた天幕の入り口から光が差し込んだ。

「あの、クレーエさん……」

現れたのは一人の少女だった。

クレーエはケイマン医療司祭が戸惑いの態度を見せている様子を横目で確認しながら、少女――日記の聖女リトレインへと声をかける。

「どうかしましたかネリムさま。日記は、書き終わったのですか？」

「は、はい！　午前の分は、全部書き終わりました」

「それは良きことです」

「あ、ありがとうございます」

努めて優しい声音で、クレーエはリトレインの返事に頷く。

日記の聖女リトレイン＝ネリム＝クオーツは、その日に起きた出来事をその身にはいささか不釣りあいな大きさの日記に記すことを日々の務めとしている。

それは神聖なものであり、三法王と依代の聖女の名において保証されている誰も邪魔をすること が許されぬ絶対的なものだ。

記されているのは、彼女の思い出。

人々からの感謝の言葉や、過去に出会った大切な人。そして居なくなってしまった人。

それら思い出を、彼らの言葉を、一字一句違《たが》えることと無く記す。

ゆえに彼女はいつからか、《日記の聖女》と呼ばれることとなった。

常に携帯しているその大きな日記こそが、彼女を彼女たらしめるものであるから。

その日記を、彼女の大切な日記を、強く抱きしめながら……リトレインはクレーエを静かに見上げる。

「あの、クレーエさん。聞きました。みんなが信仰を忘れたせいで、大変だって」

その言葉にクレーエはケイマン医療司祭へ退出を促そうとする。

聖女は聖王国クオリアにおいて絶対的な権力を有す。

何人《なんぴと》たりとも彼女たちの行いを否定することはできないし、何人たりとも彼女たちを止められない。

幸いケイマン医療司祭への聞き取りも見通しが見えず困っていたところだ。

ちょうど良いタイミングだと、先に聖女の用事を済ませるつもりだった。

だが……。

「あ、そのままで、大丈夫です。その、よければ、ここにいてください」

当のリトレインから否の言葉が出た。

他人に聞かせても問題ない話なのか、他人がいた方が安心できるのか、それとも全く別の理由があるのか……。

いぶかしむクレーエだったが、しばしの思案を見せた後にようやく口を開く。

「では、話を戻しましょう。確かにネリムさまの仰《おっしゃ》るとおり人々の記憶は失われており、我々も困難な状況を感じております。そこにいるケイマン医療司祭もまた同様の状況に見舞われており、医療行為への復帰は難しいでしょう」

込み入った話に巻き込まれたケイマン医療司祭が困惑気味に頷く。

彼ら聖職者が使う技はその全てが神への信仰に依存している。

奇跡というカテゴリに属する魔法の一種なのだが、信仰を失った状態での行使は不可能だ。

無論奇跡に頼らない知恵の数々はいまだケイマン医療司祭の脳に刻み込まれている。

だが信仰を失った彼に無私の奉仕を期待するのは、いささか希望的観測と言えるだろう。

この地における破滅の王の顕現。

その被害の大部分は戦闘員――すなわち聖騎士に限定されている。

医療司祭や一般の聖職者などは先の戦いに参加するどころか混乱する内に終わったというのが実情だ。

だがそれら重要な聖職者たちの信仰が失われているのであれば、話は変わってくる。

人員はいるが、勘定に入れられない。信仰を持たぬ者が緊急時にどのような立ち振る舞いを見せるかをよく知っているクレーエとしては、ただただ忸怩《じくじ》たる思いを抱かざるをえない。

「その……みんなの信仰が戻れば、この街は、助かるんですね？」

突然、本当に突然。

その少女はおかしなことを言い出した。

「それは、そうですが……現状では信仰を取り戻す方法が発見されておりません。幸い新たに神の教えを説くことは可能ですので、時間はかかりますが彼らも信仰心を取り戻すかと。小職はそのように愚考します」

リトレインの質問にクレーエの瞳が揺れる。

慌てた様子で事情を細やかに説明するのは動揺の表れか。

それとも、彼女が――日記の聖女リトレインがどのような言葉を次に言い出すのかを理解してか。

クレーエの当たって欲しくない予想は、だが残念なことに寸分違うことなく当たっていた。

「ち、治療します。わ、私の日記の力でそれができることは、す、すでに分かってます」

「それは良くない、貴女の奇跡は――」

「――クレーエさん」

強い、意志の籠もった言葉がクレーエを遮った。

分かりきっていたことだった。彼女の――リトレインの決断は誰にも止められないことは。

止める術《すべ》もなく、またその行いも許されていないことは。

「な、何でしょうか？　ネリムさま」

琥珀色の瞳がクレーエを見つめる。

透き通ったその瞳の奥に何を見たのか、クレーエは気圧《けお》されたかのように身じろぐ。

「ここは、お父さんと一緒に過ごした街です」

「え、ええ、存じ上げていますよネリムさま。ちょうどここを出た大通りをしばらく進んだ角を曲がれば、父君と暮らしたお家があるのですよね」

記憶を呼び起こすまでもなく、クレーエはすらりと答えて見せた。

いつの日か、彼女に直接案内されて教えて貰ったことがあったのだ。

その時はすでに彼女は親元から離されていたために、クレーエが招かれることも、またリトレインが帰宅することもなかったが。

だがその場所とその外観はしっかり彼女の記憶に刻み込まれていたのだ。

「はい、きっと、多分……」

日記をめくり何やら確認していたリトレインは、自分が思ったとおりの記述を見つけたのか答えながらこくりと小さくうなずく。

おそらく家の所在地を日記で確認していたのだろう。クレーエはその姿にほんのわずかに眉を顰《ひそ》める。

「ずっと、ずっと祈ってるんです……」

パタリと日記が閉じられ、クレーエが声をかける前にリトレインがぽつりと呟いた。

それは小さな幼子にしてもなおか細い声音で、その場に少しでも雑音があれば聞き逃してしまうほどのものだ。

「お父さんは、言いました。『善き行いを続けていれば、必ず善きことが起こる』って。お父さんは、嘘をつかない人なんです」

「ええ、上級聖騎士ヴェルデルはとても高潔な方です。その言葉を言葉だけのものとせず、常に実行に移してこられた」

「私は、その……ずっと良い子にしてきました。善き行いを、できるかぎり、してきました」

日記の聖女リトレインの独白は続く。

彼女を突き動かすのは父への想い。

たった一人、この世界に生まれ落ちた彼女が唯一手に入れることができた家族。

血はつながらなくとも父娘の絆は本物で、だからこそ強く強く焦がれる。

未《いま》だ巣を飛び立てぬひな鳥が親を求めて鳴き叫ぶことを誰が否定できようか？　リトレインの願いは、なんの代わり映えもなく、なんの珍しさもないものだ。

だが彼女にとっては何にも代えがたいものなのだ。

「今は忙しくてきっと会えないけど、任務が終わればまたきっと……」

勢いよく喋りすぎたのか、ふぅと大きく深呼吸するリトレイン。

彼女の父――上級聖騎士ヴェルデル。

それはかつて大呪界探索の任を受け、マイノグーラと接触した人物。

その後の連絡が途絶え、生存が絶望視されている誇り高き聖騎士。

「夢なんです。また、お父さんと一緒に暮らすの……」

リトレインは、少しだけ恥ずかしそうに笑った。

その笑顔は、ほんの少し前に父との再会が叶ったことからくるものだ。

――神は存在する。

それは何も誤魔化しや希望めいたものではない。

事実として、その存在は観測されているのだ。

だからこそこの世界の宗教国家はこれほどまでに力強く人々の心に根付き、長らく繁栄を続けてきた。

神の存在こそが、この国に住まう人々を支えていると言っても過言ではない。

だから……。

リトレインは祈りを続ける。

神様はきっと自分の頑張りを見てくれている。

試練は重く苦しいものだが、苦難と献身の果てに夢は叶うのだ。

リトレインの――幼く弱い少女の願いは、だからこそ何よりも強かった。

「――だから、私に頑張らせてください」

その言葉に、クレーエは頷くことしかできない。

だがそれはあまりにも残酷な行いだ。

なぜなら、日記の聖女が――リトレインが奇跡を使う代償として、

――神は彼女の記憶を求めるのだから。

「神様、お願いです。私の思い出を捧げます。この人の信仰を――元に戻してください」

言葉と共に優しい光が彼女を包む。

幼き少女の祈りはただただ純粋な光を放ち、あまりにも強い輝きであるがゆえに……己の身す

ら焼き尽くそうとしている。

——聖女の奇跡。

クレーエは、止める術を持ち合わせていなかった。

聖女が奇跡を行使し苦しむ者を救う。

その尊き行いは、誰も止めることが許されない。

決意をもって奇跡を行使する聖女を止めることは、何よりも許しがたい悪しき行いだから。

異端審問官という誰よりも神の法を守らなければならない職務を与えられているがゆえに。

止めるべきだと叫ぶ感情を、クレーエは神への信仰で押しとどめる。

光が、ゆっくりと消えていく……。

やがて全てが終わり、一人の男の信仰心が戻ったことと引き換えに、一人の少女が持つ大切な何かの思い出が永遠に失われた。

ケイマン医療司祭が感激の涙を流し聖女リトレインへと懺悔《ざんげ》と感謝の言葉を述べた後。

彼が早速己の職務に復帰するためにこの場から去った後、その場にはクレーエとリトレインのみが残されることとなった。

「よろしかったのですか?」

先ほどから必死で日記のページをめくるリトレインに、クレーエはゆっくりと問うた。

「はい、た、多分……」

「そうですか」

そのまま押し黙る。

彼女の——日記の聖女リトレインの記憶は当然のことながら有限だ。

日々加わる新たな記憶を積極的に代償として捧げることで重要な記憶の欠損を防ぐことができるが、それでも無闇矢鱈《むやみやたら》と奇跡を行使していればいずれ限界が訪れる。

すなわち、彼女が今まで代償として捧げることを拒否し続けてきた記憶が必要になる時が来てしまう可能性があるのだ。

記憶を捧げ続け、穴だらけになったリトレインが唯一捧げることを拒否し大切に抱えているもの。それは父との記憶だ。

クレーエは、言外に伝えたのだ。あまり無駄に奇跡を使うといずれ重大な決断をしなければならない時が来ると。

すなわちそれは、彼女の記憶が全て失われ、リトレインがリトレインでなくなる日。

父との思い出もなくなり、ただがらんどうの聖女という機能だけを乗せた人形が生まれる日。

――いま、世界は混沌に満ちている。

邪悪なる勢力が虎視眈々《こしたんたん》と人々の暮らしを脅かし、その生命全てを地獄の底に引きずり込もうと胎動を始めている。

エル＝ナー精霊契約連合はすでに敗れ、悪しき者たちによる不穏な動きを見せている。

クオリアもまた、レネア神光国として独立した南方州に壊滅的な打撃を受け、その深い傷から立ち直れずにいる。

さらに南部の大陸――暗黒大陸では中立国家にてまた別の悍《おぞ》ましき存在ありとの神託が下された。

これからおそらく……いや、間違いなく光と闇の戦いは苛烈さを増していくだろう。

その過程で傷つき、倒れる者は数知れず。

聖女の助けを求める者は、増えることはあれど決して減ることはない。

そして助けを求める無辜《むこ》の民を捨て置けるほど、彼女は冷酷な人間ではない。

だから日記の聖女リトレインはこれからも奇跡を使い続けるだろう。

たとえ、捧げられる思い出を全て差し出したとしてもなお……。

その時彼女は……。

この優しい娘は、一体何を差し出せば良いというのだ。

「あの、イ、ムレイ、イ、ス、異、端、審、問、官、……」

「………何でしょうか？」

「神様は、アーロス様は……私の善き行いを見ていてくれたでしょうか？」

決して答えの出ない問題に心を暗くしていたクレーエに、リトレインはおずおずと語りかける。

その姿を見るのが、何よりもつらかった。

酷く辛く、耐えがたかった。

だから決して己の考えを悟らせないよう、心を閉じ、感情を凍らせ、笑みを浮かべる。

けれども……クレーエは、その鉄のごとき意志の力をもってしても、震える声を止めることができずにいる。

「え、ええ。神は、必ず……ネリムの行いをご覧になっていることでしょう」

「そっか……よかった」

本当に、本当にほっとした表情で、リトレインが笑った。

その笑顔が本当に無邪気で、クレーエにどうしようもない罪悪感を覚えさせる。

クレーエは覚えている。

この小さな娘が本当は快活で人なつこい性格であることを。

相手が自分を知っているのに自分は記憶を失っているという状況がゆえに、相手に不快感を与えまいとオドオドとした窺うような態度をとってしまうことを。

クレーエは覚えている。

リトレインという名前は、彼女が中央に引き取られた際につけられたもので、本当の名前は養父から与えられたネリムだということを。

どちらも互いを知らない時、聖女との謁見に緊張する自分に対して言ってくれた「私のことは気軽にネリムと呼んでね」というあの優しい言葉を。

クレーエは覚えている。

彼女は正義感が人一倍強く、人一倍人の苦しみに敏感であることを。

それはまるで彼女の父親そっくりで、いつの日か彼のように立派な聖職者になれるだろうと、なれるはずだと思っていたことを。

　クレーエは覚えている。

　彼女が夜中にひっそりと父の名前を呼びながら泣いていることを……。

「父君は必ず戻りますよ。あと――」

　クレーエは心の中で慟哭《どうこく》する。

　何度練習しても上手くできない笑みがまた崩れ、ぎこちないそれに変わる。

　ああ神よ、ああ偉大なる神よ、どうしてこれほどまで悲劇をご所望になるのか？　彼女はいつ救われるのか？　彼女はどのように救われるのか？

　自分は何を彼女にしてやるべきなのか。

　答える神はいない。

　全知全能であるのなら、聞こえているはずの善なる神。

　存在を確認されているはずの神は、聖なる御《み》心《こころ》のまま沈黙を貫く。

　だからクレーエは、ただただ悲しげな笑みを浮かべ……。

「――小職のことは、どうぞクレーエと気軽にお呼びください」

　いずれ訪れるであろう終わりの時まで、少女のそばにいると心に誓うのであった。


　レネア神光国崩壊より約一ヶ月後の某日。

　旧クオリア南方州、商業都市セルドーチ。

　南方州と暗黒大陸の境界に最も近い都市。

　クオリア本国から見れば南の最果てに位置するその都市は、以前では暗黒大陸にある中立国家との非公式な貿易で賑わった歴史のある街だ。

　だが多種多様な人々が訪れていたその場所は、今この混乱の時代において一種の陰鬱《いんうつ》とした空気に包まれていた。

街の入り口に設けられた入国管理所は封鎖されており、現在ではかつての活気が嘘だったかのように静けさだけが支配する場所となっている。

南方州にあるこの都市は、現在クオリア三法王の名において重要管理都市の指定がされており、人の往来は徹底的に遮断されている。

外からやってくる者は無論、中からも人を出さないという厳重なものであったが、そもそもこの大事だ。

商人はさっさと安全な場所に逃げているし、旅人や巡礼者も疫病の発生でそれどころではない。

普段は行商人や巡礼者、傭兵の入国審査に休む暇もなかった警備の一般兵もその煽りを受け当然のように休業中だ。

ともあれ警備は必要であり、全く無人にするというわけにもいかない。

その日も一人の兵士が街門に併設された管理所の椅子に座り、監視窓に肘《ひじ》をつきながらぼんやりと外に見える晴れ渡った空を眺めていた。

誰がみても明らかだったが、彼は重要な任務を与えられながらも全くやって来ない仕事に退屈さを感じていた。

「こう言ってはなんだけど、暇すぎても苦痛だな……。こうまでやることがないと、あの忙しい毎日が逆に懐かしくなってくるよ」

末端の兵士と上層部で抱く危機感に大きな隔りがあるのは組織の常だ。

彼もまた多少の不安はあれど危機意識に乏しく、ただぼんやりと一日を過ごして早く交代の時間にならないかと暇を持て余していたのだが……。

その時は、本当に突然に、前触れもなく訪れた。

「もしもぉぉっしっ。ちょ～っとよろしいですかなぁ!?」

「うぉっ！　な、なにもの……何者だ？」

その男は突然、本当に突然窓の外に現れた。

ぼーっとしていたとは言え、窓から見えるこの辺りの景色は見通しもよく、隠れるような場所もない。

にもかかわらず自分に一切気づかせることなくここまで接近して来た男に、先ほどまで不真面目に任務をこなしていた兵士も警戒を隠せない。

思わず窓から距離を取り、腰の剣に手をかける。

だがあからさまに発せられる不信感と相手を警戒する態度にも、その奇妙な男はなんら気にした様子もなく、それどころか自らの怪しさを言いつくろう気配すらない。

「おおお！　これは大変失礼しましたぁっ！　吾輩の名前はヴィットーリオ、マイノグーラの方からやって来ましたヴィットーリオォ！」

兵士による困惑混じりの疑惑の視線もなんのその。

それどころか、仰々《ぎょうぎょう》しい態度で深々とお辞儀をする。

ゆったりと持ち上げられた頭はまるで鎌首をもたげた蛇のごとく陰湿な気配を放っており、ニタリと笑う口元は舌なめずりをしているかのような不気味さがある。

情報に疎い末端の兵士である彼にとって、マイノグーラの王であるイラ＝タクトが起こした破滅の詳細が届いていなかったことは、はたして幸か不幸か。

だがそのような疑問も、もはやこの段階に至っては無意味であることが次の瞬間に明らかとなる。

同じくいつの間に現れたのか、彼の後ろからぞろぞろと集団がやってきたのだ。それらは一様にニコニコと不気味なまでに強い笑みを浮かべている。

まるで作り物めいた存在であったが、彼らが人形でないことは先頭にいるやたら不機嫌かつ疲れた表情を見せる数人の少女から分かる。

「い、いったい……何用だ？　この都市は現在封鎖中なのだが」

腰が引けた様子で問いかける兵士の男。

いつもなら暗黒大陸の人とみるや居丈高に振る舞う小物ではあったが、さすがにこの状況で余計なことをしでかさないだけの頭は働いたらしい。

最低限の人員ということで仲間も近くにいないため動揺が見え隠れしていることは失点ではあったが。

もっとも、彼の頭が多少回ったところで目の前の詐欺師に対抗できる可能性は皆無に等しいのだが……。

「貴方はいまぁ、幸せでぇすかぁ～？」

どこかで言われた言葉が、ここでもまた垂れ流される。

暇を持て余したヴィットーリオの奇行が……。

策謀の英雄による次なる一手が、始まろうとしていた。

第八話　護衛

旧クオリア南方州の街へと舌禍の英雄による魔の手が伸ばされる時。

その日よりおおよそ一週間前のこと。

拓斗は、国家の重鎮であり宰相としての役割を持つモルタール老より嘆願という名の強い進言を受けていた。

「御身《おんみ》の護衛を増やす必要がございます」

「うーん、確かにそうだよね。今まで以上に、護衛が必要かもしれない」

その言葉に拓斗は頷《うなず》く。

これまでの戦いにおいて、様々な部分で小さなミスが頻出していた。

敵の過小評価に始まり、見通しの甘さや『Eternal Nations』システムへの過信など、反省すべき点に枚挙に暇《いとま》がない。

これら問題点についても拓斗は十分に把握しており、随時改善と修正を行っている。

だがその中でも最も重要で、かつ早急な改善が必要なことこそ、モルタール老の嘆願にあった王の護衛体制についてだった。

これまでの経験から敵対組織は自分たちと同等の能力を利用し、それらは時に予想を超える突拍子も無い理論でこちらに襲いかかってくることが判明している。

敵が蛮族や聖クオリアなどの常識的な能力を有す者たちならば話は簡単であった。

だが今直面している敵は……そしてこれから現れるであろう敵は、それら常識という言葉を投げ捨てたかのように様々な手段を操り、こちらの首を狙ってきている。

今まで『Eternal Nations』で培ってきた経験は急速に陳腐化し、かつて絶対的な信頼のもとに用いてきた戦略では到底足りていない。

現状にモルタール老らが懸念を深めるのは当然と言えた。

王こそが国家であるがゆえに、護衛により重きを置くのは当然の帰結だ。

特に拓斗が療養中であり、その力のほとんどを封じていると表明している以上、配下の者たちが血相を変えてこの問題を解決しようとするのは自然な流れである。

「特に今後アトゥ殿が積極的に動く必要がある以上、王の身辺をさらに厳重になすことは必定。我らでは些《いささ》か力不足やも知れませぬが、それでも今度こそ盾程度にはなってみせましょうぞ」

モルタール老が有無を言わさぬ気迫ですぐ様の対応を迫ってくる。

ある程度まで持ち直したとは言え、マイノグーラの状況はいまだ危機的だ。

今、たとえ拓斗が完全に復活してレネア神光国を壊滅させた時の力を取り戻していたとしても、このやりとりは避けられぬものだっただろう。

敵はあまりにも巨大で、未知に包まれている。

ゆえにモルタール老の言葉は何一つ間違っておらず、彼の判断は至って正しいものだ。

「僕の護衛については安心して」

そして当然ながら、拓斗もまた同じ結論に至っていた。

「オギャア……ギャアァァァ」

「むっ!?」

どこからともなく、赤子の泣き声が聞こえてきた。

否——それは泣き声というにはあまりにも不気味で、どこか精神を摩耗させる悍《おぞ》ましさを有している。

突然の異変に驚くモルタール老だったが、王を守らんと臨戦態勢を取るためすぐさま立ち上がる。

だがその動作が完了する前に、モルタール老は拓斗の周囲で起きた変化に目を見張った。

「なっ――!!」

「アアッ……ブブゥ」

喃語《なんご》じみた泣き声とともに、拓斗を守るようにそれは滲み出てきた。

犬、猫、虫、鳥……肥大化したそれらのパーツをごちゃ混ぜにし、無秩序に固め合わせたかのような――「肉塊」と安易に表現してしまうことすら一定の配慮があるのではないかと錯覚してしまうほどの醜悪な体躯。

身体から無数に生え出る、異常に伸びた腕部とそれぞれがまるで個別の意識を持っているかのように虚空で揺らぐ人の手。

そして何より目を見張る、中心から肉塊を突き破ったかのように存在するおよそ赤子とは言いがたい不気味に腫れ上がった巨大な胎児の上半身。

それはモルタール老と確かに視線を合わせると、胎児の両手を万歳させながら心底嬉しそうに「キャッ!」と笑った。

「僕の護衛」

「な、なんと……これがっ!」

モルタール老は一瞬でそれが何者であるかを把握する。

話には聞いていた。

王が此度建築した《異形動物園》にて生産される新たな配下の魔獣について……。目にする機会はなかったが、それが今まで以上に人の理《ことわり》から離れた異形の姿をしているという話は。

確認の言葉を拓斗へ投げかける前に、モルタール老の首筋に、はぁ……と生臭い息がかけられた。

（なっ！　なんと!?　いつの間に!?）

もう一体、背後にいる。

特徴的な赤子の笑い声を前後から聞きながら、モルタール老は戦慄《せんりつ》する。

ソレの姿に驚き戦《おのの》いているわけではない。同じマイノグーラの配下、何を恐怖することがあろうか？　無論、相手がこちらを害する等とは露ほどにも思っていない。

それよりも、前後から放たれる気配だった。それがモルタール老を驚愕へと誘《いざな》う。

つまり。

（この圧力……滲み出る気配！　これはまるで……）

モルタール老は、その二体から英雄に達せんとするほどの——力の発露を感じたのだ。

「《出来損ない》はまだ見たことが無かったかな？　異形動物園で生産できるユニットだよ」

自慢するように拓斗がその二体を紹介する。

その説明にモルタール老はただただ言葉を失い、自分程度の考えならばすでに王は二手三手も先を行くという事実に感動するのであった。

「《出来損ない》は戦闘力が13。これは一般的な英雄の初期能力値よりも高かったりする。しかも邪悪属性ということで様々なボーナスが乗るから護衛としてはかなり強力だ。見た目も……普段は隠れてくれているから優しいしね」

「動物という範疇《はんちゅう》からは明らかに離れていますからねぇ」

しばらく時をおいて、《出来損ない》のお披露目と同時に拓斗の新たな護衛体制が公表された。

王の身辺に関する問題はモルタール老だけの懸念ではなかったので、このようなマイノグーラの主要な面々を招いた大々的な発表は当然の行いである。

配下を安心させるためでもあるし、王の権威いまだ衰えずと示すためにもこの儀式は必要だと拓斗とアトゥは考えていたのだ。

だが実際には、新たなユニットの能力を紹介したいという自慢の意味もあった。

何せ……このユニットを生産することで消費した魔力は、ブレイブクエスタスの金貨の一斉消費という大胆な作戦を決断した拓斗をもってしても、目を背けたくなる量だったのだから。

この位やらないと、割に合わないという半ば投げやりな気持ちもあった。

とは言え、その能力は拓斗の心労と魔力の消費量に十分見合うものである。

「加えて、荒れ地――ドラゴンタンで生産した《出来損ない》は《看破》の能力を持つ。これは文字どおり敵の偽装や擬態を見破る強力な能力だ。英雄が使う特殊な偽装ですら貫通するから、一定の対策にはなると思う」

自分のことだと分かっているのか、拓斗から貰ったガラガラのおもちゃで遊んでいた《出来損ない》の一体が「ぱうっ！」と短く叫んでにっこり笑う。

常人であれば発狂不可避の闇の笑顔であったが、ここはマイノグーラであるため皆も若干困った笑顔を返す程度だ。

「そして森で生産した《出来損ない》は《擬態》や《不意打ち》の能力を持ち、存在を隠すことで敵の不意を突けます。相手に悟らせない護衛としてこれ以上のものはいないでしょう」

大会議室に用意された新品の椅子、その一つをベロンベロンに舐めていた一体が、アトゥの説明で自分が呼ばれていると気づき「キャ！」と返事をする。

椅子の惨状に幾人かが悲しそうな顔をしたが、その場にいた者はやはり困った笑顔を返す。

「キャリアとメアリアにもなるべく王の側《そば》にいるように申しつけています。英雄クラスの魔物二体に、同じく英雄クラスの魔女が二人。これらを王の護衛とします」

「がんばりますです！」

「わーいっ！」

その言葉にキャリアとメアリアが返事をする。

ちなみに、もっとも隙となる拓斗の睡眠中における護衛――曰く添い寝をどうするかでアトゥと姉妹の間で一悶着あったが、最終的に《出来損ない》が拓斗と一緒に寝ることで決着が付いている。

「今マイノグーラが用意できる最高の護衛と言っても過言ではないよ。これで突破されるなら……正直お手上げだね」

そうおどけてみせる拓斗に、配下の者たちは全員が深々と頭を下げる。

非の打ち所がない最良の体制だ。無論完璧とは言いがたい。いや……敵がどのような攻撃手段を持ち合わせているか不明な以上、完璧などどこにも存在していないのだ。

であるのなら、これ以上を求めるのは不可能であるし、また無駄でもあった。

ゆえに、最良という言葉がこの場には最も適切だ。

配下の反応を見て、拓斗は満足気に頷く。

これで一つ、マイノグーラが抱える問題が解決したからだ。

まだまだ問題や懸念事項は無数にある。だが着実に一歩ずつ、拓斗たちは前に進んでいる。必ず成し遂げると誓った勝利に向けて。

「よし、ありがとう二人とも。ちょっと圧が凄《すご》いんでまた隠れておいてくれるかな？」

「バブゥ……」「キャッキャ！」

常人であれば発狂してしまいそうな泣き声で返事をしながら、二体の《出来損ない》が指示どおりに動く。

天井裏にするりと上る一体と、その場に溶け込むように消える一体。それらを交互に確認しながら、アトゥはため息を吐く。

「どうしようもないことではありますが、見た目があれですねぇ……」

「まぁ、それはね……」

マイノグーラのユニットはおしなべて個性的な見た目をしている。

3D造形技術の限界に挑戦せんとばかりにこだわり抜いて作られたそれらは、B級ホラー映画好きなどにはとても好評ではあり、一部のユーザーにも人気が高い。

だがその異質な姿は実際に相対すると居心地が悪いことこの上なかった。

とは言え、その能力は折り紙付きの一言。

今まで散々マイノグーラの愉快な仲間たちを見てきた拓斗としても、この程度であれば多少愚痴をこぼす程度に精神が鍛えられていた。

「ふぅ。……ということで、今後はこの体制で僕の周りを固めたいと思う。皆これで少しは安心してくれたかな？」

「「ははぁっ！」」

そしてそれはダークエルフたちもまた同様だった。

むしろ悍ましい見た目はそのまま凶悪な能力を有していることを示唆《しさ》する。

この大会議室にようやく入り込めるほどの巨体と、一目見て分かるほどの邪悪な圧力を放ち続ける《出来損ない》ならば、王の護衛としても十分であろうとモルタール老らは心配の念を一つ減らした。

「とは言えしばらくは【宮殿】で療養するけどね、そもそも僕が外に出るということが間違いなんだよ」

「お、お手数をおかけしました……」

その言葉に隣でふんぞり返っていた従者が途端にしょんぼりと気分を落ち込ませる。

テーブルトークRPG勢力に支配権を奪われ、拓斗の手を煩《わずら》わせてわざわざ奪還して貰ったことを未《いま》だ悔いているのだろう。

無論、拓斗としてはそのような意図で言ったつもりはなかったので慌てて訂正の言葉を述べる。

「そんな、アトゥのためだったらいくらでもかまわないよ。落ち込まないで、アトゥがいてくれて僕は本当に助かってるんだから」

「拓斗さま……」

「んおっほん！」

モルタール老からやんわりと横やりが入る。

別にことさら邪魔をするつもりはないが、今は会議の時間。そういうのは他でやってくれと言う言外のクレームだ。他の者も言葉にはせずとも同様の視線を向けてきている。

なんだかんだで皆も自己主張が強くなったなとその成長を感じつつ、拓斗は少し慌てながらも当初予定していた話題を出すことにした……。

「そういえばメアリア、キャリア。以前言った作戦は変わらず続けている？」

その言葉で手持ち無沙汰にしていた二人が待っていましたとばかりに躍り出る。

「疫病は王様の命令どおり、感染力重視で調合しました。お姉ちゃんさんも頑張りましたが、聖教の忘却に関してはあくまで都市の範囲内とのことなのです」

「がんばったー！」

「うん、ありがとう。僕の考えているとおりにやってくれたね」

普段はあまり意見を出すことのないエルフール姉妹もここぞとばかりに成果をアピールしてくる。

拓斗としてはむしろ彼女たちの頑張りと結果こそが重要な鍵となっているので、もっと褒めてあげなくてはと思っているほどだった。

……拓斗の依頼はレネア神光国でゲームマスターを打ち破った時まで遡《さかのぼ》る。

あの時に彼女たちが街中に放った疫病と忘却。

それらの維持を頼んだのは他ならぬ拓斗だ。

次なる一手のために、仕込みを行っていたのだ。

「けど事前にお伝えしたとおり、キャリーたちはこの力を維持しないとダメなのであまり大きくは動けませんよ？」

「王さまはこれでどうするのー？」

拓斗が二人へどのような褒め言葉をかけてやろうかと考えている間に、先に姉妹より質問が入った。

だが彼女たちの無邪気な質問に、横で話を聞いていた大人たちは頭に疑問符を浮かべる。

今の今までの話で十分にその答えは話し合われたのではないか？　という疑問だ。

すなわち、レネアの地に混乱をもたらすことによって聖なる国家の行動を制限させる。

暗黒大陸との境界につながる南方州地域での混乱は、聖なる国家が暗黒大陸へと影響力を行使する際の枷《かせ》となる。

アトゥを取り戻してレネア神光国を滅ぼすというう一定の成果を得たからこそ、拓斗が一旦暗黒大陸まで退《ひ》いて態勢を立て直す考えだと皆は思っていたのだ。

だがこの双子の少女だけは……鋭い魔性の本能じみた勘をもってして、拓斗が描くプランがそれだけではないことを探り当てて見せたのだ。

「ははは、二人はなんとなく分かってるみたいだね。実はアレは時間稼ぎだけじゃないんだ。それだけなら単純にあの街とそこに住む人を適当に破壊しておけば事足りるからね」

「ということは、拓斗さまはあの土地でまだ何か作戦を考えていたのでしょうか!?」

アトゥがシュバッと話題に入り込み皆の疑問を代弁する。

その瞳が感動と感激にあふれていることから、改めて拓斗のすごさを実感しているのだろう。

無駄にキラキラした瞳で見つめてくるアトゥに少々気圧《けお》されながら頷き、拓斗は作戦が確かに存在していることを認める。

あくまで構想の段階であり細かな部分は決定していなかったが、エルフール姉妹に命じた行動は確かに次なる作戦の布石となっていた。

「さすがです拓斗さま！　敵の技術を手に入れたこともそうですが、常に二手三手先を考えて行動をされているなんて！　このアトゥ、感激で胸が震える思いです！」

「しかり、しかり。誠、王の叡智とどまるところを知らずと言った状況ですな。やはり王こそが我が国そのもの、この老骨では話についていくのがやっとですわい」

「どういう作戦か気になるー」

「そうですねお姉ちゃんさん。一体次はどんなことが起きるんでしょう？」

当初皆の反応は喜びだった。

拓斗が編み出す人知を超えた神算鬼謀の戦略。すでに次の布石は打たれ、マイノグーラが世界全てを手中に収める終着点へと着実に歩みを進めている。

それは王が復活してからなお顕著で、未だ体調がすぐれぬ状態であっても勢いを弱めるということを知らない。

ああ、なんと素晴らしきかイラ＝タクト。まさしく彼こそが世界を覆い尽くす闇そのものであると。

「ただ――僕以外にもこのことに気づいている人物がいるんだよね……」

だが次いでその興奮は一気に消失し、言いようのない不安が押し寄せてくる。

破滅の王たるイラ＝タクトの人を超越した深き思考について行ける者など、唯一の例外を除いて存在しない。

ダークエルフたちの中に、何やら嫌な予感とともにある人物の名前が浮かびかけたその時……。

「会議中失礼します――緊急の用件が」

やや緊張した声音をあげる者がいた。

扉の付近には片膝を突きながら静かに言葉を待つ兵士が一人。緊急の伝令だ。何やらトラブルが発生したらしい。

一兵士にとって天上の人とも言える者たちの視線を一身に受け、哀れな伝令は顔をこわばらせている。

むろん、必要があれば会議中であれども伝達を行うよう周知しているので彼の行動は何ら咎められるものではない。

とは言え会議の終わりを待つことなくすぐさま報告が必要だと判断された事案だ。楽観視はできず、一人を除いた全員に緊張が走る。

ただ、拓斗だけはどこか楽しむような様子で、まるでクイズの答え合わせをするかのように上機嫌で軽く伝令の背後を指さす。

「その子に伝えて」

「はっ！　……え、えっと、どちらの方に――うぉっ!!」

「あぶぅ……」

背後に突如現れた《出来損ない》に驚愕の表情を浮かべる伝令のダークエルフ。

その態度が不満だったのか頬を膨らませる《出来損ない》だったが、しっかりと話を受け取ったようで、するりと音をさせずに移動し念話が使えない拓斗のもとで耳打ちをする。

報告とは一体どのようなものか？　会議に参加していた面々の視線が拓斗に集まるなか、彼は心底楽しそうに笑う。

「なるほど、このタイミングかぁ」

「王よ……一体どのような？」

「彼が僕に会いに来た」

その言葉で、緊張が一気に高まる。

マイノグーラの王であるイラ＝タクトと、その配下である舌禍の英雄であるヴィットーリオ。

いよいよその二者が対峙《たいじ》する時が来たのだ。

果たしてその会談は何をもたらすのか？　確実に訪れるであろう嵐の時を前に、配下の一同は気の利いた言葉すら出せずにただ押し黙る。

「楽しみだなぁ。一体どんな無理難題を言い出してくるやら」

　今の今までドラゴンタンで暗躍を続けていたヴィットーリオが主である拓斗に会いに来る。

　すなわちそれは彼の策がすでに成ったことを意味しており、その意図が献上であるか挑戦であるかを問わず、拓斗にぶつける準備が整ったということだ。

　果たして、舌禍の英雄という名の劇薬はマイノグーラに何をもたらしたのか？　彼らの心情を知ってか知らずか、拓斗はただただ楽しそうに、嗤《わら》うのであった。

Eterpedia

出来損ない

戦闘ユニット

戦闘力：13　移動力：2

《捕食》《人肉嗜食》《再生》《邪悪》

※【異形動物園】で生産可能
※生産される土地の種別によって保有する
能力を変える
森：《擬態》《先制攻撃》《不意打ち》
荒れ地：《追跡》《追撃》《看破》《包囲》

NO IMAGE

解説

～それは何者でもなく、
あらゆる生命の要素を内包し、
そして歪んでいる～

《出来損ない》はマイノグーラ固有の戦闘ユニットです。

高い継戦能力と、多種多様な能力を有しています。

また、《出来損ない》は生産された都市の地形に応じた能力を獲得する特性を有しています。

そのため戦略に応じて【異形動物園】の建築都市を選ぶ必要があります。

生産コストは高いですが、どの地形で生産したとしてもコストに見合う能力を有する強力なユニットです。

第九話　献身

《破滅の王》と舌禍の英雄による初の会合は、おおよそ配下の者たちが想像したものと違って酷《ひど》く穏やかで親和的なものであった。

場所はマイノグーラ【宮殿】。玉座の間。

周囲は配下の者たちと、拓斗の護衛である《出来損ない》が侍《はべ》り、ことの成り行きを見守っている。

対するヴィットーリオは、彼にしては奇妙なことに副官らしき少女を連れてこの場に参じていた。

不思議なことに、本来ならこの場にいるはずのアトゥが離席しているようだったが、そのことを気にかける者はおらず自然と謁見が始まる。

「英雄ヴィットーリオォォォォォォ！　んまかり越してぇ、御前にっ！」

英雄は恭《うやうや》しく臣下の礼をとり、遅参の謝罪と共に忠誠の言葉を述べる。

またそれに対する王も、鷹揚で気軽ながらも威厳と畏怖に満ちた声でそれに応える。

一見してなんら問題ない主従の会談。

何ら欠点の無い、歴史書の一文に記されるか否かのとりとめの無い光景だ。

だが、察しの良い者ならばすでにこの場は言葉を用いた戦場と成り果てていることを容易に想像できた。

王たる拓斗は配下の一挙一動、その言葉の隅々まで精査しその真意を判断するため。

そして配下たるヴィットーリオは王へと自らの行いの詳説と、その忠誠に曇り無きことの証明のため。

「ああ、よく来てくれたねヴィットーリオ」

互いに未《いま》だ様子見。

その場に控える面々は、王たる拓斗が内心どのような気持ちでヴィットーリオに相対しているのか一向に判断がつかなかった。

一見すると和やかな会談に見える。だが散々かの英雄の傍若無人ぶりを訴えてきたのだ。このまま何事もなく無事に……とは誰もが予想していなかった。

「僕が動けない間、精力的に働いていてくれたみたいだね。ありがとう。少し時間が空いてしまったけど、ようやく君との時間をとることができた」

「なぁにを仰《おっしゃ》いますか！　国家の英雄がその指導者のために粉骨砕身の働きを行うことは当然のこと っ！　王はただそこにあり、臣下はただひたすらの献身を！　それが摂理でございまぁぁぁっす！」

「……そっか。じゃあ改めまして、伊良拓斗だ。僕のことは覚えているかな？」

「無論覚えておりますぞ！　『Eternal Nations』を極めし知の冴え渡り！　向かうところ敵無し、あらゆる苦難困難をその叡智でねじ伏せてきた天の才覚！　イラ＝タクトとはすなわち、あらゆる存在の頂点に立つ者の名！　吾輩が唯一、頭《こうべ》を垂れるプレイヤーですぞぉっ！」

「はは、何度言われても気恥ずかしいな。けど、君もあの日々を共有してくれたことを嬉しく思うよ」

「忘れるものですか！　この吾輩が忘れるものですかっ！　おお神よっ！　偉大なる御方よ！　吾輩は貴方様と過ごした日々を、決して忘れたことはありませぬ！」

拓斗は軽く辺りを見回し、その場にいるダークエルフたちが怪訝そうな表情を見せていることを確認する。

マイノグーラが『Eternal Nations』というゲームに存在する国家であるという事実は、拓斗が秘匿している項目の一つだ。

ヴィットーリオはそのことを知っていて尚、軽々しく言葉を述べたのだ。

動揺を誘って会話の主導権を得ようとしたのか、はたまた箸休めに困惑するダークエルフでも観察したいと思ったのか。

それとも、興奮のあまり取り繕うことを忘れたか。

とは言えこの程度であれば誤魔化しもきくしダークエルフたちも何についての言及か分からぬだろう。

神の国の言葉ということで納得して貰っている分、その辺りは楽だった。

拓斗は内心の興奮を隠しきれず軽く笑みをこぼす。

相手の裏を読み取ることを常に求められるやりとりなど、いつぶりだろうか？　気を引き締めて会話に臨まないといけないということこの状況は個人的に望ましいものだった。

争いは時として好ましくある。

拓斗は、元来どちらかというと血の気の多いタイプの人間なのだ。

とは言え……今は拓斗にも立場がある。

これが本来のゲームだったり、相手がどうでも良い人間だったりした場合は、己の欲望のままにことを進めても問題ない。

だが今や彼は一国の主だ。その立場から来る責任は確かに彼の選択肢を別のものとしていた。

（まずは自分勝手な行動への叱責か……。そういえば配下の問題行動をしっかりとした形で指摘するのは初めてだな。今までは皆聞き分けは良かったし、せいぜいが注意するのが関の山だったからね。とは言え……今後はこういったことも必要か）

さてどうしたものか。

配下の者たちの手前、ヴィットーリオに対するけじめはつけなければいけない。

その点においては拓斗としても何ら不満を述べるところではない。

信賞必罰は組織の常道であり基本だ。

だがことヴィットーリオに関してはそれもまた別の意味を持つ可能性があった。

「君の行動はすでに報告を受けている。功績は大きいけど、しかし独断専行が少々行き過ぎているね。まぁそれは君の性質を知れば仕方のないことかもしれないけど、だとしても他の皆に迷惑をかけるのはいただけない」

「吾輩の行動が問題で？　なら如何様《いかよう》な罰でも受け入れましょう！　それが今必要ならば、どうぞご存分に！　吾輩にはその準備も覚悟もございます！　そう！　今この場においては、それが必要！　さぁさぁ！　王自ら刺激的で過激な罰を吾輩にっ！」

「うーん。ノリノリだ。君にふさわしい罰か……迷うね」

「ちなみに吾輩は痛みや苦しみを快感に変えることができますぞっ！　さぁ、どんとこいっ！」

これが問題だ。

ヴィットーリオに何らかの罰を与えるとしても、この英雄はあまりにも特殊な事情を有しており、一般的な罰が罰とならない。

痛みや苦しみを与えるのは三流。地位や職責の剥奪で二流。

彼が最も許せぬであろう屈辱を与えて初めて及第点と言えるが、果たして万物を嘲《あざけ》り笑うこの英雄にそんなものがあるかどうか。

拓斗は己の中で今後の方針にいくつか修正を加え、自らが取るべき選択を見繕う。

「中途半端な罰だとむしろ落胆させてしまいそうだ……まぁいいや。その辺りはおいおい、全員が納得する形で行うとしよう。皆もそれでいいね？」

「「はっ!!」」

ダークエルフたちはやや不満そうな表情では

あった。

この場でヴィットーリオが罰を言い渡されないのは業腹《ごうはら》だが、いずれ罰が与えられるというのならば納得はいく。そのような何とも言えぬ表情だ。

配下のご機嫌を窺いながら采配を下すは支配者として些《いささ》か手落ちに思われるが、今はこの状態こそが望ましい。ふさわしい時は今ではない。

拓斗はそう判断し、ヴィットーリオへの追及を続ける。

「さてそれじゃあ次だね。ヴィットーリオ、君が作った……正式名称がない宗教。皆そう呼んでるし《イラ教》と呼ぼう。これを作った目的を聞かせて貰おうかな」

「それはもちろん神たるイラ＝タクト様のため、そして吾輩の夢のためでございます！」

ふむと、拓斗は考え込む。

ヴィットーリオの夢については知識に無かったからだ。

つまり『Eternal Nations』の設定にそのような項目は存在していないという意味である。

ヴィットーリオは舌禍と嘲りの英雄。

あらゆるものを自分の玩具《おもちゃ》としてしか見ておらず、どこか世界に諦念を持っていた彼に叶えたい願いがあったとは拓斗であっても予想外の言葉だった。

一体それは何か？　言葉にして問う前に、その答えはあっけなくもたらされる。

「かわいらしい女の子になって偉大なる神イラ＝タクトの横に侍ること！　吾輩はハピエン原理主義者！　吾輩と神さえいれば良い！　それこそが！　吾輩の夢なのですぅぅ！」

「うっ、急に頭痛が……」

「ちなみに美少女になった吾輩のラフイラストもありますぞ？　見ますかな？」

途端に、張り詰めていた空気に呆れという名の緩みが生まれる。

配下の者たちがまたぞろ奇妙な世迷《よま》い言《ごと》を始めたとため息を吐き、共に連れてきた副官らしき少女はこの厳粛な場における唐突な妄言にあからさまな動揺と驚きの態度を見せている。

誰もが……ヴィットーリオの言葉をいつもどおりの冗談だと取っている。

だが拓斗が頭を痛めた理由は他の者たちとは違っていた。

拓斗の懸念とは、ヴィットーリオの放ったこの妄言が冗談と本気の両方の可能性を有していることだ。

ヴィットーリオは時として突拍子もないことをしでかす。

それは『Eternal Nations』の設定でもそうだし、実際のＡＩとしてもそのような挙動を取ることが多かった。

だが拓斗だけは知っている。

ヴィットーリオがゲーム中で取る不思議な行動の数々に、時として巧妙に隠された意図が存在していることを。

拓斗は、曲がりなりにもその目的を見極めることができたからこそ、ヴィットーリオの使い手として君臨してきた。

多くの人々から賞賛と驚き、そして多分の呆れを一身に受けてきたのだ。

だからこの言葉を冗談として捨て置くには、少々気味が悪かった。すなわち、本気の可能性がある。

「イラストは別にいいよ。あとその夢の実現は少々難しくない？　少なくとも僕は絶対にイエスとは言わないけど……」

「夢は愚かであればこそ輝く！　だからこそ強く恋い焦がれ目が離せない！　それが夢！　ドリーム！　ドリームカムトゥルー！　吾輩はやりますぞ！　可愛い可愛いドジっ子ウサ耳美少女になって、必ず神とハピエンの向こう側に行くのですっ!!」

「そんなことができればだけどねぇ。できるのかい？」

「できますとも！　逆に問いますが、できないとでも？」

「そっか……自信満々だね。頭がどんどん痛くなってくる」

下らぬやりとりに、真偽があやふやな言葉が塗り込まれる。

拓斗としてもヴィットーリオがもたらす謎かけを解くのは苦ではない。

特に言外に挑戦されてはやる気も出てくるというものだ……。

彼の真意を測る手段、ヒントはおそらく彼が連れてきた少女だろう。

拓斗の視線が、今まで借りてきた猫のように固まっていた山羊《やぎ》の獣人である少女――ヨナヨナへと向く。

「そういえばタイミングを逃してしまったけど、そちらにいる子は初めてだね」

「お、お、お初にお目にかかります！　神よ！」

唐突に自分へと話が向いたことにギョッとした表情のヨナヨナ。

あらかじめ話には聞いていた、ヴィットーリオが目をかけているイラ教の代理《教祖》らしい。

面通しの意味もあろうが、また珍しい人選だと拓斗は内心で独りごちる。

イラ教の教えもあってか、神であるイラ＝タクトからの言葉に感動と緊張で感情が追いつかない様子で、先ほどから面白いほどの動揺を見せている。

「んー。どうかな？」

そんな彼女の態度に苦笑いをこぼしながら、拓斗が天井を軽く見上げ問いかける。

その問いに呼応するように音も無くその場に降り立ったのは護衛である《出来損ない》だった。

彼、あるいは彼女。――またそのどれとも表現することのできない異形は、拓斗の意のままにじいっとヨナヨナに視線を向けると、愛らしい赤子の声で「んまっ！」と軽快に声を上げる。

「そう特に何も無い、本当に普通の女の子なんだね」

「《出来損ない》の《看破》でございますなぁ！　いと尊きお方にしては実に用心深い！」

意外、とでも言いたげな驚きの声音をもって、ヴィットーリオが先の行動に含まれた真意を挑発的に問いかける。

確かに用心深いことではあったが、拓斗としても余裕ぶった行動を見せたおかげで散々痛い目を見ているので省略する理由はどこにもない。

「最近いろいろあったからね。仲間だと思っていた相手がその実、敵の偽装だったとか。ヴィットーリオも気をつけるといい。予想外の出来事はいつだって突然で、そして静かにやってくる」

「んんんっ！　偉大なるイラ＝タクトさまからの忠告。まことにありがたく！」

ヴィットーリオの性格を考えるのならば、このヨナヨナという少女も何らかの目的をもって用意された人物と見て間違いない。

それがどのような意図を持っているかはこれから見極めるつもりであったが、少なくとも《擬態》を始めとした何らかの能力が使用されている形跡がない点は少し安心ができる。

もっとも、初めから簡単に見抜けるとは思ってもいないが。

「おっと、また脱線しちゃったな。それで君は――そこのヴィットーリオからどんな仕事を任されているのかな？」

当然の権利として、質問を投げかける。

だがその問いだけでヨナヨナはもう限界らしく、顔を真っ赤にさせながら口をパクパクと鯉《こい》のように開閉している。

緊張のあまり声すらでないようだ。

マイノグーラの住人は総じて王である拓斗に対して畏怖を感じており、直接言葉を向けられれば緊張することがほとんどである。

それは以前から当然のように見られた光景で、近しい配下の者たちはともかく一般の市民などは拓斗が声をかけると恐縮しっぱなしが常であった。

だとしても彼女の様子は尋常ではなく、イラ教においてた神とされる拓斗がどのような位置づけにいるのかを端的に表しているようでもある。

「そ、そんなに緊張しなくてもいいよ。ほら、なんだか僕も緊張しちゃうよ」

コミュ障ゆえに緊張が伝染したのか、わりと真剣にソワソワしてきた拓斗。

そんな彼と彼女の態度を理解してか、ヴィットーリオが助け船を出す。

「ヨナヨナでございます。吾輩が用意したセカンドプランですがゆえにぃ、いくらかの仕事を覚えさせておりまぁっす！」

「セカンドプラン？」

ヨナヨナの方へ一瞬目をやり、拓斗はいぶかしげな表情を見せた。

拓斗の視線に動揺しているのか恐縮しきりのヨナヨナだったが、拓斗が違和感を覚えたのはそこではない。

ヴィットーリオらしからぬ采配だったからだ。

この英雄に、他人を信用するという思考は無いはずだ。全て自分でやりたがるはず。セカンドプランや予備などといういかにもそれらしい策を考える性格ではない。

ゆえに違和感が先行する。

「そうです。あらゆる出来事にはセカンドプランが必要！　神たるイラ＝タクトさまにおかれましても、そこなダークエルフたちがしくじった時のためにセカンドプランが必要では？　特に使えない者ならば、交換はたやすいでしょう！」

「――なっ！」

　あからさまな侮辱。

　言葉を向けられたダークエルフたちが血気に逸《はや》る。

　すわ怒号が飛ぼうかという寸前、拓斗はもう何度目になるだろうかと手を上げ制止した。

　なるほど、ヴィットーリオがセカンドプランを必要だとこの場で言い放った理由も見えてきた。

　とすればヴィットーリオがこの世界に来た時にあれほどダークエルフとアトゥに対してふざけた態度を取ったこともよく分かる。

「なるほど。この大呪界に住まう皆の代替ってことか」

「んしかりぃ!!」

　得心がいく。この英雄は、最初から誰も信用していないのだ。

　ダークエルフたちも、アトゥも。

　だからこそ自前で管理できる手勢を用意した。

　なるほど彼らしい采配と言える。どうせこのセカンドプランとやらにも裏があるはずだ。

　全てを覆い隠し、道化を演じながら自らの目的にひたすらに進むその姿はいっそすがすがしい。

　謀略家はこうでないといけない。

　拓斗も良い学びを得たとばかりに早速切り込む。

　ヴィットーリオではなく、その隣でカチコチに緊張している少女へだ。

「まぁ皆も思うところはあるだろうけど、今は少し我慢しておいて。――っと、ヨナヨナだっけ？　代理教祖と言ったけど、大変じゃないかな？　ヴィットーリオはこの性格だ。いつも迷惑をかけられているんじゃ？」

「しょ、しょんなことはありませんっ！　神のためならば、ウチはどんな試練でも耐えてみせますっ！」

「それ、言外に吾輩が厄介って言ってるも同然ですなぁ～」

ヴィットーリオが入れる茶々を無視し、拓斗はヨナヨナに温かな視線を向ける。

酷く緊張している彼女に努めて優しく、その心を解きほぐすように語りかける。

「そっか、大変だろうけどよろしくね。期待しているよ。――そうだ、何か欲しいものはあるかな？　直筆のサインとか、有名人に会った時の定番でしょ？」

「ぐ、偶像崇拝は禁じられているのです！」

その言葉に拓斗が珍しく首をかしげた。

サインを偶像扱いするとはやけに熱心すぎじゃないか？　という疑問もあったが、それ以上にイラ教が偶像崇拝を禁止としていることが不思議だったのだ。

しかもヨナヨナの態度を見るに、かなり重要なことらしい。

「それはまた……どうして？　サインくらいでもダメなの？」

拓斗のいぶかしげな態度をどう捉えたのか、ヨナヨナは慌てたように弁明をはじめる。

「え、えと。偶像を用意することは最大の禁忌とされてるッス……ます。《イラ教》では祈りこそが重要で、その行く先を誤ることは、決してやってはいけない行い……なんです」

ヨナヨナはそれだけ絞り出すと、押し黙る。

緊張で喉が渇いているのだろうか、彼女らしからぬしわがれた弱い声だったが、それは間違いなく拓斗の耳に届いていた。

神の教えを遵守《じゅんしゅ》したいが、それを行うことは目の前の神の言葉を否定することになる。

その矛盾した行為が、彼女を苦しめているのは明らかだ。

「なるほど、祈りの力を僕に集めてくれていたんだね。なら先ほどの言葉は無しとしようか」

ヨナヨナの態度があまりにも可哀想に思えたのか、拓斗は自分でも驚くほど優しい声音で山羊の少女へと告げる。

　ホッとした少女の態度に満足しながら、拓斗は無言でやりとりを眺めていたヴィットーリオへと視線を向ける。

「僕に祈りの力を集めることによって、意識の喪失から呼び戻したか……」

　誰に言うでもなく、拓斗は独りごちる。

　その言葉にヴィットーリオはただニヤニヤと笑うだけで、肯定も否定もしない。

「それだけではないね？」

「さて、いかが思われますかな我が神よ」

　直球の問いにも、のらりくらりと躱《かわ》すばかり。

　いや……この場で明言を避けることこそが彼が何らかの策を用いていることの証左であろう。

　拓斗は小さく首を左右に振り、困ったように頭に手をやる。

　面倒事を増やさないでくれという半ば諦めに似た気持ちが表に出た形だ。

　そんな拓斗の気苦労を知ってか知らずか、もしくは知っていてあえてそのような行動にでているのか。

　ヴィットーリオがわざとらしく左右を見回し、一つの質問を投げかけてくる。

「ふむ。あのドひ……じゃなかったアトゥ君がこちらにいないのは、何か意図があってのことですかなぁ？」

　不意に、話が大きく逸れた。

　すでにヴィットーリオによる顔見せも終わっている。

　語りたいこと告げたいことを自由気ままに披露した満足感があったのだろうか？　それとも単純な疑問かもしくは警戒か。

　わざわざヴィットーリオの方からこの場にいない腹心の少女についての話題が振られる。

「アトゥがいない理由か。変なことを聞くねヴィットーリオ。アトゥがいれば君が困るでしょ？」

　ヴィットーリオとアトゥは犬猿の仲だ。

《舌禍》の英雄としてはそこまで特別な思いを抱いているわけではないが、こと《汚泥》の英雄の方はそれはもう毛嫌いという言葉では表せないほどに嫌悪感を抱いている。

　ゆえに拓斗はこの場にアトゥを呼ばなかったのであろう。

　呼べば必ず二人は争いを起こし、たとえ拓斗が注意したとしても何度も会話が中断されるであろうから……。

　そのように拓斗が判断したと、ヴィットーリオを含めたこの場にいる誰もが認識していた。

　配慮の効いたその対応にヴィットーリオは不思議なことに満面の笑みを浮かべる。

「ええ、ええ。そうですとも。そのご高配、吾輩はひっじょーに！　満足しております！　何分、かのご婦人は吾輩との相性がひっじょーに悪いため！　実際問題何があるか分かりませぬからなぁ！」

「そうか、ならそれで問題ないね」

　互いの間で表に出ない何らかの納得があったらしい。

　舌禍の英雄と破滅の王の会話は、ともすれば支離滅裂で、話題が二転三転するとっちらかったものだ。

　まるで深酔いした哲学者同士が、己の研究結果を互いにぶつけ合うような……。

　示唆《しさ》的で思わせぶりな、意図があるようで無いような、そんな奇妙な感覚を配下の者たちに抱かせる。

　だがその言葉のやりとりに意味が存在しない、等という愚かな考えを抱く者は誰もいない。

　ただ単純に遥か高みに存在するがゆえ、双方による言葉の戦いを認識できないのだ。

「しかし、しかし偉大なる神よ。吾輩はこれにて確信しましたぞ！　貴方がたとえどのような考えや策に至ろうとも、此度の戯れは吾輩のそれが一手先んじていたと！」

その言葉で拓斗はニヤリと笑う。

やはり何らかの策を用いていたか。というある種の喜びにも似た感情の発露だ。

ヴィットーリオは欺瞞《ぎまん》と謀《たばか》りの英雄。ならばこそ、なればこそ。

本来であれば完全に平伏し、献身のみをもって仕えるべき主でさえ彼が行う詐術の対象となるのだ。

血は確かに流れないのだろう。どちらに転ぼうが双方にとって大きな不利益となることはないのだろう。

だが、いまこの瞬間。拓斗とヴィットーリオの間に間違いなく戦いの火蓋が切られた。

「なるほど。僕がすでに君の手の内だと？　もしかしたらその手すら読み切って、すでに返す一手を用意しているかもしれないよ？」

「ふむん。しかしながら此度の策は吾輩の全身全霊をもって作り上げた最強最高のもの。すでにそれは成れりて、後は仕上がりをただゆるりと待つのみ。ここに至ってはたとえかのイラ＝タクトさまであっても覆すことはできませぬ。事実として、そうなっている」

先の言葉のやりとりでなぜそのような結論に至ったのか？　この場にアトゥがいないということが、それほどまで重要な意味を持っていたのか？　もしくは何か別の意味がそこに隠されていたのか……。

配下たちの動揺とは裏腹に拓斗は表情を変えること無く、その真意は窺えない。

「しかしながらご安心くださいませぇ偉大なるお方よっ！　吾輩の夢はっ！　貴方さまにとってなんら不都合が存在しない！　これは、完璧で完全な、我が神イラ＝タクトさまに向ける吾輩からの贈り物なのです！」

「なるほどねぇ……。全てが自分の思いどおりになると考えるのは実に君らしいけど……。今後のためにも少しお灸をすえた方が良さそうだね」

「ご随意に。ただぁ——そのお考えもいずれ変わりますこと、この場であらかじめ宣言させて頂きましょうぞ」

剣呑な空気が流れた。

主に対する不遜なまでの挑発。

限界まで張り詰めた空気が辺りを支配し、いざとなったら真っ先にヴィットーリオに刃《やいば》を突きつけんとギアやモルタール老が静かに構える。

先の言葉には明らかな背信の意図が含まれていた。

王の望みに否を突きつけ、自らの願望を押しつける。それがマイノグーラに住まう者たちにとってどのような意味を持つか、この国で知らぬ者はいない。

ましてや英雄だ。その言葉の重みは誰よりも理解しているだろう。

今ここで、その罰が直々に拓斗より下る。

死を賜《たまわ》るという最大級の不名誉をもってして。

だが……。

「ワハハハッハハ！　ヒィヒィッ！」

「ふふっ、あははっ！」

両者の間に生まれたのは、まるでいたずらが成功した幼児が見せるかのような無邪気な笑いだった。

ダークエルフたちが、そしてイラ教の代理教祖であるヨナヨナが、張り詰めた空気が霧散したことに安堵し息を大きく吐く。

両者は、特に王はこのやりとりを心から楽しんでいる。

その事実を知るだけで命が助かったかのような感覚に陥り、胃の痛くなるようなこの会合が傍目にはともかく許容の範囲内で進行していると理解する。

「まぁいずれ、決着はつくさ。君への罰もその時にするとしよう。こういうのは、タイミングが大事だ」

「その時は我が国の――そしてマイノグーラにとって永劫忘れることのできぬ、記念すべき日となりましょう！　今からその日が楽しみ！　祝祭の日を！　盛大な祝祭をご覧に入れてみせましょうぞぉ！」

「うーん、確かに。楽しみだね」

和気藹々《わきあいあい》とした空気は、先ほどまでの剣呑な空気を一切感じさせない気軽なものだ。

英雄については未だ計り知れぬことが多い。

特に王と英雄との関係性については配下の者たちはほとんど知らないと言っても良いだろう。

彼らの知らぬ関係性が、彼らのまだ見ぬ信頼が、この主従には存在するのだ。

そう確信させられるやりとりであった。


「とりあえず手段はどうあれ、君が僕のことを考えてくれていることはよく理解した。ひとまずこの話題は終わりだ。いやぁ、久しぶりに楽しい時間を過ごせた。こういう頭を使う会話ってなんだか新鮮だなぁ。王さまって感じがする」

「はっはっは！　なぁ～にを仰いますか。そのお言葉、その威風、まさしく悪の王！　この世の全てを滅ぼす破滅の化身！　これからもっともっと悪いことしましょうぞ！　吾輩はそのお手伝いを、ん喜んでする所存でぇっす！」

「うん、頼もしいなぁ。本当に頼もしい」

破滅の王と舌禍の英雄。

この奇妙で底の知れぬ主従の対決は、ひとまずその決着が持ち越されることとなる。

遥か高みに存在する知のぶつかりが、どのような結末をもたらすかは未だその片鱗すら見せていない。

だがどちらにせよ……それはマイノグーラとい

う国家と、イラ＝タクトというプレイヤーにとって不利益となることは無いのだろう。

破滅の王の威風は計り知れず。そのことを十分に理解させられる舌戦であった。

そして、やるべきことは残り一つとなる。

彼らにとって一切の疑問を差し込むことなく決定されていること。すなわち……。

「――よし、じゃあ世界征服に向けて、早速僕らのターンを始めようか。何が欲しいヴィットーリオ？　望む物を、全て用意しよう」

この世界に住まう数多《あまた》の敵対勢力。その全てをねじ伏せるための一手である。

拓斗は大きく手を広げながら宣言する。あらゆる物を準備することを。

それはすなわち、『Eternal Nations』世界ランク一位のプレイヤーと、『Eternal Nations』史上最低最悪の英雄がともに力を合わせ行動することを意味している。

破滅の王と、舌禍の英雄が、その力の全てを思う存分に振るうのだ。

「んではぁ。お言葉に甘えてぇぇ……」

主による全幅の信頼ともとれる言葉にヴィットーリオの口角が上がる。

配下のダークエルフたち、そして代理教祖ヨナヨナもまた、この主従が共に同じ目的に向かった時、世界にもたらす影響を考え思わず息を呑む。

次なる一手は果たして何か？　闇の底から悪意がその鎌首をもたげて獲物を探しだす。

そして……。

「そこな二人のちびっ娘《こ》――エルフール姉妹をお借りしたぁい！」

その一手は思いもよらぬ方向へと飛び火した。

「「うげっ!!」」

年頃の少女にしてはやけに品の無い声が二つ、玉座の間の隅より漏れ聞こえる。

ヴィットーリオに罰が下されないと知り、もはや興味は失せたとばかりに壁の花になってぼんやりとことの成り行きを見守っていた姉妹の、仲良く発せられた驚愕の声だ。

なぜ自分たちがという思いが少々。なぜこの最悪の人物と行動を共にせねばならぬと言う明確な嫌悪が山盛りだ。

その傍目から見ても不機嫌で納得がいきませんとばかりの態度と表情に、ヴィットーリオの提案とこの流れをある程度予測していた拓斗も思わず苦笑いだ。

「あー、やっぱり。南方州に手を出すつもりか……」

「今一番ホットな地域ですからな。それに我が愛しのマイノグーラを取り巻く状況！　歴史の流れに反して出来事が凝縮され過ぎておりますゆえ、勢力拡大は急務！　神もその予定で仕込みを完了させていたのでは？」

さも当然のように自らの作戦を正確に見抜いてくるその冴えに拓斗も思わず「流石だねぇ」と声を漏らす。

だが今はその冴え渡りが頼もしい。阿吽《あうん》の呼吸と表現するには少々気持ちが乗らないが、それとしても作戦の説明が不要で打てば響く関係は好ましい。

ともあれ詳細を詰めなくてはならない。たとえそれが突然の不幸に見舞われた姉妹がどんどんその機嫌を急降下させている最中だとしても……だ。

「仕方ない。エルフール姉妹については同行を許可しよう。ちなみに、現在南方州には聖女が一人いると情報を得ている。対処は可能かい？」

「もぉちろんでございますとも！　聖女って良きにございますなぁ！　信仰に厚き人々の希望。心優しき慈愛の徒！　吾輩そういうキラキラしたものが大好きなのでございますっ！　もし互いに相まみえたとしても、きっと仲良く手を取り合えるでしょう！　吾輩は！　夢とか愛とか希望とか！

そういうのが大好きなので！」

「……あー、分かった分かった。まぁ、本旨は忘れていないようだから別にいいか。好き放題やってもいいけど、彼女たちには傷一つ付けないように」

チラリとエルフール姉妹に視線を向ける。

二人とも頬をぷくーっと膨らませ、両手でバッテンを作りながら断固拒否の姿勢を見せている。

残念ながら彼女たちこそ次なる作戦の要《かなめ》だ。そのバッテンを受け入れるわけにはいかない。

加えて心苦しいことに……その作戦の中においても彼女たちにいろいろと苦労をかけることになる。

どうやって説得したものか、今から頭が痛い。

先ほどまでヴィットーリオとの知の争いを楽しんでいた熱も途端に冷えてくる。

怒れる女の子は怖いのだ……。

破滅の王は暗澹《あんたん》たる気分になった。


「おんや〜ちびっ娘を見つめる神の視線がお優しっ！　ん〜む！　お気に入りなのでございますなぁ。吾輩嫉妬！　あっ、ちなみに吾輩の安全は？」

「別に死んでもいいよ」

「んんんんっ!!　素晴らしいっ！　ん喜んで！」

なお、双子の少女への心配とは裏腹にヴィットーリオへの対応は辛辣にもほどがあった。

もっとも、その言葉すら今は彼を喜ばせる極上のスパイスにしかならない。

拓斗は相変わらずガチガチに固まっているヨナヨナにチラリと視線を向けながら、すでに把握しているいくつかの注意事項を再確認の意味も含めてヴィットーリオへ伝える。

「策に使う人員選出も君に任せよう。《イラ教》の教徒以外でも必要なら自由に連れて行って構わない。――ちなみに、エル＝ナー精霊契約連合を支配する勢力の動きが不透明だ。理解していると思うけど、他勢力の能力は時として僕らの予想を遥かに超える。警戒を怠らずにね。僕らの夢に、敵は多い」

「舌禍の英雄の名にかけて――」

深々と礼をし、珍しく真面目な態度でヴィットーリオが命令を拝受する。

その頼もしい態度に拓斗も満足して頷《うなず》く。

一点。頼もしすぎて予想外の出来事が起こる可能性が不安ではあるが、その対処を考えることもまた……マイノグーラという国家を運営するに当たっての醍醐味だ。

拓斗は言葉を続ける。

「エルフール姉妹については安心して。僕の方から作戦の重要性はちゃんと伝えておくから」

拓斗が壁の近くにいるエルフール姉妹へと視線を向ける。

明らかに不満そうで今から彼女たちの説得に頭を悩ませる拓斗だったが、戦略的にもここは乗る以外の選択肢はない。

正直ヴィットーリオの対処よりもこちらの方が大変なのでは？　と内心でビクビクする。

「以上……かな。ともかく、また君と一緒に過ごせて嬉しいよヴィットーリオ」

「吾輩も、まぁた偉大なるお方と過ごせて、感無量でございます！　まさに、奇跡！　これこそが幸福！　ん～んっ！　吾輩がんばっちゃう！」

「とは言え、やりすぎないようにね。期待しているよ――もちろんヨナヨナもね。今日は彼ばっかりだったけど、落ち着いたら時間を作って君とも話すとしよう」

「はっはっは！　ヨナヨナくんってば喜びのあまり立ったまま失神しておりますぞぉ！　ではぁ吾輩いろいろやることができましたのでぇ、これにて一旦失礼いたしますぅ！」

再度仰々《ぎょうぎょう》しい礼を行い、舌禍の英雄は踵《きびす》を返す。

数歩歩いたところで白目を剥いて気絶している

ヨナヨナを荷物のようにひょいと小脇に抱え、そのまま退出していく。

その背中に声がかかる。

「うまくいくといいね、ヴィットーリオ」

心底嬉しそうな、そしてどこか本心から応援するような、そんな声だ。

その言葉を向けられたヴィットーリオがどのような感情を抱いたのかは誰にも分からない。

ただ彼にしては珍しく、その表情にはいつものような軽薄さは存在していない……。


「あ、あの……というわけでヴィットーリオについていって南方州攻略の作戦をやって欲しいんだ……。その、これは凄《すご》く重要な作戦でね。今からどう大切かを二人にお話ししたいんだけど、聞いてくれるかな?」

「「やだーーーーっ!!」」

ヴィットーリオの背後からエルフール姉妹の絶叫が聞こえる。

考えを巡らせれば巡らせるほど、それすらもまたイラ=タクトの深遠なる叡智によってなされる策謀の一つではないかと感じさせられる。

イラ=タクトは、『Eternal Nations』において《幸福なる舌禍ヴィットーリオ》をコントロールできる唯一のプレイヤーである。

忘れたことは決して無かったが、認識が酷く甘かった可能性はある。

彼が目指す夢のために、今一度引き締めが必要だ。

他ならぬ舌禍の英雄は、能面のような表情を浮かべながらそう考えるのであった。

Eterpedia

破滅の精霊

魔術ユニット

戦闘力：７　移動力：１
《破滅の親和性＋１》《邪悪》

※《六大元素》の研究完了で解禁

解説

～精霊と呼ぶほかないが、
だがその存在はあまりにも醜悪であった～

《破滅の精霊》は六大元素の解禁によって生産できる魔術ユニットです。

一般的な魔術師と変わりはありませんが、破滅の親和性を持っているため破滅のマナの増加によって戦闘能力が強化されます。

また、全魔術属性に適性があるため、戦略に応じて軍事魔術を習得させることができます。

第十話　調略

商業都市セルドーチは、レネア神光国の首都でありイラ＝タクトの襲撃によって廃都とされたアムリタより南部に位置し、最も暗黒大陸に近い場所に存在している国境付近の街だ。

暗黒大陸——住まう者に過酷な環境を強いるこの極限の地にて現在強い影響力を発揮しつつある国家が多種族国家フォーンカヴンと暗黒国家マイノグーラ。

破滅の王イラ＝タクトが与えし様々な技術や物品によって急激に発展を遂げるこの両者の国家と隣接するということは、すなわち両国からの影響力を強く受けるということを意味している。

況《いわ》んや現在はその破滅の王との争いによって南方州自体が機能不全に陥っている状況である。

日記の聖女が駆けつけた首都アムリタならばまだしも、それなりの規模とは言え末端の一都市であるここセルドーチなど、一顧だにされることもなく放置となっているのが現状だ。

神の愛は無限なれど、人が救える数は有限であるがゆえの苦渋と言える決断。

舌禍の英雄であるヴィットーリオが、そのような状況を見逃すはずはなかった……。

………

……

…

セルドーチ第一教区教会礼拝堂、臨時治療場。

「ごほっ、ごほっ……うう、全然良くならないなぁ」

「すいません、どなたか水を……」

病に冒され、苦しむ人々の声がそこかしこから聞こえてくる。

悲劇が生んだ魔女である双子の少女、エルフール姉妹。

その片割れである妹のキャリアが仮初《かりそ》めの満月を元に生み出した疫病の呪《のろ》いは、遠くこの地まで蔓延《まんえん》していた。

それ自体は少し苦しい風邪のようなものである。潜伏期間があり、空気によって感染し、自然治癒に任せた場合かなりの長期間苦しまなければいけないという点を除けば、健康的な人の命を脅かすようなものではない。

だが、だからこそその性質が厄介極まりない悪影響をもたらす。

人々の旺盛な往来と交流が、悪意によって形作られたこの疫病を一瞬のうちに南方州全体まで蔓延させるに至っていた。

現代であれば感染爆発、あるいはパンデミックと呼ばれる状況だ。


ゆえにこの状況は特異なものではなく、どこの都市や村落であっても似たような光景が繰り広げられている。

「だぁいじょうぶですかっ!?　みなさんっ、すぐによくなりますよぉ！」

ここ第一教区教会もまた同様であった。

信徒の礼拝はもちろん、都市に災害や問題が発生した場合の臨時の指揮所や避難所としても設計されているその場所では、現在ある種の戦場のような空気が漂っていた。

人々の多くは椅子や床に座り込み、ぜぇぜぇと息苦しそうに治療を待っている。

特に症状が重い者は床に作られた寝床に臥《ふ》せり、命の危険はないとは言えかなり辛そうだ。

看病の者がひっきりなしに行き来し、症状が重い者から軽い者、立場問わず老若男女、治療を求めてやってくる人々は後を絶たない。

これ以上はもはや受け入れる余裕がない。礼拝堂はすでに一杯で足の踏み場もない有様。

根本的な治療法が無いがゆえに対症療法しか存在せず、人は山のように来るが快復して出て行く者は数えるほどしかいない。

限界が訪れようと……いや、すでに限界は訪れていた。

そんな中、一人の患者が運び込まれてきた。

聖騎士だろうか？　特徴的な騎士鎧を纏《まと》う若者に背負われた年老いた男性はかなり症状が重く、彼らの表現を借りるなら今にも神のもとへと旅立ちそうだ。

病魔が原因と言うよりも老齢であることによって肺炎を併発しているらしく、急激な体力低下も相まって重態となっているらしい。

弱い病気であっても抵抗力の低い老人子供などには時として致命的になる。

この老人も、いずれこのまま治療の甲斐無く力尽きる可能性が高い。素人目に見ても、危険な状況であることは明らかだった。

「《教祖》さまっ！　教祖さまはおられますかぁ!?　急患なのですっ！　急患なのですぅ!!」

騎士によって椅子に座らされた老人、彼の容体を遠目に把握した者が慌てて駆け寄り礼拝堂に響き渡る声で叫ぶ。先ほどから熱心に人々の治療に勤しみ、礼拝堂中を駆け回っていた男だ。

その声は真に迫り心の底から人々の身を案じており、同時にこの状況に混乱をきたし動揺しているようにも思える。

教祖とは誰であろうか？　ともあれ彼ほどの奉仕の心を持つ者が叫ぶからには重要な人物であろう。

「急患ですぅ！　教祖さまぁぁ！　《イラ教》の代理教祖さまぁぁ！」

礼拝堂中に響きたる耳障り極まりない大声量。

その者こそ……。

英雄ヴィットーリオであった。

「うっせぇな……目の前にいるだろうが。お前の目は節穴か？」

大きな舌打ちをしながら心底嫌そうに吐き捨てたのは《イラ教》の代理教祖ヨナヨナである。彼女の言うとおり先ほどからヴィットーリオの隣にいたし、老人の状況についても把握していた。

無論ヴィットーリオも彼女の存在には気づいていたはずだ。むしろ先ほどから何度か目が合っていた。

「おお！　代理教祖ヨナヨナさまっ！　そこにいらしたのですかぁっ！」

にもかかわらずこの態度。まるでようやく待ち人が現れたりとでも言った大げさな喜び。

白々しいにもほどがある。

ヨナヨナはさらに大きく舌打ちをする。このクソ忙しい時にくだらない茶番をやるなとでも言いたげな表情だ。

その表情と態度をどう受け取ったのか、病人であるはずの老人が萎縮しはじめる。

「ご、ごほっ。ごほっ！　も、もうしわけぇございません……こんな死に損ないがご迷惑をおかけして」

「ああ、気にすんな。機嫌が悪いのはあそこで踊ってるバカのせいだ。それより、苦しいだろう、ほら横になりな……」

ヨナヨナの言葉と助けによって老人は横になる。言葉こそ少々男勝《おとこまさ》りではあるが、その声音に険はなくむしろ慈愛が籠もっている。

気遣う仕草にはいたわりの心があり、それだけで彼女の心魂が分かるようだ。

ぜぇぜぇと荒かった老人の呼吸がいくらかマシになったのを確認すると、ヨナヨナはそっと辺りを見回す。

すでにこの場は満員だ。これ以上の受け入れは不可能だろう。

時間としても頃合いで、これまでの流れを考えるとそろそろアレをはじめなければならないと、ヨナヨナはため息を吐く。

「はいはいはーーいっ！　皆さんご注目ぅぅ！　今から我らが代理教祖であるヨナヨナくんがぁぁっ！　皆さんをぉぉ！　苦しみから解放しちゃいますぅぅ！」

そんな彼女の気苦労を察したのか、タイミング良くヴィットーリオがまた大声で叫び出す。

その声量と内容に、病に苦しむ人々の視線が一つに集中する。

無論その先はヨナヨナだ。すでに何度も経験しているが、彼女はこの瞬間が非常に苦手だった。

元々が変哲も無いただの街娘だ。このように目立つ経験など今まで無かった。特に自分が祭り上げられるような人間ではないと理解しているがゆえにその気持ちはひとしおだ。

「どうぞぉ？　皆がヨナヨナくんを待ってますよぉ？　どうぞどうぞぉぉ？」

無論わざわざ大声を張り上げたヴィットーリオの目的がヨナヨナへの嫌がらせであることに疑う余地はない。

ニヤニヤと腹の立つ笑みを浮かべて煽るヴィットーリオをにらみ付け、周囲を見渡し近くにエルフール姉妹がいることを確認すると、ヨナヨナはコホンと咳払いを一つし気持ちを切り替える。

「い、偉大なる神イラ＝タクトよ！　この哀れな者たちへ、その癒やしの力を示したまえ！」

ヨナヨナが大きく両手を広げ天に向かって叫ぶ。

若干のぎこちなさはあるものの、乞い願うようなその真摯なる祈りに人々の視線が集中する。

一体何が起こるのか？　苦しむ市民たちに気づく者はいなかったが、ヨナヨナは宣言と同時に至極小さな誰にも聞こえないほどの声量で誰かに向けてそっと呟いた。

「――今っす。お願いします」

「了解なのです……」

瞬間、不思議なことが起こった。

突如まるで神の威光に病魔が怯え去ったかのように人々から苦しみが消えたのだ。

あれほどまで人々を苦しめた病が、ヘドロのようにへばりつき一向に消え去らなかった苦しみが、まるで一つの意思を持っているかのようにスッと人々から消失する。

神に直接命令され、頭《こうべ》を垂れて退《ひ》いたかのように……。

「く、苦しくない！　こ、これは一体――」

「おおっ！　ありがたや！　先ほどまでの喉の痛みが嘘のようだ！」

人々から困惑と同時に歓喜の声があがる。

あれほど苦しそうにしていた老人も快方にむかったようで顔色がみるみると良くなっていく。

正体不明の疫病はおろか、併発していた肺炎さえもまるで忘れてしまったかのように消え去っているのだ。

自らに起きた劇的な変化に驚きを隠せない老人と、突然のことにいまだ思考が追いついていない民衆に対して説明するようにヨナヨナは珍しく声を張り上げる。

「えっと……偉大なる神であるイラ＝タクトが奇跡をお示しになりました。ウチ――私は何もしておりません。ただ皆の声を神へと届ける祈り手になったまで。人々よ、神へ感謝の祈りを。偉大なる神、唯一の神であるイラ＝タクトへ祈りを捧げてください、っす」

無論。この場における神であるイラ＝タクトはそんなことはやっていない。

件《くだん》の神は現在《イラ教》に関連するヴィットーリオのやらかしの尻拭いと、今後の作戦進行におけるバックアップのためにひたすら書類仕事を行っている最中である。

すなわち、この場におけるこの奇跡――病魔の退散を起こしたるは……。

「あざっす。今回も問題なくいけそうっす」

「それは良かったのです」

《後悔の魔女》。その片割れ——キャリア＝エルフールであった。

「おおっ！　これが奇跡!?」

「神様が奇跡をお示しくださるなんて、なんて素敵なことなの！」

「偉大なる神イラ＝タクト……、なんと深き慈悲の心を持つお方か」

方々から人々の喜びの声が沸き起こる。

あれほどまで苦しんだ病が一瞬で消え去ったことで、抑圧されていた気力が爆発し持て余しているかのような歓声だ。

喜び、安堵、興奮……。

その歓声には様々な感情が込められている。

軽度の病魔の克服は、実のところそこまで難しいことではない。

滋養強壮作用のある薬草や、ある程度の修行を積んだ魔術師や聖職者によってそれらは比較的簡易に解消できるのだ。

だがこの規模を一度に、それも一瞬でとなるとその難易度は天文学的に上昇する。

それこそ、神の奇跡によって以外、なし得ないと考えられるほどに……。

だからこそ人々はこれほどまでに歓喜し狂乱しているのだ。

ゆえに、当然の如く、人々の感動と信仰は一手に集まる。

彼らにとって新たなる神となる、イラ＝タクトに。

「っと、皆さんが元気になったことに神もお喜びのようです。偉大なるその御名《みな》を忘れぬように。イラ＝タクト。マイノグーラを治めし、完全で一切の欠点のない、皆が信仰を捧げるべき絶対なる神っす……です」

キャリア＝エルフールは疫病を操る。

自らがばらまきし呪いの病であれば、それを消し去ることなどまさしく朝飯前。できぬ道理はどこにもない。

このようにタイミングを合わせて人々の病を消し去り、奇跡を演出してみせることなどお手のものであった。

疫病をばらまいた者たちが、その病魔を取り除き感謝される。

これほどまでに滑稽な光景が果たしてあろうか？　しかし知らぬということは、時として幸福を呼び寄せることもあるのだ。

とりわけ無垢で純粋な、強大な存在の前には吹けば飛んでしまうようなか弱い市井《しせい》の人々にとっては……。

ヨナヨナを中心に、人々が自然と祈りを捧げ始める。その向かう先はイラ＝タクト。

祈りの力は、大きなうねりとなってただ一ヶ所へと流れ続けていた。


「奇跡じゃあああああ！　吾輩は今！　神の奇跡を直接目《ま》の当たりにしているぅぅ‼　皆さんっ！　見ましたぁ⁉　奇跡ですよこれ！　ガチの奇跡ですぞこれはぁぁ‼」

ヴィットーリオが大げさに叫び、人々を扇動する。

その熱が伝わったのか、はたまた彼の能力ゆえか……だが間違いなく言えることは、この場にいるセルドーチの人々は、確実にその熱狂の渦に巻き込まれているということである。

「「「うるさ……」」」

ちなみに、三人の娘だけは酷《ひど》く不機嫌な様子だ。

もちろん、ヴィットーリオがそんな三人に対して何らかの譲歩や配慮を見せることは永遠にない。

「ではぁ、これからも我らが偉大なる神、イラ＝タクトのために祈ってくれますねぇ？」

「「「はいっ‼」」」

これが毎朝、毎昼、毎夕、毎晩行われている光景である。

街のあらゆる場所から人々を集め奇跡と称した詐欺を働き、熱狂と興奮、そして多大なる欺瞞《ぎまん》をもってして教化を行うのだ。

ここぞとばかりに先ほどまで人々の看病を行っていたイラの信徒がイラ＝タクトを神と称える邪書を配っている。

《イラ教》は、この街の中心までですでに入り込んでいる。

あともう少し、ほんのちょっとだけ背中を押せば、彼らは教主国であるマイノグーラへの帰順を自ら願い出るだろう。

事実すでにその相談と打診はあり、マイノグーラの文官が追加で派遣されている。

だが一つ疑問がある。

この場にいるは敬虔なる聖教の教徒ばかり。果たして信仰心厚き彼らをそう簡単に宗旨変えさせることができるだろうか？　それどころか《イラ教》の教徒は現在そのほとんどがドラゴンタンの出身――つまり獣人の割合が多いのだ。

代理教祖のヨナヨナを含め、正統大陸地域で野蛮人とされている彼ら獣人が当然のように受け入れられているのは強い違和感がある。

無論、それらの理由もすぐに分かる。

懸念事項の対策を怠るヴィットーリオではない。

その仕込みを忘れるイラ＝タクトではない。

狂乱の中、一人の聖騎士が居心地悪そうにキョロキョロと辺りを見回している。

れっきとした聖教の聖騎士であり、レネア神光国崩壊の際に首都であるアムリタにいなかったことで災厄から逃れた運の良い人物だ。

「んんん？　いかがなされた聖騎士殿ぉ？　大丈夫ですかなぁ？　ご気分がすぐれないとかぁ？」

「いえ、大丈夫です。だけど、何か忘れているような……？　私が祈りを捧げる神は……」

先ほど老人を連れてきた彼は、まるで呆《ほう》けたようにこの光景をぼんやりと眺めている。

　この場において無言を貫く方が逆に目立つ。ヴィットーリオが彼に気づいて声をかけるのは当然であった。

　だが声をかけられた当の本人は、それすらもよく分かっていないようでただ不思議そうに首をかしげるばかり。

「むぅぅん？　おかしいですねぇ？　この街の住人には、あらかた余計なことを忘れて頂いたはずですがぁ……？　しからば、さいきょ～いくっ！　んよろしくぅっ！」

「えーっ、はーいはい……」

　くるくるとミュージカルじみた滑稽な回転をその場でしたヴィットーリオが、ビシリとある一点を指さす。

　その先にいるは双子の片割れ、メアリア＝エルフール。

　彼女はどこかやる気のない表情と返事で、困惑気味の聖騎士へとスッと手をかざす。

「忘れちゃえー」

「――んっ？　おや？　一体私は……」

　すると不思議なことに、先ほどまでの態度から一変して聖騎士の男性はすっきりとした表情を見せる。

　まるで憂いごとが無くなったような、懸念などそもそも忘れてしまったかのような。

　そんな、何とも奇妙に思える表情だ。

「ふむぅん。この方は中級聖騎士ですかぁ。レベルによるレジスト。この都市に来た時に聖騎士は念入りに忘却させたと思っていたのですが、確認不足ですなぁ。ちょっとちびっ娘ー？　お仕事ずさんなのではぁ？」

「いーっだ！」

「なんと！　反抗期っ！」

　不服と言わんばかりにべーっと舌を出すメアリアにヴィットーリオが大げさに反応する。

まるで非協力的な態度が不本意とでも言った様子だが、この場におけるヴィットーリオへの印象はすこぶる悪い。

特にヨナヨナと姉妹の三人に至っては平然と暴言を吐いたり反抗したりする始末。

彼のマイノグーラにおける立ち位置が、一目で分かる光景だった。

「あの何かありましたか？」

聖教への信仰心と共に、先ほどまでのやりとりすら忘れてしまった聖騎士の男。

彼に残るのは、人々への奉仕の心と、たゆまぬ鍛錬によって鍛え上げられた肉体。

そして行き先を失った強い信仰心のみである。

――いや、信仰心の行き場なら、今新たに用意された。

「いやいやお気になさらずに聖騎士殿！　ああ、聖騎士という名前は些《いささ》か現状にそぐわぬ名称ですねぇ。ここは《イラの騎士》と、名付けましょうかぁ」

その言葉で騎士の男の瞳が輝く。

強く燃えたぎる信仰を思い出したがゆえだ。それはほんの数日前とは似ても似つかぬものかもしれないが……そのような記憶の存在しない男にはなんの意味もないことである。

もはや今の彼には、なぜ自分が聖騎士などと呼ばれていたのかすら理解できない。

……理解する必要も無い。

「《イラの騎士》！　それは素晴らしい称号です！　偉大なる神の御名に恥じぬよう、粉骨砕身職務に励みます！」

「ぐぅぅぅぅっど！」

どこか、この世界の人々が知覚できないレベルで男の所属が変更された。

寄る辺《べ》を失った者はこうもたやすく誑《たぶら》かされる。

神の信仰を消し去り、誰の庇護も受けなくなった人々を取り込むなど、それこそ赤子の手をひねるよりも簡単なことであった。

聖騎士——イラの騎士は高い教養を求められる特殊な役職である。

戦闘能力もあり、教養もあり、経験もある。これほどまで有用な人材はそうそういないだろう。

これにて、闇の勢力は労せずまた便利な手駒を手に入れた。

Eterpedia

イラの騎士

戦闘ユニット

戦闘力：３～７　移動力：１

《邪悪》《聖剣技》《狂信》《イラの教徒》

《イラの騎士》はクオリアの聖騎士を元とする闇に堕ちた戦士です。

《イラ教》に改宗し邪悪な存在になりながらも聖剣技を扱うことができ、その属性とは裏腹に闇の者との戦いを得意とする特殊なユニットです。

闇の存在となったことによる倫理観の欠如はその内に秘めたる暴力性を余すこと無く発揮する結果となり、同レベルの聖騎士よりも戦闘面で優位に立つとされています。

これが、破滅の王イラ=タクトが仕込み、ヴィットーリオが演じて見せた作戦である。

キャリアの疫病によって南方州全体の混乱を引き起こし、相手の懐に入り込む。

そうしてメアリアの忘却能力によって人々から聖神への信仰を奪い去り、ぽっかりと空いた穴にそのまま新たなる神であるイラ=タクトを滑り込ませるのだ。

レネア神光国の首都であるアムリタはイラ=タクト降臨の影響ですでに国家としても都市としてもその管理能力を喪失しており、各都市や村落に対する影響力と情報収集能力を失っている。

ただでさえ《破滅の王》による呪いと称される一連の疫病と忘却の中心地がアムリタなのだ。

この規模の混乱を経験したことがなく、対症療法的な方法しかとる術《すべ》を持たない《日記の聖女》ら派兵部隊では後手に回るのは当然であった。

厚顔無恥にもほどがあるマッチポンプと、それに伴う火事場泥棒。

すでにマイノグーラの手に落ちた集落や村落は数知れず、皆が皆笑顔で感謝の言葉と共にイラの信徒として神への祈りを捧げている。

ここ、商業都市セルドーチは周辺の地域を落とした後の、総仕上げ。

土地、生産力、人口、軍事力、信仰。

全てを手に入れることができる渾身の策であった。

「んんむぅ。この国には優秀な人材がた～くさんいて、実に良いですねぇ。しかもよりどりみどりのやりたい放題だなんてっ！　吾輩テンション上がっちゃう！」

どこかの詐欺師が先ほどから騒がしいため、少女たちの機嫌は最悪であったが、作戦自体は順調に進んでいる。

ヨナヨナは考える。このまま行けばこの都市は完全にマイノグーラの所属となるだろうと。

同時にあまりに簡単にことが進むためにこのまま の勢いで南方州全域もと欲が出るが、そこで短慮に走るようではそもそも作戦などまかされていない。

足るに値する能力があるからこそ任されているのだ。その点で言えばヨナヨナも一角《ひとかど》の人物と言えた。

そんなヨナヨナが、信頼の置けぬ教祖の代わりにミスがないかとあれこれ思案していると、人数管理などの計算ごとを任せていた信徒の一人が報告にやってくる。

「ヨナヨナ代理教祖。今回の奇跡にて都市の教化率は七割ほどとなりました。あと数回ほど神が奇跡をお示し遊ばされれば、残りは巡回による個別の説法で事足りるでしょう」

「りょーかい。神を信仰する奴が増えれば増えるほど、神はお喜びになるからな。次にお会いする時に情けない報告はしたくねぇ。皆でがんばろうぜ」

「吾輩も！　吾輩も頑張りますぞっ！　ふぁいとっ！」

「「……ちっ」」

信徒と一緒に舌打ちをしながら状況を整理する。

人口が多かったために少々手間取った都市だったが、あと数日も滞在して奇跡を披露してやれば陥落することは明らかだ。

すでにマイノグーラの本拠地である大呪界において、新たに手に入れた街や村々へ配備するための配下や【人肉の木】の苗木等の手配が進んでいる。

攻撃こそが最大の防御とはよく言ったもので、この作戦は相手の国力を削り自らの国力を増強させる一挙両得の性質を持つ非常に巧みで有用なものだ。

そこまでは理解できる。だがいくらヴィットーリオの薫陶《くんとう》あつく、ある程度彼《か》の人の考えを推察できるようになってきたヨナヨナであっても、当然分からぬこともある。

「なぁ、バカ教祖。何でウチがこんな役回りなんだ？　正直むずがゆくて嫌になるぜ……お前がやったら早かったんじゃねぇか？」

ヨナヨナは以前より抱いていた疑問を口にした。

なぜ自分がこんな役回りをしなければならないのかという単純な疑問だ。自分よりも適任が――それこそヴィットーリオが自ら差配すればもっと合理的に話が進むのではないか？　と考えたのだ。

無論、彼に質問してまともな答えが返ってくるなど、期待する方が愚かというものだ。

「吾輩が直接やるぅ？　嫌ですが？　だってヨナヨナくんを矢面に立たせるのは面倒ごとを押しつけるためだし、それにヨナヨナくんの嫌がる顔も見たかったし。吾輩止められない止まらない!!」

「お前、神から授かった仕事の最中だから我慢するけど、これが終わったらボコボコにしてやるからな……」

「んまぁ！　反抗期っ！」

ヨナヨナはついぞ気づくことがなかったが、実際の所ヴィットーリオが彼女を目立つ立場に据えるのは、彼自身が動きやすくなるためだ。

教祖として目立つ位置に立ってしまってはそれだけで今後の暗躍に差し支える。

縛られる立場に座ることを嫌ったがゆえの行動だ。

それでもなお自分が教祖という立場にいるのは、ある種の自負なのだろう。

彼が拓斗に持つ信仰心こそが最も強いと誇るがゆえの……。

「神の偉大さが……目に染みる。もう涙で目が見えぬ。ぐすっ」

「すげぇなぁ……俺、神の奇跡なんてはじめて見たよ。神の奇跡、でっけぇなぁ」

「神……まじやべぇ。イラ＝タクトさま、まじでやべぇ」

ヴィットーリオの能力による折伏《しゃくぶく》が効き過ぎたのか、それとも洗脳がはまり過ぎたのか。

先ほどまで咳き込んでいた若者たちの一部が、怪しく瞳を輝かせながら口々に神への感謝と賞賛を行う。

無論、その対象は数日前とは大きく変わっている。

人の心を操る能力を複数持つこの英雄にかかれば、人々の信仰心を操ることなど造作も無い。

それどころか彼ら自身にも苦しみからの解放という現世利益があったのだ。

事実をねじ曲げて洗脳するより、感謝の気持ちにつけ込んで背中を後押しする方が何倍も楽な仕事だ。

舌禍の英雄がもたらす災いは、それと悟られることなく人々の心を蝕《むしば》んでいく。

「さぁ、残りもうひと踏ん張り！　じゃんじゃん人を呼んでください！　どこぞの神とは違って、我らの神であるイラ＝タクトさまの奇跡はまさに無限！　その愛は決して尽きること無く、遍《あまね》くこの地にはびこる悪意から皆様がたをお守りするでしょう!!」

ぞろぞろと、イラの信徒たちに誘導されて帰宅の途につく人の川の中、ヴィットーリオは両手を広げ高らかに宣言する。

「この地を救ったら、次の街を！　次の街を救ったら今度は次の次の街を！」

まるでこの世界に住まう人々全てを、イラの信徒で埋め尽くしてやると言わんばかりに。

「全て助けたらぁ？　むろん北へ！　どんどん北へ！　我らが神の寵愛を待つ者は、苦しむ者は、いまだ無数におりますぞぉっ！」

北――すなわちそれは南方州の中心でありレネア神光国の首都であるアムリタを意味する。

現在日記の聖女リトレインと異端審問官イムレ

イスが駐留し、必死に人々を慰撫《いぶ》しているその地。

毒蛇のごとき賢《さか》しさと用意周到さを持つ彼がその事実を知らぬわけはない。

であれば、目的はただ一つ。聖女リトレインその人。

聖女ですら計略に搦《から》めとろうと企むは己が才への過信か傲慢か。

ヴィットーリオを律することができる者は、残念ながらこの場にはいない。

あまりにも自由すぎて、あまりにも奔放。

何よりもたらす影響があまりにも甚大。

「あの……ほんと、アレを自由にさせていいんすかね？」

この段階に至って初めて嫌な予感を抱いたヨナヨナが、ヘタレたかのようにエルフール姉妹へと弱音を吐く。

「不安しかないですけど、最終的には王さまが全部責任取るらしいので……」

「王さまなんて困ればいいのー」

だが弱音を吐いて相談を持ちかけた姉妹たちですら、もはや事態のコントロールを諦めている様子だった。

いや……初めからコントロールなど不可能だったのだ。

その事実が、改めて提示されただけである。

「最悪あの人は放置でヨナヨナさんだけは連れ帰るように言われてるので、安心して欲しいのです」

「変態さんは目立つから囮《おとり》にしようねー」

「うっす。何から何まで助かるっす」

少女たちの冷静な相談の最中であっても、舌禍の英雄は止まらない。

ぴょんぴょん嬉しそうに踊り狂いながら、自らが持つスキルの許す限り人々を洗脳していく……。

「《イラ教》万歳！　イラ＝タクト万歳！　偉大なる神へ祈りを捧げるのです！　さぁ皆ご一緒に！　お友達も誘って！」

ヴィットーリオの作戦は、常に最善の結果を出し続けている。

彼の主であるイラ＝タクトとの知の戦いもまた、最善の結果を出し続けている。

練りに練られた、凝縮された知の結晶とも言える彼の策に障害などどこにも存在しない。

彼が求める幸福。その先へ至るための道は丁寧に丁寧に舗装されていく。

……未《いま》だクオリアの聖なる軍勢は、新たなる災厄の襲来を予測していなかった。

Eterpedia

代理教祖ヨナヨナ

人物

種族　獣人（山羊）
所属　マイノグーラ
役職　イラ教代理教祖

NO IMAGE

解説

～信仰心だけがとりえのなんの変哲も無い娘
だがそういう者こそ祭り上げるには最適だ～

実質的な《イラ教》の教祖であるヨナヨナの人生は、波瀾万丈と言う言葉がふさわしいでしょう。

ドラゴンタンの蛮族襲来時に親より捨てられて孤児となった彼女は、自らが知らぬ間にマイノグーラの国民となり、自らが知らぬ間に《イラ教》の信徒となり、そして自らが知らぬ間に代理教祖という立場になっていました。


自らの意志とは無関係に今の立場にある彼女ですが、不満はありません。

気がつけば自分が救われていたように、自分も誰かを救えるようになろう。

それこそが彼女を動かす原動力なのだから……。

なおヴィットーリオを直接折檻できる貴重な人材であり、信徒の間では彼女こそが《イラ教》の代理教祖に最もふさわしいと高い評価をうけています。

第十一話　愚行

異端審問官でありレネア復興の責任者であるクレーエ＝イムレイスのもとにその報告が来たのは、ようやくアムリタの街にはびこる疫病の根治にめどが立った頃だった。

南方州においてもっとも人口が多く、もっとも被害が大きいこの都市の立て直しさえ完了してしまえば後の作業はいくらかマシになろう。

そのように一息吐いていた時の急報であった。

それは以前より懸念されていた事案。

すなわち邪悪なる軍勢による再侵攻。

……後手に回ったと表現すれば聞こえだけは良かったが、なんのことはない単純な確認ミスだ。

誰もが目の前の仕事に手一杯で、他の誰かが確認しているだろうと考えたがゆえの失態。

もっとも、このような有事の際にどのように行動すれば良いかなど、長らく平穏な時代を過ごし続けてきたクオリアの聖職者に求めるのは酷というものだ。

誰もがマイノグーラの再侵攻はないと考えていたのだ。

少なくとも……しばらくの猶予はあるのだろうと。

そのツケが、今になって重くのしかかってきている。

「報告は事実なのですか？」

「はい、セルドーチを含む南部全てで、都市や集落との連絡が途絶えております」

こわばった表情で報告を行う兵士の言葉に、クレーエはその内容が意味するところを理解するのに数秒の時間を要した。

　街との連絡が遅れることはままある。

　伝令や調査に派遣した者がやむを得ぬ事情で時間を取られていたり、職務の怠慢や能力不足などが発生していたり。あまり認めたくはないが様々な要因で予定どおりにことが進まぬことは物事の常であり聖王国クオリアの常だ。

　だが揃いも揃って連絡が途絶しているなど通常では考えられない。それも南方州の、とりわけ南の地域に集中して……。

「それは……良くない。街に何らかの異変があったなどの報告や噂などは入ってきていますか？」

「いえ、異変は確認されず、もちろん人々の命が脅かされているという話でもありません。街や村々がこちらとの接触を避けているというのが実情のようです。伝令も事情を聞く間もなく追い返されているようで……」

　奇妙な報告であった。

　いくらアムリタの都市機能が麻痺しており、南方州に対する統制がとれなかったとしてもそこに住まう人々が一斉に反旗を翻すわけはない。

　破滅の王による忘却の呪《のろ》いもこの街限定で、他の街などには影響が出ていなかったはずだ。

　それは最初の調査で判明した事実であり、だからこそクレーエはことさらに部隊を分散させずアムリタの復旧に注力したのだ。

　現地にいる神の信徒が、各々《おのおの》の責務を果たして病魔に打ち勝つと信じて……。

「各地への通達は《日記の聖女》の名を用いて行っているのですよね？　理由なき連絡の放棄は聖女に対する背信。すなわち神への背信となります」

「はい、もちろんそのとおりです審問官！　しかしながら……その、私には何とも」

「ああ、これは失礼。貴方を非難したつもりはないのです。これはただ……確認です。小職も少々動揺している」

萎縮する兵士に謝罪の言葉を述べ、クレーエがペンを動かす手を止める。

そのまま深い呼吸を行うが、どうにもうまくいかず浅いため息ばかりがでてしまう。

冷静に物事を把握し推測しようと試みたが、混乱は彼女が持つ許容量を容易に超えている。

白く細長い、クレーエの美しい指先が静かに震えていた。

（エル＝ナー精霊契約連合も、各氏族との連絡が途絶えていったと聞いています。これは良くない。状況があまりにも酷似している）

エル＝ナー精霊契約連合……すなわちエルフによって運営される善なる国家が魔の手に落ちたのはもはや公然の事実として誰もが知る世界の危機だ。

現在は《依代の聖女》がその対策に当たってているが、クオリアの歴史を紐解いても比類する事例が存在しないほどのこの事変は、神の奇跡をもってしても一向に解決の兆しが見えない。

ただでさえ聖女二人による南方州の離反でクオリアの力は大きくそがれているのだ。

神の名のもとに邪悪を打ち払うことはクオリアに課せられた神聖なる責務ではあるが気力だけで全てが解決できるほど甘くないのもまた事実……。

何らかの手段が必要だ。この劣勢を覆すほどの強力な手段が……。

「主立った聖騎士を招集してください。今後の方針を検討したいと思います」

常に最悪を想定してことに当たるのは、地位と職責、そして人の命を預かる者に必要とされている能力だ。クレーエは連絡の途絶えた土地に住まう人々を想う。

ああ、だがしかし……これほどまで想像したくない最悪など果たしてあろうか？　聖神に祝福され、光り輝く神の国。

覆い被さる影はあまりにも暗く、強大であった。

クレーエたちによる会議は踊り、されど進まず。すわ緊急事態と聖騎士たちを招集したものの、一向に問題に対する解決策を挙げることができなかったのだ。

それも当然と言えよう。このような難事は想定外ですぐさま答えが出ようはずもない……。

とは言え彼女らもまた人である。休息は必要であるし、特にこのように考えが煮詰まった場合にあっては軽く気分転換を行った方が物事がスムーズに進む。

かような理由で一時中断となり、少しばかりの時間ができたクレーエは凝り固まった思考をほぐすために街の見回りへと出かける。

（状況は芳しくなく、魔の者の手がすぐそこまで来ている。反面ネリムの記憶消費が激しい。一体どうすれば……）

この地から撤退するという手も考えた。

少なくとも中央に退却すれば依代の聖女からの支援が期待できるために最悪の事態を防げる。

だが助けを求める人々を捨て置くことはできない。

無論、人々全員を連れて中央へと退却するなど妄言にも等しい。

どちらにしろ、彼女はこの地に残らねばならなかった。

いっそ全てを捨ててネリムと一緒に逃げることができればどれほど良いか。

良くない考えが彼女の胸中を占め、異端審問官などという大層な役職に比べ驚くほど弱い自分の本心に思わず苦笑する。

そんな時だった。

「お助け！　お助けぇぇっ！」

「――っ!!」

クレーエの耳に助けを求める声が微かに聞こえてきた。

瞬間、風の如き速度で駆け出す。

それなりに距離はあったが、彼女にとっては障害にもならない。

やがて入り組んだ街の一角にて足は止まる。

薄暗い路地の先、どうやら現場はそこらしい。

変わらぬ悲鳴と何かを殴打する音が聞こえる。

おそらく狼藉者による暴行といったところだろうが、被害者が大けがを負っている可能性もある、一刻も早く救助しなければ。

苦しむ人々がいるのなら助けるのがクオリアの戦士としての役目だ。異端審問官であるクレーエとてそれは同じである。

薄暗い路地を慎重に、だが素早く駆ける。

ほどなくして何者かを囲む複数の男の姿が見えた。


「何をやっているのですか！」

叫びながらも剣は抜かない。市民のいざこざで刃物を見せるのはいささか過激にすぎるからだ。

もちろん相手の態度次第ではあるが、そもそも剣を抜かないからと言ってそこらの一般人に後れを取るほどクレーエは脆弱《ぜいじゃく》ではない。

だが……。

「止めなさ――っ!?」

彼女はその瞬間、異様なまでの不気味さと奇妙な状況に強い警戒心を抱いた。

まず一つ。警告によって振り向いた狼藉者たち全員が虚ろな瞳をしており、口から泡を吹きながらブツブツと何かをつぶやいている。

次に一つ。暴行を受けていたと思わしき人物の装いだ。

大道芸人のような奇妙な出で立ちの装いは、およそこの地では見ぬもの。またひょろりと細長い異様な体躯もやけに目につく。

最後に一つ――。

「おお！　クオリアの聖職者さま！　助かりました！」

ぬぅっと、音も立てずに男が立ち上がる。

先ほどまで暴行を受けていたというのに、まるでそれが嘘であったかのように男は平然とその場にたたずんでいる。

ぎょろりとした瞳が、クレーエを舐めるように射貫《いぬ》いた。

「あなたは……？」

自然と、身体が動いた。

腰を落とし利き手を剣の柄へとやる。ふぅっと小さく吸い込み、全身に力を張り巡らせる。

「吾輩はヴィットーリオ。《幸福なる舌禍ヴィットーリオ》」

男が恭《うやうや》しく礼をする。

堂に入ったその仕草は、芝居じみていていてどうにも誠実さに欠けていた。

ああ、言われずとも分かる。

語られずとも分かる。

目の前のその男が何者であるか、不気味なまでのその様相の答えなど一つしかない。

「マイノグーラの方からやってきた、ヴィットーリオでございますぅ！」

――最後に一つ。

その身から発せられる強烈なまでの邪悪な気配。

彼女たち聖なる者の天敵が、唐突に、すぐ目の前にいた。

「――神よ！　我が剣に悪しき者を打ち倒す力を！」

その剣の閃きは、速く、何よりも鋭かった。

たゆまぬ訓練によって鍛え上げられたその聖剣技は、邪悪なる者の存在をその一片たりとも許すことなく、神の御意志をもって冷酷なまでに命を刈り取ろうとする。

実力で言えば上級の聖騎士に勝るとも劣らぬ一

撃。通常の魔であれば相手が認識する前に全てを終わらせるだろう。

そう、通常の魔であれば、の話だ。

相手は、様々な意味でその範疇《はんちゅう》の外を闊歩する者であった。

……クレーエが突然の敵に動揺していたことも事実。

そしてその動揺が光のごとき速さの抜剣に一点の曇りをもたらしていたことも、また事実。

とは言え……。

「んぬぉぉぉぉ!?　緊急回避ぃっ!!」

おおよそ人外じみた、――人外の化生ですらそのような動きはせぬだろうという奇妙な、くねくねとした動きで、その者はクレーエの攻撃を躱《かわ》す。

必殺の一撃が外れたことに一瞬驚愕するクレーエ。だが一撃に全てを込めたわけではない。相手の体勢も崩れていることから返す刃《やいば》で今度こそ致命の一撃を与えんと力を込める。

しかし……。

「ストップ！　すとおおっぷ！　待たれよお嬢さん！　待って！　待ってくださぁぁいっ！　止まるのですぞ苛烈なるお嬢さん！」

刃が空を切る。

当てなかったのではない。当てられなかったのだ。

渾身の二撃が外れたことで、クレーエは一旦距離を取る。彼我の力量差を測りかねているのか、援護を呼ぼうとしたのか。それは本人にも分からない。

だが確実に言えることは、その男――ヴィットーリオが言葉を語るだけの余裕が生まれたという事実だ。

「ぜぇっ、ぜぇっ、ち、ちかれた……。吾輩こんなにも大声で叫んだの生まれて初めてっ」

「何か言い残すことは？」

言葉は強いが、クレーエは内心でどのように対処すべきか迷っていた。

相手はここアムリタを滅ぼした破滅の王が治めし国家マイノグーラの者だと名乗っている。

加えてその身からにじみ出る邪悪な気配は相手を凡百の尖兵や斥候と断じるにはいささか強烈に過ぎた。

よもやこの都市にまで手が伸びているとはいささか信じがたかったが、こちらが後手に回っている間に相手が多くの都市と村落を手中に収めているであろうことはクレーエも否定できぬところだ。

つまりこの遭遇は必然。

だがまさか覚悟もせぬうちにこのような場で命をかける戦いを強いられるとは思ってもいなかった。

調査隊の拠点に残したネリムの身を案じながら、クレーエは緊張のあまり呼吸を浅くする。

しかし、彼女の決意とは裏腹に、事態は思いもよらぬ方向へと進んだ。


「降参であります！　降伏でありますっ！　お慈悲をっ！　圧倒的なお慈悲をぉぉっ!!」

男が……敵であるはずのヴィットーリオが突然土下座をして慈悲を乞うてきたのだ。

頭を必死に擦り付けるその姿は、剣を振れば容易に首を刈り取れるであろう無防備なもの。

相手が魔の者とは言え、その情けない姿にクレーエも困惑とともに激昂する。

「世迷《よま》い言《ごと》を！」

叫ぶ言葉が続かない。このような奇天烈な行動を取られたことがないからだ。

経験不足と断じるのはいささか酷だろう。

なぜなら相手は舌禍の英雄。このような搦《から》め手こそを得意とする者なのだから……。

「吾輩は降参です！　逃げも隠れもしません！　お縄になります！　なりますがゆえにぃ、正々堂々と、会話に応じられることを望みますぞぉぉ！」

「…………は？」

素《す》っ頓狂《とんきょう》な声が漏れる。それしか返答ができなかった。

よもやそんなことを言い出すとは思いもよらなかったがゆえの空白だ。

もし相手がクレーエの隙を作り出すためにこのような茶番を演じていたのだとしたら、間違いなくこの瞬間クレーエはその生命を散らしていただろう。

だがそのような結果にはならない。

なぜなら最悪なことに、相手はかのヴィットーリオなのであるから……。

「吾輩、非暴力主義なので！」

にっこりと、屈託のない笑みを浮かべる。

なぜか無駄にキラキラとした純粋無垢な瞳でこちらを見つめてくるヴィットーリオにクレーエは動揺したまま硬直している。

もっとも、そのような反応を見せる者の相手は慣れたものなのか、余裕をなくしている間にヴィットーリオはどんどんと自分の主張を述べていく。

「応じて頂けますよね？　貴女《あなた》がたの教えによると神は暴力ではなく対話を尊ばれるとされるのですからっ！」

剣を握れと理性が訴える。

邪悪を斬れと心が叫ぶ。

この者の話を聞いてはならないと、己の内にある信仰心が語りかけてくる。

だが……。

「聖神アーロスの教示、第二典四章の四。『聖なる神は人々を集めこう告げられた。暴力を遠ざけ、降伏を選択した者に剣を向けてはならない。それは咎人《とがびと》であっても同じである』。すなわち降参した者に危害を加えることを禁止する聖神アーロスが定めし法」

ああ、邪悪なるその者から神の法理が語られる。

これほど絶望的なことがあるだろうか？

「そうでしょう？　——クオリア異端審問局筆頭審問官、クレーエ＝イムレイス殿ぉ？」

闇の手は、気づけば彼女のすぐ目の前までやってきていた。

第十二話　脅迫

「ふっふっふ～ん。ふんふんふ～～ん♪」

　ご機嫌極まりない鼻歌が響く。

　まるでこれからとても楽しいことが起きると言わんばかりの歌い手の気分を表したものだ。

　世の中広しといえども、これほどまでに機嫌良く鼻歌を披露する者はいないだろう。

　強いて欠点を言うのなら、その鼻歌が絶望的に下手くそであることと、現在その歌い手であるヴィットーリオが雁字搦《がんじがら》めに拘束されているということである。

「――おいっ、おい、バカ《教祖》！」

　隣から声があがった。

《イラ教》の代理教祖であり、山羊《やぎ》の獣人であるヨナヨナだ。

　もう少し彼女の立場を分かりやすく説明するのなら。気がついたらいつの間にかヴィットーリオとともに拘束されていた哀れな娘といったところである。

「ふんふふふ～ん。ふふふふっ～ん！　ふふふ、ふぉぉぉぉん!!」

　鼻歌は続く。

　……残念なことに。というべきか、この場にいるのはヴィットーリオとヨナヨナだけではない。

　それ以前にこの場所は旧クオリア南方州騎士団本部であり、周りにいるのは複数の聖騎士とクオリアの兵士である。

　かつては食堂、そしてレネア神光国建国の際には騎士団の本部とされたその大広間は、現在ヴィットーリオとヨナヨナだけの監獄となっている。

部屋の中央にある柱にくくりつけられた二人は、聖なる者たちの鋭い視線を受けながら捕虜としての立場を過ごしていた。

「おいバカ教祖！　聞いてんのかって言ってるだろ！」

もっとも――捕虜の自覚があるのはヨナヨナだけかもしれない。

ヴィットーリオは先ほどから下手くそな鼻歌に興じており、なぜかついでとばかりに舌禍の英雄から呼び出しを受けて拘束された彼女だけがこの状況に慌てふためいている。

「話を――聞けっ!!」

聖騎士たちの鋭い視線に耐えかねたのか、それとも流石に不快音を聞かせ続けるのは申しわけないと感じたのか、ヨナヨナは拘束された身で器用に体をねじりその頭にある角をヴィットーリオに突き刺す。

瞬間、奇妙な演奏は唐突に終わりを告げ、代わりに絶叫が響いた。

「ぬぁいたぁいっ！　そんな大きな声を出して品がないですぞヨナヨナくん！　折角クオリアの皆さんが対話の場を用意してくれたのにぃ。これじゃあ折角の穏やかな場が台無しっ！　吾輩の顔も丸つぶれっ！」

「うるせぇ！　少し黙れ！　相手さんめっちゃ怒ってるだろ!?」

「吾輩お静かモード！」

シンと、今度は不気味なまでの沈黙が大きな部屋を満たす。

彼ら――クレーエとレネア調査団の聖騎士たちはようやく訪れた沈黙を良しとしたのか、哀れな捕虜を尻目に少し離れた場所で相談を始める。

もっとも、視線は引き続き二人に向かっており、怪しい動きをしないか注意深く観察しているが……。

「……なぁバカ教祖。何でウチらは無事なんだ？

普通、こう、捕まったらあるじゃん？」

　聖騎士たちが相談ばかりでこちらに何もしてこないことを疑問に思ったのか、ヨナヨナが小声でヴィットーリオに尋ねる。

　ヴィットーリオ自身も散々っぱら一人で歌唱を披露したことで一定の満足を得たのか、珍しくヨナヨナの問いに答えはじめる。

「それは簡単ですぞヨナヨナくんっ！　彼らの教えでは降参した者に手を出してはいけないことになっているのですっ！　ゆえにすでにギブアップした吾輩に彼らが暴力を加えることはありませんっ！　素晴らしきかな非暴力主義！　尊きかな平和主義！　戦闘能力のない吾輩が考えた、たったた一つの冴えたやり方！」

　クオリアでは聖神アーロスが信奉され、その教えである聖書がもっとも尊き法として定められている。

　無論国家として運営するために実務的な法や規制が存在するが、それらは全て聖書の教えを元にするものだ。

　ゆえに彼らクオリアの者はこの聖書の教えを遵《じゅん》守《しゅ》することを第一に考える。

　たとえ相手が魔の者であろうと、たとえそれが悪手であろうと、聖書の教えを違《たが》えることは彼らのアイデンティティを毀損するため決して否定することができない。

　ヴィットーリオがこの場において余裕の態度を取っているのもそれが理由であった。

　敵を搦めとるためにあらゆる努力を惜しまない。彼がクオリアの聖書をどこからともなく取り寄せてその内容全てを読みこんだのは果たしていつだろうか？　少なくとも、このような作戦をとれるだけの理解があることは確かだった。

　だが聖なる者たちとて、いいようにやられるわけではない。

　抑えても響くヴィットーリオの説明が耳に入っ

たのか、代表としてクレーエが二人の側《そば》へとやってくる。

「戯れ言もそこまでです魔なる者よ。この場で貴方がどのように取り繕ったところで、いずれ正式な形で処罰の沙汰が下されます。死ぬのが早いか遅いかの違いです」

事実である。

聖書において降伏した者への攻撃は禁止されているが、それはあくまで一時的なものである。

後に中央より法に基づいた決定がなされれば、それこそが法理となり神の理《ことわり》となる。

そして中央が邪悪に対して出す決定に死以外のものは存在しない。

だがその程度のことはヴィットーリオとて百も承知である。彼はクレーエの言葉にわざと挑発するように大きな大きなため息を吐くと、まるで理解の足りぬ幼子に教えるようにひどく侮辱的なもの言いで語り始めた。

「おんやぁ～？　本当にそれで良いのですかなぁ？　吾輩は取り引きを持ちかけたのですがっ！　お得な取り引きですぞぉ。今ならポイントも付きます！　あっ、カード作りますぅ？」

「愚かな……我々は魔なる者の取り引きに――」

「ヴィットーーリオッ!!」

いきなり、ヴィットーリオが叫んだ。

その声量は辺りを小さく揺らすほどであり、遠巻きに事態の推移を眺めていた聖騎士たちも思わずぎょっとした表情を見せる。

「……何ですか？」

大声を直接浴びたせいか隣で目を回しているヨナヨナを少しばかり不憫に思いながら、クレーエがその真意を問いかける。

相手の口車に乗るのはしゃくではあったが、話を聞かないことには進まない気がしたのだ。

「吾輩を呼ぶ時はヴィットーリオとお呼びください。応じて頂けなければ、貴女のことも子猫ちゃんと呼んじゃいますぞ！」

「名前など覚える必要はありません。魔なる者の名前に、呼ぶ価値も覚える価値もないのですから」

「子猫ちゃあああん!!」

「だからいくら小職を挑発したところで――」

「にゃにゃにゃ～～～ん！　子猫ちゃわああああん!!」

クレーエの頬が紅潮したのは侮辱のあまりか、それとも気恥ずかしさか。

ともあれ一向に話を聞かずに自分勝手に主張を始めるヴィットーリオにクレーエもどう対応して良いか分からない。

相手のペースに巻き込まれるのは危険ではあるが、かと言って放置しておいても厄介極まりない。

彼女とてその職務の中で様々な狂気に満ちた者と相対してきた。

異端審問官はその役割上、精神的破滅を迎え狂気に陥った者との接触が多い。

そういう者たちは得てして自分たちだけの世界に浸りがちではあったが、目の前の存在はそれに輪をかけてひどかった。

特に、全て理解してあえてやっているということが容易に推察できる点が、最も耐え難い悪行である。

「あの、すいません……」

先ほどまで目を回していたヨナヨナが目を覚ました。

クレーエはなぜか一緒に捕まることになったこの少女に目を向けると、何事かと言葉を促す。

隣にいる男がとびっきり頭がおかしく会話が通じない存在なのだ。クオリア出身のために獣人への差別感情が少なからずあるクレーエだったが、今は彼女の存在がとてもありがたく思えた。

「ほんと、うちのバカが申しわけないんすけど。こいつ一旦言い出したら聞かないんで、とりあえずこの場だけは名前で呼んでやってくれないっすかね？」

「……ヴィットーリオと言いましたか。いいでしょう、あくまで譲歩ではなく我々の慈悲と捉えなさい」

ひどい頭痛がしたが、仕方ないので話に乗ることにする。

形式的には悪に屈したことになるのだが、この程度のことで邪悪に靡《なび》いたと思われては困る。

クレーエはおそらく彼に振り回されているであろうこの少女の面目を保ってやるという、理由にならない理由で納得し、いやいやながらも目の前の男を今後ヴィットーリオと呼ぶことにした。

「んぐぅぅっど！　それではこれで正しく取り引きのテーブルに着くことができましたねイムレイス審問官殿！」

「取り引きなど存在しないと先ほども申しましたよ、魔なる者ヴィットーリオ。我々に課された神の使命は、貴方がこれ以上民を扇動しその邪悪なる思惑を蔓延《はびこ》らせることを止めることに尽きます」

「んっふっふー。真面目ですねぇ。現場の判断でやればいいのに、あくまでクオリア本国の裁定を待ちますか。現場と上との板挟みで気苦労をためるタイプですねぇ！」

「………………」

論戦を嫌ったのか、それとも図星だったのか。クレーエが押し黙る。

一瞬の沈黙、先に声を上げたのはヨナヨナだった。どうやらこれ幸いと勝手に話を進める腹積もりらしい。

「話が進まないからそこのバカの代わりに自己紹介しておくよ。ウチらは偉大なる王イラ＝タクトが治めしマイノグーラに住まう民。その中でも彼を神と崇める、あー……イラ教の者だ。ウチが代理教祖で、このバカが教祖。この地には新たな神の顕現の布告と信仰を広めに来ている」

「一応ねっ！　建前的にはねっ！」

「……余計なことを言うんじゃねぇ！」

ヨナヨナの言葉にどよめきが起こった。

発生源は少し離れた場所でことの成り行きを見守っていた聖騎士たちだ。

初めて知る情報に驚きがあったのか。無論クレーエも相手が独自の宗教を持っていることなど寝耳に水で少なからず驚きの感情を抱いていた。

もっとも、彼女が初めてイラ教の存在を知ったとしても、答えるべきことは一つしかない。

「この地は我らクオリアが治めし土地。何人《なんぴと》たりとも聖神アーロス以外を信奉することは許されておりません。況《いわ》んや邪悪なる者が色目を使う余地など一欠片として存在しない」

「おんやぁ？　ここはレネア神光国ではぁ？　クオリアとは別のお国ですよねぇ。他所の国を自分の物のように扱うのって、それちょっとおかしくないですかぁ？」

「レネアはクオリアを祖とする分派とも言える国家。そして同じく聖教を信仰する聖女により起こされし国。クオリアが支援の手を伸ばし庇護するのも当然のこと」

「吾輩はお気持ちの話ではなく、国際常識の話をしているのですがぁ？　それとも聖教では他所の国が崩壊したから火事場泥棒をしてもよろしいと？　あっ、ちなみにウチの国ではやってもいいことになっておりますぞ！」

「貴方に理解は求めていません。我らの聖なる意志は、この地にはびこる貴方がたの悪意を必ず退け打ち払う。それだけが事実です」

「まぁ、そうなるでしょうなぁ」

痛いところを突かれたのは事実ではあるが、この程度の舌戦はクレーエとて慣れたものだ。

今まで処断してきた数多くの異端者や発狂者の中にもこのように論戦を仕掛けて煙《けむ》に巻いたり言《げん》質《ち》を取ろうとしたりしてきた者がいた。

そのような者たちに真正面からぶつかり、その張りぼての論説を完膚なきまでに打ち崩すこともまた異端審問官に課せられた使命だったのだから。

ゆえに、ことこの地の所有権に関して言うのならば、クレーエは一切の隙を見せることがないと己と神に宣言することができた。

だが、彼女の相手をするは舌禍の英雄。

そもそも彼が舌戦や論戦で相手を打ち負かすことを目的としているとは限らない。

やはりというべきか、当然というべきか。

「なのでぇ！　吾輩はここで一つの取り引きをするのです！」

ヴィットーリオはここに来て振り出しに戻るかのように、また同じ提案をするのであった。

「またそれですか。同じことをくどくど言うのは良くない。貴方の言う取り引きを我々が受け入れることはないですが、言うだけであれば許可しましょう」

また下手に叫ばれては敵《かな》わないと思ったのか、クレーエはそうそうに折れてヴィットーリオに発言を許す。今回も譲歩した形だ。

「そう、それがゲーム！　皆でゲームをしましょう。ゲームって言っても分からないですかねぇ。遊戯です。楽しい楽しい遊戯！　どうですぅ？　ワクワクしてきませんかぁ？」

「遊戯？　この期《ご》に及んで遊戯とはどういうつもりですか？　それに忘れたのですか？　我らが邪悪なる者の言葉に乗ることはありません。貴方はこのまま中央からの沙汰を待ち、そして聖なる御意志にて処断されるのです」

クレーエは強い意志でもって舌禍の英雄の誘いを断る。

「遊戯の内容は簡単です」

だが本人はそのような回答など知ったことかとばかりに己の言いたいことを言い始める。

思わず止めようとするクレーエだったが、相手の勢いに翻弄され止め時を逃す。

奇《く》しくもそれは聖騎士たちも同様だったらしく、誰もが何も言えぬままヴィットーリオの口からその内容が語られ始める。

「この街における布教合戦。それにてどちらの神が偉大か決着を付けましょう」

クレーエを含む全員が最初に抱いた感情は、困惑のそれだった。

もっと悪辣でおぞましい提案がなされるのかと思ったがやけに穏当なのだ。

無論まだ遊戯とやらの触りが明かされただけだ。相手のこれまでの言動を考えるにそれだけで終わるはずもない。

むしろここから邪悪なる精神の本領が発揮されると考えても何らおかしくはなかった。

全員に緊張が走る。だが……。

「ルールは無用……と言いたい所ですがぁ、それで皆さんが納得しないのは理解しております。すなわち暴力行為、洗脳行為、その他公平性に欠ける行いは禁止といたしましょう。人々に危害を加える行為は、吾輩たちも望む所ではありませ～ん。いわゆる相互不干渉！」

何ら裏のない、むしろクレーエたちにとって都合の良い内容が語られる。

穴がないとは決して断言はできないが、だとしても表面上は何ら問題がないように思われた。

ともあれ、自らの信奉する神。その信仰を布教する崇高なる行いを出汁《だし》に遊戯に興じるという考え自体は、いつまで経っても理解できなかったが
……。

「その言葉を信じる必要性がどこに？　我々がなぜ貴方の遊戯とやらに乗らなければならないのですか。貴方はもっと自分の立場を理解するべきだ、魔の者ヴィットーリオよ」

クレーエが静かに提案を切り捨てる。

勢いに呑まれ発言を許したものの、ヴィットー

リオの取り引きは最初から検討する余地などない。

それにどうせ守ると主張する禁止行為も自分たちの状況が悪くなればすぐさま覆すのだろうという不信感が強くあった。

しかしながら相手は相変わらず不誠実にのらりくらりとその追及をかわし、言の葉のみを弄して聖なる者たちを誑《たぶら》かす。

「勘違いしないで頂きたいのは、これは譲歩なのですよ。貴女がたにも拒否する権利はもちろんありますがぁ。拒否した結果は己の選択であると受け入れる必要があるのでぇす。吾輩はあくまで提案するまで。決断し結果を出すのは貴女がたの役目っ！」

脅迫じみた物言いは邪なる者どもの共通点だ。

本来なら一顧だにする余地もない。

ただ粛々と手続きを進め、このよく回る口を神の名のもとに永遠に消し去れば良いのだから。

しかし……。

「それとも。たかだか調査隊規模で、全ての人を救うことができますかなぁ？」

ついで放たれる言葉は、どれほどの強い意志と聖なる心をもってしても否定することができなかった。

これだけはヴィットーリオの言うとおりだ。

現在クレーエたち調査隊が保持している戦力はあまりにも少ない。

その少ない戦力もまた人々への支援で拘束されているのが実情だ。

ここで邪悪なる誘いを払いのけるのは簡単だ。

聖なる神の信徒なら誰しもが決断できるだろう。

だがその結果起こる悲劇への対処はどうだ？

イラ教の教祖と主張するこの男を失えば、破滅の王であるイラ＝タクトがどのような態度に出るかは考えるまでもない。

その時に中央の援軍が間に合う保証はない。それどころか援軍が派遣される保証すら無いのだ。

ようやく復興の兆しが見えたこのアムリタの地に、また災厄を呼び込むのはあまりにも酷に思えた……。

時間稼ぎが必要だ。少なくとも災厄の到来に対処できるだけの時間が。

葛藤は無言の態度となって会話の歩みを止める。

煮え切らない態度に焦《じ》れたのか、それともクレーエのこの態度すらすでに予想の範疇《はんちゅう》なのか、ヴィットーリオがその胡散臭《うさんくさ》い顔をこれでもかと歪めて吐き気を催す笑みを浮かべる。

「んむぅ、仕方ないなぁ！　もう吾輩大サービスしちゃう！　吾輩たちが欲しいのは人と土地！　だからここまで譲歩しているのです！　争いがなければその方がやりやすいですからなっ!!」

判断に窮す。

マイノグーラのあるイドラギィア大陸南部――通称暗黒大陸が不毛の土地であることは周知の事実だ。とりわけ彼らの本拠地とされる大呪界はその傾向が強い。

肥沃で実り豊かな旧レネアの土地を狙うのは一定の説得力がある。

また人に関しても彼らが本当に人々を心の底からイラ教の信徒として洗脳できるのであれば様々な面で有益となろう。

エル＝ナー精霊契約連合の事例を見るからに、邪悪なる者たちは自らの勢力を増やすことを目的の一つとしている。

だとすれば少なくとも人々の命は守られるだろう。

もっとも命さえあればどのような状況にあっても良いとは口が裂けても言えないが……。

マイノグーラの手に落ちた聖なる信徒がどのような扱いを受けているのかクレーエたちはその一切の情報を知らされていないのだから。

情報が不足しておりどうにもならない。

迷いは続き、気づかないうちに助けを求めるようにクレーエはヨナヨナに視線を向けていた。

「あー、確かにそのとおりだ。ウチらはそれを目的としている。アンタらはウチらのことを血も涙もない悪意だけのバケモノのように感じているかもしれないが、別にそんなことはないんだよ。ウチらだって笑ったりするし泣いたりもする。面倒ごとにならなきゃそれでいいってのはこっちだって一緒だ。まぁこいつがいつも面倒ごとを持ってくるんだけどな」

この少女が言うのであればそうなのだろうか？

少なくともヴィットーリオよりは誠実に見え、どちらかというと苦労人にも見える。

相手の目的はおおよそ知ることができた。

《破滅の王》が直接出てきていない以上、ある程度猶予があると考えることもできる。

そもそもレネア神光国が崩壊したのは破滅の王イラ＝タクト襲撃によるものだ。

そしてその根本的な原因は二人の聖女――《華葬の聖女ソアリーナ》と《顔伏せの聖女フェンネ》が破滅の王を討ったことにある。

大呪界に引きこもる王を刺激したことが原因としてこの悲劇が起きたのだとすると、一見して平和主義に見える彼らの行動もあながち罠だと否定することはできない。

気づけば、クレーエは己の中にある情報を自らに最も都合の良い形で組み立てていた。

それを指摘する者はどこにもいない。

もっとも、指摘したところでどうにかなるという問題でもなかったが……。

やがてクレーエは一つの決断を行う。

「先の約束を守り、お互いの行動に関知しないと言えますか？」

それはヴィットーリオの提案の受諾。

聖なる国に属す者が、邪悪なる国に属す者と交渉を締結させる。

すなわち聖神アーロスによって禁止された教え

に抵触するものであった。

「イムレイス審問官！」

聖騎士たちが慌てて声を荒らげる。

何を世迷い言をとの非難の叫びだったが、彼ら自身はそれ以外の手段を持ち得ないことに気づいていない。

「責任は小職が取ります。この場は……ひとまず時間を稼ぎましょう」

「し、しかし!!」

責任を取らぬ者は楽だ。代案を出さずに非難だけしている者は更に楽だ。

クレーエも聖騎士を説得して状況を正しく理解して貰う必要性を感じている。

だがこの場において逡巡《しゅんじゅん》は命取り。そしてその命は自分ではなく他ならぬ市民のものだ。

彼女の決断を後押しするように、ヨナヨナが配慮の言葉を述べる。

「心配だと思うだろうから、そこのバカについては余計なことをしないようウチが監視しておく。これはイラ教代理教祖ヨナヨナとして、偉大なる神イラ＝タクトの名のもとに誓うものだ。だからその点は安心してくれ。これがイラ教としての誠意であり譲歩だ。こいつが何を企んでいようが、アンタらに手は出させねぇよ」

ヨナヨナの助け船は、いつも欲しい時に欲しいものが出される。

その誠実な態度に内心で感謝の念を送りながら、クレーエはやがて自分の人生において大きな転機となる宣言を行った。

「いいでしょう、神の信徒は悪なる者に決して屈しない。その挑戦、受けましょう」

「んぐぅぅっど！　貴女はいま、確かに正しい選択をしましたぞ――イムレイス審問官」

果たして、これで良かったのだろうか？　時間稼ぎのつもりが、もっと良くない結果を呼び寄せてしまうことになるのではないだろうか？　クレーエの中で拭いきれない不安がヘドロとなって心を蝕《むしば》むが、だとしても彼女はこの選択肢以外を取れなかっただろう。

ふと……日記を抱えて父を追う、あの心優しい少女の顔が浮かんだ。

「ではぁっ！」

「「うおっ！」」

刹那、突風が吹き上がり、同時にヴィットーリオがすっくとその場に立ち上がる。

聖騎士たちが慌てて剣を抜くが、彼はすでにヨナヨナを小脇に抱えて窓枠に足をかけるところだった。

警戒していなかったと言えば嘘になるが、油断があったのは事実だろう。

あの男はいつでも逃げ出すことができたのだ。最初から全てが茶番で、この取り引きを行うためだけにあえて捕まったふりをしていた。

「しばしおさらば！　また会う日まで！　あでゅ～～!!」

道化師の耳障りな笑い声が窓の外から遠ざかっていく。

ヴィットーリオがちゃんとヨナヨナを忘れず連れていったことに奇妙な安心を覚えながら、クレーエはこれから自分たちに押し寄せる苦難を想像して表情を暗くする。

「イムレイス審問官」

聖騎士たちの困惑の表情が彼女に集まる。

まずは彼らの説得が必要だろう。そうしなければせっかく自らの命すら投げ打つ覚悟で手に入れた貴重な時間が失われてしまう。

「納得いく説明を、して貰いますよ」

その言葉に頷《うなず》く。クレーエの戦いは、まだまだ終わる気配を見せていなかった。

第十三話　嘲笑

ヴィットーリオの……邪悪なる者の口車に乗った件に関しては一旦棚上げとなった。

聖騎士たちとて状況は理解しているのだ。

彼女が提案に乗らなかった場合にこの街がどのような運命を迎えるかを。

だからこそ彼女の行為の是非について保留とし、まずは人々の安全を第一の目標として職務に当たることに納得してくれた。

だがクレーエが聖なる教えに背いたこともまた事実。聖教を強く信奉する彼らだからこそ、自らの無力感とクレーエの独断を感情的に処理できず、ある種のしこりとなっていた。

クレーエと聖騎士たちにあったはずの絆には、ほんの少しだけ亀裂が生じていた。

「これは、良くない……」

旧クオリア南方州騎士団本部。その中に用意された自室にて、クレーエは己を取り巻く状況を冷静に分析していた。

だがどれほど計算しようとも、どれほど情報を吟味しようとも、自らの——そして聖女リトレインの置かれた状況は厳しい。

（聖騎士は非協力的。それどころか小職に対する不信を抱えている……）

聖騎士たちにも主張があるのだろう。例の一件以来、彼らの態度は大きく変わっていった。

無論それらを表に出すような子供じみた精神を持つ者はいない。今すべきことを履き違えてクレーエを非難したり糾弾したりする者が現れないのがその証拠だ。

だが、だとしても双方に入った亀裂は徐々にその……

の大きさを増している。

（民を助けるために合理的判断をしたつもりですが、その行いが邪悪なる者への譲歩と取られたのでしょう。もう今までのような職位を盾にした強行は無理ですね）

クレーエが今まで強い権力とリーダーシップを取ることができたのは、ひとえに《日記の聖女リトレイン》の代理であるというその立場によるものだ。

加えて彼女の異端審問官という役職から来る畏怖もある。

だがここに至ってはその権威も地に落ちようとしている。

リトレインの信任と、中央からの指示があったからこその地位なのだ。聖騎士たちから不信を抱かれている現状ではそれらもうまく機能しない。

それほどまでに、邪悪なる者との取り引きというのは彼女の立場に暗い影を落としている。


（いえ、取り繕うのはやめましょう。小職は確かに魔なる者に譲歩したのです。あのままいけばネリムに危害が加わる可能性があった。小職は……その恐怖を振り払うことができなかった）

聖女リトレインが持つ日記の能力は強力無比だ。記憶の喪失という犠牲を厭《いと》わなければ、あらゆる奇跡を可能とするだろう。

だがその使い手であるリトレインはただの哀れな少女なのだ。

自分とは違ってこと戦闘に関してはまるで素人と言えよう。

聖騎士や随伴の兵士たちが手一杯の現状、実に隙だらけで狙いやすい的とも言える。

クレーエは聖職者であり戦士でもある。神の御意志を代行し、人々を遍《あまね》く守護する存在だ。

だが同時にリトレインの友人でもあるのだ。彼女はそのことをすでに忘れているかもしれないが、だとしてもクレーエだけはそのことを決して忘れない。

そしてクレーエは、大切な友人を犠牲にできるほど冷酷な人間ではない。

それこそ……他の全てを犠牲にしたとしても。

クレーエは、決してリトレインを見捨てることはないだろう。

(神よ……小職はどうすれば)

祈りは幾万繰り返した。

聖句はもはや間違えるのが不思議なほど脳裏にこびりついているし、捧げた聖儀式は数えるのが困難なほどだ。

だが……彼女の、彼女たちの状況が良くなることは決してない。

「神よ……貴方はなぜ助けてくれないのですか」

決して口にしてはならぬ言葉と同時に、コトリと室内に音が鳴った。

ビクリと反応し、驚いたように振り返るクレーエ。

しばらくすると音の出どころ……入り口のドアがゆっくりと開き、相変わらずおどおどとした表情のリトレインがひょっこり顔を覗かせた。

「あの、……イムレイス審問官」

「おやネリム。体調はどうですか？」

取り繕うように笑顔を向ける。ぎこちない笑いは果たして彼女に通じただろうか？

先ほどの言葉を聞かれていたらという不安が胸中をしめ、バクバクと心臓が高鳴る。

今だけはリトレインの記憶がひたすら失われるその奇跡に感謝した。いずれこの秘密も……彼女の頭の中から消え去ってしまうのだから。

もっとも、不思議そうに首を傾げる彼女の様子から、その心配は必要なかったようだが。

「……？　元気です」

「そうですか。ここ最近は無理をしていたようなので、少し心配していたのです」

「そうなのですか？」

トコトコと室内に入ってくるリトレインに椅子をすすめ、膝を折って彼女と視線を合わせる。

くりくりとしたガラス玉のような瞳がクレーエを見つめ、あまりにも澄みきったその瞳に吸い込まれるかのような感覚に陥る。

そしてゆっくりと、クレーエは己の思いを彼女に打ち明ける。

「貴女《あなた》の能力は……神から与えられた尊きものです。その力は人々を癒やし、信仰を取り戻させ、そして悪を退ける強力なもの。ですがその代償として貴女の記憶が必要とされる」

きっとそれがすぐに失われてしまうものだとしても……。何度でも……。

「小職は、これ以上貴女に負担をかけたくはない……」

「でも、善き行いをすれば必ず善きことがあると、お父さんが言っていました」

またこの話だ。

何度聞いたか、そして何度答えたか。

きっとそれすらもリトレインは忘れているのだろう。だがクレーエはまるで初めて聞かされているかのように、少女の告白に耳を傾ける。

「えと……私はまた、お父さんと一緒に暮らそうって約束したんです。だから、早く一緒に暮らせるようにもっともっと頑張らないと駄目なんです。沢山の善き行いが、私には必要なんです」

上級聖騎士ヴェルデルの生存は絶望的だ。

それは状況を見ても明らかで、大呪界の調査からの未帰還は覆しようのない事実である。

リトレインは……父が大呪界の調査任務に向かったことを知らない。

無論、彼がその地より帰還しておらず、連絡を絶っていることも知らない。

だからずっと、彼女は父を追いかけているのだ。

「ええ、大丈夫。きっとお父上とまた一緒に暮らすことができますよ。ネリムは善き行いを沢山してきたのですから……」

クレーエは自分の弱さに吐き気を催す。

これほどまでに愚かな人間がいて良いのだろうか？

少女が抱くたった一つの夢に向き合うことなく、ただ現実から目を背け真実を告げようとしない惰弱な人間。

ああ、どうして彼女は救われないのか？

全員が幸せになる方法が、彼女が父と暮らす未来が……どうしてどこにもないのだろうか？

「本当にお父上とまた一緒に暮らせるとしたら。いかがしますかぁ？」

突然声がかかった。

クレーエはその言葉で慌てて意識を切り替えると、リトレインの前に立ち言葉の主へと鋭い視線を向ける。

マイノグーラから来たりし邪悪なる者ヴィットーリオ。

いつからそこにいたのか、彼は相変わらずニヤニヤと不誠実な笑みを浮かべ、何かを吟味するようにその手を顎にやってこちらに無遠慮な視線を向けてくる。

「ネリム……小職の後ろに下がって。魔なる者ヴィットーリオ。どういう了見ですか？　貴方は先日互いの不干渉を了承した。その誓いを早速破ると言うのですか？」

「いえいえ、今回のこれはあくまでお話の範疇《はんちゅう》！　今行っている遊戯に影響するものではありません！」

「痴《し》れ言《ごと》を。そのように言葉を弄すれば小職が納得するとでも？　代理《教祖》殿はなんと言っているのですか？」

「いや、ヨナヨナくんには黙ってきましたので。だって言ったらボコられるから……」

「それは実に良い。彼女こそが正式な教祖になるべきだと小職は提案させて頂きましょう」

「ふふふん。吾輩もそう思いますぅ」

どうやらこの場に代理教祖の少女――ヨナヨナはいないらしい。

彼の言葉を信じるならば独断専行にてこの場にいるとのことだが、あの誠実な少女の性格を思うにおそらくそれは事実なのだろう。

それはすなわち目の前の男のストッパーがいないことを意味しており、この悪辣なる人物が完全に自由気ままに行動を起こせることの証左でもあった。

「それで、小職の聖剣技がご所望ということですか？」

チラリと、視線を少し離れた場所へ向ける。

自室だと気を抜いて装備は壁の端に置かれたままだ。剣を抜くとは威勢の良い言葉であったが、実際目の前の男を出し抜いてそれをなし得るかと言われると言葉に窮す。

だがクレーエはやらねばならない。背中で震える少女を守るためなら、どのような犠牲も厭わないと誓ったのだから。

だが、またしてもというべきか、やはりというべきか。

「いえいえ！　それには及びません！　吾輩、本日は提案に来ているのですから!!」

目の前の男はまた言葉での交渉を求めてきた。すなわち提案である。邪悪なる誘惑。破滅へと人を誘う禁忌の言葉だ。

「提案？　またそれですか？　一体貴方は――」

言い終わる前に、言葉が紡がれる。

その内容にクレーエも、そして背後にいるリトレインも驚愕に目を見開く。

「イムレイス審問官。そちらの哀れなお嬢さんを連れて、我が陣営に寝返りませんか？」

おおよそ予想だにしなかったその言葉に、クレーエは強い怒りの視線をヴィットーリオに向ける……。

「一体何を……」

寝返りは戦争の華だ。

こと国家間の争いにあっては調略という形でそれが行われる。

クオリアは長らく戦争とは無縁の平和な国家であったが、だとしても文献にそのことは記されているし、実際に小規模な小競り合いなどでもそれらは観測されている。

どのような目的があるかはその時々によって千差万別だが、確実に言えることは自分たちが相手にとって調略すべき価値のある存在であるという一点である。

意図を知りたいという欲望を振り払い、だがクレーエは断固としてその提案を拒否した。

「お断りします」

「んまぁっ!?　どして？」

「どうしてもこうしてもない。一度は貴方の提案に乗りましたが、それはあくまで平和的なものであったからこそ。此度のものは明らかに我が国家に仇《あだ》なす意図が存在している。よしんばそのような事実がなかったとして、どうして小職たちが闇の者に屈すると思えるのですか？」

「でもそうしないと彼が生き返らないではないですか？　イムレイスくんが邪悪に屈しましゅ～ってダブルピースしてくれたら、吾輩、偉大なる神に頼んで生き返らせてもらう準備があったのですが……」

「――っ!!　や、やめなさい。そのような言葉で誑《たぶら》かすとは何事ですか。人の死は覆せない。だからこそ人は己を常に省み、後悔のない人生を送るのです。それに……貴様らのせいだろうが！」

言わずとも、ヴィットーリオが何について言及しているのか理解できた。

だからこそクレーエは激昂する。どこまで人を愚弄すれば良いのか？　なんの罪もない少女の願いですら、己の策に利用するのかと。

「吾輩のせいではありませんよ？　実際は余計なことをやらかした随伴の下級聖騎士のせいですな。本来なら無事帰ってくるはずだったのです。ですが若い聖騎士は目の前が曇り判断を誤った。仲間の失態のツケを命で払わねばならないとは、聖騎士というのも因果な商売ですな〜。吾輩同情！」

「くっ！」

不思議であった。クレーエの知る上級聖騎士ヴェルデルという男は冷静沈着で決して無謀な争いに身を投じない男だ。

聖教の教えについては正直不真面目なところがあったが、それが融通の利く柔軟性を生み出しており、こと調査任務などでは指令以上の成果を上げてきた。

危険と見ればすぐさま撤退の判断もでき、状況判断は誰よりも得意。そんな彼が消息を絶つとはいささか疑問だったが、先のヴィットーリオの言葉が真実であれば納得は行く。

だがそれは、クレーエの中にあった僅かな希望が潰《つい》えたことを意味していた。

大呪界調査にて行方不明となった者の生死について大呪界を本拠地とする者が語る。これほどまでに絶望的で確定的なことは他にないのだから……。

だから、ああ、だからこそ。

「あの、えっと、なんの話ですか？」

彼女だけには聞かれたくなかった。

クレーエは逡巡《しゅんじゅん》する。どうやって誤魔化そうかと。この場を切り抜けるための嘘をどのようにして用意しようかと。

「小さく哀れな日記のお嬢さん。君のお父さん、死んでるよ？」

だがそんなクレーエの思いとは裏腹に、ヴィットーリオはあっけらかんと言い放った。

「……え？」

「ざ、戯れ言です！　聞いてはなりませんネリム！」

叫んだ。だがその言葉は空虚で、まるで無価値とばかりに響く。

「戯れ言ではないことはチミが一番よ～っく知っているのではないのかねぇ、イムレイス審問官。聖騎士ヴェルデルは大呪界の調査任務にて我らが陣営と衝突。そのなかで命を散らした。連絡もない、姿も見せない、それってぇ！　死んじゃったってことでしょうがぁっ！」

嬉しそうに、心底嬉しそうに道化師が嗤《わら》う。

反論の言葉が見つからない中、ボロボロと瞳から涙をこぼすネリムが果敢にもクレーエの背中から前に出る。

「けど、けど！　わ、私はお父さんに会いました！　忙しいからまた会おうって言われて！　ちゃんとお話もして！」

「あっ、それ偽者です。具体的には我が神が模倣したまがい物です。偽者相手に感動の再会しちゃいましたね可哀想！」

「う、嘘です……。そんな、いや……」

「んーむ。流石に吾輩も心が痛むぅ！　けど仕方ないね！　だれも嫌われ役になりたくないもんね！　皆君にだまっていたもんね！　だから吾輩が教えちゃう！」

大きな瞳から、はらはらと涙が流れていく。

震える彼女を見つめる自分の視界が滲んでいることに、クレーエはついぞ気づかなかった。

ああ、邪悪なる者はここまで人を苦しめることができるのか。

灼熱の炎や邪悪なる呪《のろ》い、凶悪な爪や武器を使わずとも、ただの言の葉でここまで魂を傷つけることができるのか。

もはやクレーエに反論する意志は残されていない。……すでにもうどうしようもないところまで来ていることに気づいてしまったから。

彼が……ヴィットーリオが何かをする前に、ずっとずっと前に全て終わってしまっていたのだ。

ただそれが明らかになっただけ。

「だって、だって善き行いをしていれば必ず善きことが起きるって……」

日記の聖女の心が崩れる。ただ一つ、ただ唯一。

彼女が自己を確立させるために保持していた父との記憶、そして苦しくて辛い現実に立ち向かうための純粋無垢なる願い。

――善きことをしていれば、必ず善き出来事が起こる。

父から授かった希望の言葉は……。

「それ、今まで善いこと起きましたぁ？」

この瞬間、全て灰燼《かいじん》と帰した。

「そんな。そんなぁ……」

「まぁまぁそんなに泣かないでぇ。人生そういうこともあるあるっ！　諦めなければ夢は叶う！


ほら、立って！　吾輩は哀れなお嬢さんにとても善い話を持ってきたのです！　さぁ、吾輩の提案を聞いて？」

邪悪なる者の悪意に満ちた言葉がリトレインをズタズタに引き裂く。

いつか訪れると信じていた少女の夢の終わりは、最悪の形で訪れた。

もはや聖なる者としての理性や教えなど全て忘れ、クレーエはただただ怒りに支配される。

「もういい、貴方の――貴様の言葉は腐臭が漂う。それ以上口を開くな。やはり小職は間違っていた。魔なる者の甘言に乗ることがこれほどまで悍《おぞ》ましい結果をもたらすとは。ここで貴様を斬り、全てを終わらせます」

かつてない憎悪が彼女の全身に満ちる。

剣の場所は遠いが、そのようなことは問題なかった。

今すぐ目の前の男を切り刻んでやりたいという

どす黒い感情がうずまき、自分にあった聖なる心と冷静さを駆逐していく。

「いいえ、口を開きます。そしてその手を下ろしなさい！　なぜなら吾輩は、この悲劇を解決する唯一の提案をさせて頂きに来たのですから！」

世迷い言《よまいごと》だ。これほどまでの侮辱を受けて、なお話を聞いてもらえるなどという妄想を目の前の男が信じていることが理解できなかった。

だがそんなことはどうでも良い。彼女のすべきことは一つしかないのだから……。

すなわちこのまま目の前の男を殴り倒し、隙をついて手に取った聖騎士剣でその汚らわしい口を永遠に閉じること。

だが……。

(——っ!?)

体が動かない。

まるで不可思議な能力で話を聞くように強制されているかのように、クレーエの体はその荒れ狂う意志とは裏腹に沈黙を保っていた。

「そう提案！　此度の提案！　それこそが我が陣営に下ること！　いやね、流石にね、吾輩もそこなお嬢さんの境遇には同情的でね、できるならどうにかしてあげたいと思っているのですよ。ってか普通に考えてドン引きじゃね？　血も涙も無いよこれ」

——動け、動け、動け。

何度も言い聞かせる。何度も叫ぶ。だが体はおろか言葉さえも発せない。

「なのでぇ！　まるっと救済しちゃいますぅ！　やったねハッピーエンドですぞ！」

これ以上聞いてはいけない。

聞いてしまえば、心が揺れるから。

聞いてしまえば、提案に乗ってしまいそうになるから。

甘美な言葉は、たしかな毒となってクレーエを蝕《むしば》んでいく。

「邪悪なる者が人に同情を？　ナンセンス！　なぜなら、邪悪なる者にはありとあらゆることが許されているのだからっ！　すなわちぃ、敵対する善なる聖女に情けをかけることもまた自由！　正義にガチガチに縛られたチミたちとは違ってねぇ！」

「だとしても、我々は貴様らに下ることはない！　どれほどの言葉を述べようとも、それらは一切小職たちには届きません！　邪悪なる者の口車に乗ることは、すなわち破滅への道に進むことに他ならないのですから。そのことをよく理解しました。理解させせられました！」

「ふむぅん。聖なる神の教えですな。何もできぬ神に殊勝なことで……」

　ハァハァと、荒い息が漏れる。

　気力を振り絞ってなんとか叫んだが、それだけでもう疲労困憊だ。

　だがクレーエの反抗が意外だったのか、ヴィットーリオはひどくつまらなそうに鼻を鳴らしてみせた。

　どうやら、今回は魔の誘いを避けることができたようだ……。

　安堵感がクレーエを包む。

「まぁいいでしょう。今回は吾輩尻尾を巻いて帰宅します。そろそろ夕飯の時間ですしね」

　また去るのか。

　追いかける気力は残されていない。だがこの場で相手が撤退の手段を取ってくれたことは幸いだった。

　もしやヴィットーリオは戦いに関してあまり得意ではないのだろうか？　そんな推測がクレーエの脳裏に浮かぶが、今はそのことを考える時ではないと気持ちを切り替える。

　足取り軽やかにドアの方へと歩んでいくヴィットーリオの背中を見送る。

　今はただただ、この苦痛極まりない状況から逃げ出したかった。

「あっ、そうだ！　最後にイムレイス審問官。邪悪なる者の誘いがどうして恐ろしいと言われるのか真にご理解されていますかなぁ？」

「…………」

ドアを手で開き、退出しようとするその最中。

ヴィットーリオが不思議な問いかけをしてきた。

無言で返答としてみたものの、クレーエとてその真意は測りきれない。

邪悪なる者の誘いが恐ろしいのは破滅が待っているから。それが世の理《ことわり》であり、神の教えである。

万物普遍の法則を再度確認して、一体何を伝えようと言うのか。

「全て事実なのです」

「…………？」

短く語られた言葉の意図が理解できず困惑する。

だが次いで語られた言葉に、聞くべきではなかったとクレーエは強い後悔を抱いた。

「永遠の美貌、傾城《けいせい》の美姫《びき》、無限の知性、無双の力――そして死んでしまった人との再会。古今東西、魔が与えし報酬はその全てが真実なのです。むろんそこに詐欺的な罠は存在していません。永遠の美貌は腐らない。傾城の美姫は微笑み続けるし、知恵と力はその勢いを増す。そして蘇りし人は灰になったりなどしない。だからこそ、邪悪なる者の誘いは強烈に人を魅了する」

道化師の誘いは続く。

それはどこまでも甘美で、興味を掻き立てられるものだ。

「貴女は吾輩の言葉に乗れば破滅が待ち受けていると思うのでしょう。何らかの罠が存在し、永遠の苦しみと後悔の中で朽ち果てるのだと」

そのとおりだ。そう教えられてきたし、そう信じてきた。

そして今はそうあって欲しいと心から願っている。

「断じてそのようなことはございませぇん。我が神に頭《こうべ》を垂れた貴女に待つのは永遠の幸福と安寧。笑顔を取り戻した大切な友人との平穏な日々。そして三食昼寝付き残業無しの生活。物語の締めくくりはもちろんめでたしめでたし。それこそが、我らが神イラ＝タクトが貴女に与えるものです」

邪悪なる者の誘いがクレーエを、そしてリトレインを搦《から》めとる。

「吾輩、貴女がたの選択をたのし～みに、しておりますぞ！」

全てを嘲《あざけ》る高笑いが響き、そして静寂が訪れた。

残されたのは凍えてしまいそうなほどの寒さと、暗い暗い絶望の想いだけ。

そして二人の哀れな娘。

「イムレイス審問官……クレーエさん」

「――っ！　は、はい……」

「先ほどのあの人の言葉は、本当なんですか？」

「……ごめんなさい、ネリム」

「もう、お父さんは……」

「ごめんなさい、本当に、ごめんなさい……」

やがて彼女たちはどちらからともなく抱き合い、お互いを慰め合うように静かに泣くのであった。

第十四話　屈服

　ヴィットーリオによって黄昏時《たそがれ》に行われた闇の調略。

　その出来事から数日。クレーエは表面上冷静を保っていた。

　状況は相変わらず良くなく、《日記の聖女リトレイン》の力をもって人々を救い続けているが、ヴィットーリオら《イラ教》によって提案され行われている遊戯は聖なる者たちに圧倒的に不利な結果となっていた。

「アムリタの状況はもはや我らに対応できる段階にありませせぬ」

「住民の九割が憎きイラ教に改宗し、我らの神から離れました」

「なぜ、このようなことに……」

　天幕での会議。以前はその外では治療を待つ人々や聖なる教えを求める人々でごった返していたが、今はその喧騒も嘘だったかのように静まり返っている。

　無論彼らとて手をこまねいていたわけではない。

　聖騎士や信徒は精力的に人々に説法と教化を行っていたし、数少ない聖職者はネリムとともに病に臥《ふ》せる者の治療にあたっていた。

　状況を俯瞰《ふかん》し、第三者の視点として見てみると十分以上によくやっていると判断できる。

だが……それ以上にイラ教の手は早かった。

　自分たちが十の教えを広めれば相手は百。自分たちが十人治療すれば相手は千。

　どのような手法を用いているかは理解不能だが、だが確実に人々を救っており、同時に救われた人々はイラ教への恭順の意を見せている。

それは自分たちが必死でその信仰を思い出させた者なども例外ではなく、ケイマン医療司祭を含めこれからのアムリタ復興に必要な実力ある人材が自らの意志でこの場を去る結果となっていた。

敗北は必定。

だが一定数だが市民を北に逃すことができた。

この街でイラ教に教化した者も無体な扱いを受けているという状況ではない。

その点で言えばヴィットーリオはともかく代理《教祖》のヨナヨナは約束を違《たが》えなかった。

苦しむ人が出なかった。

状況は最悪の一言だが、その一点においてのみは希望があるとクレーエは考えていた。

しかし、彼女の考えを聖騎士たちが共有しているとは限らない。

むしろ彼らの考えはまた別のところにあった。

「もはや聖女さまのお力に縋《すが》るしかありません」

「それは良くない。ネリムさま……聖女さまのお力はご自身への負担が大きい。この戦局を覆すだけのお力を求めるとすれば、一体どのような影響があるか！」

突然の言葉に思わずクレーエは席を立って抗議する。

このままアムリタ放棄の策を取るだろうと考えていたのだ。

この状況下においては聖騎士たちも納得し、中央へと戻り再起を図るために《依代の聖女》らと共に力を蓄えると、そう考えていたのだ。

その考えは残念ながら甘いものであったことを彼女は知る。

「イムレイス審問官。貴女《あなた》のその邪悪への姿勢。我々は疑問に感じております。あまり惰弱な姿勢を見せられるな。異端審問官は身内にだけ威張り散らす職位ではないでしょう？」

「ええ、そのとおりですな。此度の対応、些《いささ》か弱気と言わざるを得ません。神の試練は時として重く苦しいものとなる。だが決して乗り越えられないものではない。聖女さまはそのためにこの地に遣わされたのだと我々は理解しております」

　クレーエは内心で驚愕する。

　よもやこれほどまでに聖騎士たちが心魂を曲げ邪悪への対処に執着しているとは思いもよらなかったのだ。

　具体的な対策もとれず、会議では黙りこくっていた者たちが今更気炎を上げてどのようにするというのか？　それも自分で決着をつけるではなく他人の力を借りてだ。

　ここ最近の立場を考えてどちらかというと配慮を見せていたクレーエだったが、ここに至っては反論せざるを得ない。

　このまま彼らの言うとおりリトレインを犠牲にするわけにはいかなかった。

「自分たちでは解決できないからとネリムさまの力を当てにすると？　幼き少女に全ての責任を押しつけて、それでも聖騎士ですか？」

「聖騎士であるからこそ、時として非情な判断も必要なのです。――イムレイス審問官は少しお疲れだ。気晴らしの時間が必要でしょう。残りの議題は我らで進めますゆえ、休憩を取られるがよろしい」

　周りを見回す。怒りと不審に満ちた鋭い視線が一斉に彼女を突き刺す。

　まるで熱に浮かされたように同じ反応を見せる彼らに、返す言葉が出ない。

　非難の的になっているとは理解していたが、よもやこれほどまでとは思っていなかった。

　彼女を助ける者はこの場には誰もいない。

「……分かりました。では一旦失礼します」

　言葉どおり退出の意を示す。体《てい》の良い厄介払いだ。二度とこの会議には参加させてもらえないだろう。

　天幕から出た背後からは、男たちの楽しそうな笑い声が聞こえてきていた……。

………

……

…

「あっ、イムレイス審問官」

「ネリム……こちらにいたのですね。私も少し休憩をいただきました。ご一緒しても?」

あてもなく歩いていると、隊の休憩所の片隅で日記を書き込んでいるリトレインを見つけた。

普段なら様々な人々でごった返すここも、今では誰一人いなかったがゆえに互いを見つけ合うことができたのだ。

そっと、リトレインの隣に座る。

もはや自分は部隊の主流から外された。今後の方針は残った聖騎士が決定するが、それが聖女リトレインにどのような影響をおよぼすかは分からない。

いや……誤魔化すのはやめよう。彼らは必ず求めるだろう。

彼女が持つ記憶の全てを神に捧げて、この危機的状況を覆すことを。

圧倒的な奇跡を……。

「イムレイス審問官。私はそれで、いいですよ」

「何のことですか?」

分かっていて、問うた。できればその先を言ってほしくなかった。

彼女の口から、そんな言葉を聞きたくはなかった。

「力を、使うことです。きっと私の力はこの時のために神様から与えられたんだと思うんです」

「貴女は……貴女はもっと自分の幸せについて考えるべきです。これほどまで苦しんで、他人のために奉仕し、全てを神に擲《なげう》った貴女は、報われるべきなのです」

クレーエの説得にも、リトレインは首を縦に振らなかった。

「ネリム。最後の一線を越えた先に貴女はもう存在しない。小職にそんな決断をさせないでほしい」

必死の想いで言葉を尽くす。この時ほど口下手な自分の性格を呪ったことはないだろう。

自分がなんとかするからどうかその決断だけはしないでほしい。

口にするのは簡単だが、相手に受け入れてもらうには如何《いか》ほどの対話が必要か……。

リトレインの意志は固いように見えたが、それはどちらかというと諦念にも思えるものだった。

「イムレイス審問官は……私がまたお父さんと会えると思いますか？」

「…………」

「もう何も無いのに、なくなっちゃったのに。これ以上生きている必要はあるのかな」

生きてほしかった。生きて幸せになってほしかった。それだけが願いだった。

だがそれすらも自分のわがままなのだろうか？

もう何も手はないのだろうか？　無力感だけがクレーエを支配する。

希望はどこにもない……少なくともここには。

「善き行いをしていたから、きっと向こうではお父さんに会える。そう思うんです……」

その数刻後。

聖騎士と信徒に歓迎され、リトレインは奇跡の行使を宣言する。

人々は満面の笑みを浮かべ、彼女の決断を口々に称えるのだった。


……

……

…


「なぜだ！　なぜだ神よ！」

クレーエの部屋は荒れに荒れていた。

彼女の几帳面な性格を表すように整理整頓されていた仮初《かりそ》めの部屋は、当初の装いが嘘であったかのように荒れ果て、あらゆる家具が破壊され書類が辺りに散らばっている。

その中央で慟哭《どうこく》するのはたった一つの願いすら許されなかった哀れな娘。

たった一人の大切な友人すら守れなかった、愚かで無力な娘。

縋る神は答えてくれない。

縋る神は彼女に救いを与えない。

ならば捨てられし者が取る道は……。

「神よお許しください。貴方は何もしなかった……」

ゆらりと、幽鬼のような所作でクレーエが立ち上がる。

そのままふらりと部屋から出ていき、ついぞ彼女が戻ることはなかった。


「痛い痛い痛い痛いっ！　暴力反対っ！　暴力ぅぅぅ！　はんたぁぁぁい！」

どこか芝居じみた叫びが教会の庭に木霊《こだま》す。

ここはアムリタにおけるイラ教の本拠地。南の教区にある礼拝堂を大々的に改築した彼らの教会だ。

荒縄で雁字《がんじ》搦《がら》めにされ、わざわざこのために作られた木製の吊し台に拘束されているこの男こそ、マイノグーラが誇る舌禍の英雄ヴィットーリオだ。

そして先ほどからぎゃあぎゃあ大声で騒ぎ喚く彼に容赦なく打撃を加えているのは、これまたマイノグーラが誇る悲劇の英雄、エルフール姉妹である。

「この程度、暴力に入らないのです。英雄なので頑丈でしょう？　もう二、三発殴っておくのです」

「くすくす。顔はばれるからお腹がいいと思うよキャリア」

「なるほど、流石お姉ちゃんさんなのです」

時刻は真夜中。月も出ておりエルフール姉妹が魔女として最も力を発揮する頃合いだ。

すでに人としての範疇《はんちゅう》から逸《そ》れ、英雄としての性質を強く有するこの双子の少女たちから、たとえ戯れといえど殴打を受けて平然としているのは流石同じ英雄と言ったところか。

とは言えその情けない姿を見る限り、そのような称賛の言葉は誰も述べないであろうが……。

「いい気味だなバカ《教祖》。余計なことするなっつってるのに話を聞かねぇからそういうことになるんだ。マジで反省しろ」

追撃とばかりに叱責の言葉が放たれる。代理教祖のヨナヨナだ。

この場にいるのは英雄たちだけではない。

ヨナヨナは不機嫌そうにヴィットーリオを監視しているし、新たにイラの信徒となった者たちも困惑気味にこの折檻《せっかん》の儀式を眺めていた。

なおヴィットーリオとともにこの都市にやってきた旧来の信徒にとってはすでに見飽きている光景らしく、各々《おのおの》が勝手に割り当てられた仕事などを進めている。

良くも悪くも、この光景はイラ教において日常だった。

「あっ！　ウチの分も残しといてください！　この前勝手に出かけた分のけじめ、まだぶん殴ってないので！」

「はーい」

「了解なのです」

「なんなのこのクソガキどもぉ。暴力慣れしすぎてなぁい？」

ヴィットーリオが己の境遇に文句を言い出すが、全ては身から出た錆《さび》だ。

特に聖教の者たちとの約定を違えてちょっかいを出しに行ったことは許しがたい。

ヨナヨナもエルフール姉妹も彼の行動によって聖教の信徒たちがどうなろうが正直なところ知ったところではないのだが、今回の話はイラ教と拓斗の名前を出してまで締結されたものだ。約束を違えることはすなわち拓斗の顔に泥を塗ることになる。

それだけは何としても避けたかった。

ゆえの折檻である。ヴィットーリオのこの性質はもはやどうしようもないという諦めはたしかにあったが、とりあえず殴って鬱憤《うっぷん》をはらさないとやっていけない。

よってヴィットーリオは雁字搦めに縛られ吊され、ボコボコに殴られているのである。

もっとも、本人はたしかに痛みを感じているようではあったがどこ吹く風。

それどころか殴られている最中にまたぞろ新しい謀《はか》りごとを思いついたようだった。

事実、その顔にニヤニヤと不気味な笑みを浮かべながら、視線を遠くへ向ける。

「身内には最大限の敬意を払い、決して仲間を犠牲にしてはならない。人として基本的で普遍的な決まりごと——そう思いませんかな、イムレイス審問官殿？」

「ヴィットーリオ……」

現れたのは聖クオリア筆頭異端審問官クレーエ＝イムレイス。

聖なる教えに忠実なはずの、神の僕《しもべ》であった。

「わざわざこのような時間にお越し頂いたということは、吾輩の提案を受けて頂けると考えてよろしいか？」

ブラブラと吊されながら真面目なセリフを言い出すヴィットーリオに一瞬驚きの表情を見せたが、すぐに我に返るクレーエ。

だが彼の質問の意を正しく理解しているであろうはずの彼女は、険しい表情で黙したまま一向に口を開かない。

逡巡《しゅんじゅん》しているであろうことは、誰の目にも明らかだった。

「んー、どんな理由で来たのかは知らないけど、寝返るってんなら歓迎するよ。一度身内になったら逆は無しだけどな……。それに、こいつだけが例外で他は皆気のいいやつばかりだ。不安に思うことはない、そこはウチが保証する」

「くすくす。いいとこだよ。今までのことなんて全部忘れて、こっちにおいで」

「苦労しているみたいですし、来るなら歓迎するのです。違うのなら、目障りなのでさっさと帰るのです」

時間は夜。月が出ているがために姉妹からくる邪悪なる圧力も相まって耐え難き恐ろしさがその場に満ちている。

だがその反面、かけられた言葉は何よりも優しかった。

どこか突き放した物言いのキャリアの言葉さえ、彼女の決断を後押しするような意図が込められている。

だから、クレーエは少しだけ自分たちの境遇を……ネリムの境遇を彼らに聞いて欲しくなる。

奇《く》しくもそれは、神に懺悔する罪人のようでもあった。

「ネリムは、哀れな子です。小職は彼女に幸せになって欲しかった。ただそれだけだったのに……神はいつまで経っても彼女に報いを与えなかった」

「お宅の神は信仰心に報いを与えませんからなー。いわゆる信じることに見返りを求めるのは禁止、みたいな」

聖教の基本はこれだ。神は教えを授けるが、決して救いを与えない。

否……神の救いは聖女と聖職者を通じて与えられるのだ。

聖女が持つ決して人では成し得ない奇跡をもって、人々に救いを与えていく。

聖職者たちはその奇跡の守り手だ。人々に神の教えを教示し、助けを求める者の居場所を聖女へと示す。

……これが神の法理。絶対普遍の聖なる掟。

だが、ならばその聖女へと誰が救いを与えるのか？　常に誰かを助けることを当然のこととして求められ、その強大な力を使う代償として大きな犠牲を払わされる聖女は誰が助けるのか？　聖なる神はその答えを指し示していない。

「あまりにも不憫なのです。小さな子が、どうしてこれほどまでの仕打ちを受けなければいけないのでしょうか。小職が無力なあまりに、彼女に苦労をかける」

「人の身でできることはたかが知れています。貴女は神ではなく、ただの人なのですから」

リトレインの……《日記の聖女》の境遇は実のところすでにこの地にいるマイノグーラの者たちにとって周知の事実である。

それは何も非合法な手段などで得たというわけではなく、彼女の動向や人々の噂話を聞いていれば容易に分かる事柄だった。

通常聖女の奇跡はみだりに人前で披露するものではないとされており、ある種の箝口令《かんこう》のようなものが敷かれている。

にもかかわらず容易に情報が入手できるということは日記の聖女が奇跡を乱発している証拠であり、同時に聖なる者たちに全くの余裕がないことの証左でもあった。

すなわちそれは、リトレイン自身への強大な負担となる。

「小職はどうなってもいい、だが彼女だけは……どうか彼女だけは助けて頂きたい。このままでは奇跡の代償に、ネリムが消えてしまう」

ただただリトレインのことを想い、縋る。

邪悪に屈したと彼女を非難するのは容易いだろう。だが、であれば、どのような手段で彼女が救われるというのか？　どのような奇跡があれば、聖女リトレインを救うことができるというのか？

奇跡は人の領分にあらず。すなわちそれは神の領域によって行われるものである。

であればこそ、クレーエ＝イムレイスが別の神に奇跡を求めるのは必然と言えよう。

「我らが神はどっかの誰かさんと違ってそんな狭量なことは言いませんぞ。哀れな聖女と哀れな貴女。どちらも救われると良い。言ったでしょう？ハッピーエンドだと！」

ヴィットーリオが高らかに宣言する。

その言葉に偽りはない。彼は自らの神――すなわち拓斗の完璧性を心の底から盲信している。

その彼が断言するのであれば、必ずやクレーエとリトレインは救われるだろう。

それだけの力が彼にはある。それだけの力が彼の主にはある。

クレーエの心の中に希望の明かりが灯る。


最後の最後で差し伸べられた手を、彼女はようやく取る決心をする。

……どれだけ言葉を尽くそうとも、どれだけ自分を偽ろうと真実は常に一つだ。

彼女は救われたかったのだ。ずっと、ずっと。

「ではぁ……かつての神を捨て、我が神を崇《あが》める言葉を述べなさい。それで全てが完了します」

「私は――」

そして……運命の針が真逆を指し示す。

「――捨てます」

瞬間。何かが変わった。

何が変わったのかというと説明に窮すが、不思議なことにどこかスッキリとした気分だった。

彼女の中にある何らかの重しのようなものが取り払われ、代わりに暖かな外套に包まれたかのような、まるで母親の胎内にいるのかと錯覚するような、不思議な安堵感があった。

神を捨て、邪悪に膝を屈し助けを求めた。

だがいざそうなってみると、以前とはそう変わっていない自分がいることにクレーエは少しばかりの戸惑いを覚えた。

「んぐぅぅぅっど！」

そんなクレーエにニコニコ顔でやってくる男がいる。

いつの間に縄抜けしたのか、ご機嫌な様子でスキップしてくるのは他ならぬヴィットーリオだ。

彼は戸惑う彼女の肩に手をかけると、ナンパ男よろしくやけに馴れ馴れしく語り始める。

「いやぁ、クレーエくん。君センスあるよ！　普通の人、ここでノー出しちゃうんだよねっ！　そこを受け入れるこの胆力！　吾輩感心！　これから仲良くしちゃおうね！　今度デートする？　水族館とか行く？」

なるほどこれは鬱陶《うっとう》しい。

聖なる陣営として彼に相対していた時は、彼を嫌がるヨナヨナの態度もまた謀《たばか》りの一つかと思っていたが、実際イラ教へと信仰を変えた今ならはっきりと分かる。

これは事実だ。ただ単純に、この男は鬱陶しいのだ。

クレーエの中で急速に代理教祖であるヨナヨナへの同情心が湧いてきた。

「おいバカ教祖。女性に軽々しくさわんじゃねぇ！」

「ぐほっ！」

新たな感情に戸惑っているクレーエを助けてくれたのもまたヨナヨナであった。

彼女は怒り心頭の様子で素早く駆け寄ると、大振りの拳で勢いよくヴィットーリオを殴りつけ、クレーエに向き直る。

どこぞに転がっていったボロ雑巾のことをすぐに記憶から消し去り、クレーエはヨナヨナをじっと見つめた。

「まぁなんだ。いろいろあるみたいだが、アレの

言うとおり仲良くしような。えーっと、聖女だっけ？　その子もすぐに連れてきな。もういろいろヤバいんだろ？」

「は、はい……」

そう笑いかけて手を差し伸べてくるヨナヨナに握手を返す。

獣人と蔑《さげす》んでいた心はすでにどこかに消え、その優しい応対に感謝の念が湧いてくる。

きっと、彼女とならうまくやれるだろう。

ヴィットーリオを除いて最も長く接した相手がヨナヨナであるためそこでしか判断はできなかったが、彼女たちの言うとおりこちら側での生活もそう悪くないのだろう。

むしろ制限だらけだった聖教よりも過ごしやすい可能性がある……。

これならば、ネリムもきっと。

ここならば彼女もきっと無下に扱われることはないだろう。

ただの少女として、過ごすことができるだろう。

ヴィットーリオの言葉どおり、全てが幸福へと導かれようとしていた……。

しかし。

「んーむ」

いつの間にか復活したヴィットーリオが珍しく難しい表情でひょこひょこと戻ってきた。

何か考えごとがあるのか、両手を組みながら少しばかり不機嫌な様子もある。

日頃から己を隠し全てを嘲笑うこの英雄にしては珍しい態度に、先ほどから無視を決め込んでいたヨナヨナも流石に心配になって尋ねる。

「ん？　どうした？」

「ここまで来れば後はウイニングランかと思いましたが、いやはやどうしたものか」

不可思議な言葉に全員が頭に疑問符を浮かべる。

一体どういう意味か？　その問いを投げかける前に、新たな影がこの場に現れた。

「これは、これは……。人は愚かゆえに、時として自ら望んで滅びへと歩みを進めます。そして致命的な過ちを犯す時、得てして彼らは最良の選択を行ったと信じがちなのでぇす」

「ネ、ネリム……」

それはクレーエが何よりも大切にし、何よりも助けたいと願った少女。

全てを捨てて、聖なる神すら捨ててその幸せを願った少女。

《日記の聖女リトレイン＝ネリム＝クオーツ》であった。

「それ以上はやめるのです、哀れな聖女のお嬢さん。吾輩にあるひと欠片の慈悲からの忠告ですぞ」

ヴィットーリオが珍しく真面目な口調で警告を行う。

黙して語らぬ少女は、目の前にいるはずなのにどこか果てしなく遠くにいるように感じられた……。

第十五話　極光

一歩。ネリムが前に出る。

彼女が自らそう望み、勇気を出して踏み出す一歩だ。

誰かに願われたから、誰かに乞われたからではなく、彼女がそう願うがゆえの一歩。

「イムレイス審問官。私はいろんなものを貴女《あなた》から受け取ってきました」

震える声は彼女の緊張を表しているが、だが同時にその内に秘める強い決意をも示している。

「貴女が……ずっと私を気にかけてくれていたことは知っていました。けど私は私のことで精一杯で、言われたままに誰かを助けることで精一杯で、貴女へのお礼も忘れてしまっていた」

ゆっくりと語る。クレーエは静かに首を左右に振り、違うのだと否定しようとする。

だがこの先に起こる彼女の決断に怯え、言葉が出ずに涙だけが流れる。

「本当はちゃんと名前も呼ぼうと思っていたのに、そのことも忘れちゃって。私はいつまでも子供で、だからいつも守って貰ってばっかりで、助けて貰ってばっかりだった。でも——貴女も苦しんでいたんですね」

最後の別れをしようと訪れたクレーエの部屋。その惨状をみてネリムはようやく気づいたのだ。目の前で泣く人物が、どれほど自分を想い足掻《あが》いていたのかを。

聖なる教えを捨て邪悪に堕ちてまで、自分を助けてくれようとしていたことを。

ネリムが日記をギュッと抱きしめる。

まるでその中にある数々の思い出を噛みしめる

ように。それこそが彼女を突き動かす原動力だと言わんばかりに。

思い出から消えた沢山の人々に、勇気をもらうように。

「けど……もう間違えません。今なら言えます。私の力、私の思い出は、この時のためにあったのだと。皆を助けるより、貴女を助けたい。善き行いだからではなく、私がそうしたいから。だから今までずっと貴女から受け取ってきた物を今ここで返します。大丈夫、私の心は、貴女と共にあります」

「だ、だめ……違うのです。違うのですネリム」

止められないと悟ったのか、止まらないと悟ったのか。

クレーエはただただ涙を流す。

最良を望み決断をしたはずが、その実が最悪の結果をもたらしてしまった。

誰が悪かったわけではない。そこに邪悪なる意図や悪意が存在したわけではない。

ただただ、誰もが優しすぎたがゆえに、悲劇は起きる。

「だから泣かないで。闇に負けないで」

「まってネリム！」

「私が助けます」

叫びながら駆け寄ろうとするクレーエを不可視の衝撃波が吹き飛ばした。

ごうごうと、白く輝く聖なる波動がネリムの周りを包み、あらゆる妨害を弾き飛ばし敬虔なる祈りを成就へと導く。

「神様。私が持っている大切な人の記憶を全て捧げます――」

静かに、だがハッキリと。

その場にいるあらゆる存在にその宣言は届く。

神への祈り。奇跡の成就。

ネリムの全てを捧げた、真摯《しんし》なる祈りはやがて聖なる神に聞き届けられる。

「――だから、クレーエさんを助けるだけの力をください」

世界を照らすほどの極光が、少女を温かく包み込んだ。


聖なる光は、夜であることを忘れさせるほどに辺りを強く照らしている。

その中心にいる少女はいまどのような状況なのだろうか？　あまりの極光に近づくことも不可能で、ただただクレーエはその場で膝をついて嘆くことしか許されない。

「ああ、ネリム……どうして。小職は――私はただ貴女に幸せになって欲しかっただけなのに……」

後悔の声が漏れる。どこで間違ったのか、どうすれば良かったのか。


果たしてあの光が終わった後に現れるのは、一体誰なのか？

「下らん茶番ですな。勝手に不幸になって、勝手に悲劇の主人公になってりゃ世話が無い」

珍しく、吐き捨てるようにヴィットーリオが侮蔑の言葉を吐いた。

それは誰に向けたものでもなく、ただこの状況に純粋な不快感を覚えている様子であった。

「しかしぃ……。はてさて、どうなることやら」

だが一瞬垣間見えた彼の素顔は、すぐさまいつものように詐欺師の仮面によって隠されこの事態の行く末を軽薄なる態度で見守る。

緊張が辺りを包む。

ヨナヨナやエルフール姉妹はすでに臨戦態勢だ。相手がクレーエを救うことを宣言したのだ。

であればこれから行われることは考えずともすぐ分かる。

やがて光が収まり……先ほどと変わらぬ少女が

そこに現れた。

だが唯一違うことは……。

「んーっ？　あれ？　私、何でここにいるんだろう？」

致命的に、何か取り返しのつかないことになってしまったという事実のみである。

「むーっ！　わかんないや！　ここどこ？」

無垢な声音が場違いに響く。

見た目相応の無邪気さであったが、先ほどのネリムの言葉を聞いている者からすれば違和感しかない。

それどころかまるで状況を分かっていない様子に見ている側も不思議な気持ちにさせられる。

……全ての記憶を捧げた彼女は、絶大な力を得た。

だがその代償に全てを失った。すなわち、彼女は本来果たすべき目的もまた失っていたのだ。

今のネリムには、何もない。空っぽの、何も理解しない無垢な娘がただただ困惑するだけだ。

――だが。

「あれ？　なんだろう？」

少女が、日記を手に取った。

パラパラとそれを読み込んでいたかと思うと、次いで凄まじい速度でページを捲《めく》り始める。

やがてパタンと巨大な日記を閉じ、軽々と小脇に抱える。

「ああ、そっか……」

そうしてゆっくりと顔を上げ、

「――悪い人を、やっつけなきゃ」

目を大きく見開きマイノグーラの者たちを見据えた。

刹那、暴風の如き聖なる力が彼女を中心として吹き荒れる。

先ほどと同じか、いやそれすらも凌駕《りょうが》するこの力の奔流こそが彼女が全ての記憶を擲《なげう》って神より授かった奇跡の力だ。

その想いがどれほど尊いものだったのか、街中を包み込まんと荒れ狂うその光を見ればよく分かる。

神は、たしかに犠牲に相応しきだけの力をこの哀れな少女に授けたのだ。

そして奇跡はその輝きを増し、さらなる奇跡を呼び寄せる。

「神様！　悪い人をやっつける力をちょうだい！」

瞬間、あれほど強大だったネリムが放つ聖の気配が更にその規模を増した。

一体なぜ？　すでに犠牲を払い神の奇跡は降りた。ネリムはクレーエを助けるだけの力を手に入れたはずだ。

にもかかわらず起きた現象は、まるでさらにネリムが力を手に入れたようにも見える。

「なるほど、そういうからくりですか。これは厄介、皆さんお気をつけあれ」

ヴィットーリオの額に汗が流れる。

彼だけはその仕組みに気づいたのだ。

記憶の全てを捧げるという行いで絶大なる力を得ることができる。だがそれは両刃《もろは》の剣《つるぎ》だ。

否――破滅への道標《みちしるべ》と言っても過言ではないだろう。

なぜなら記憶を全て失うということは目的全てを失うことと同じであるからだ。

確かに物事の意味や単語、体の動かし方などは残されているので一見して普通の人間と同じように見える。

だがその中にあらゆる思い出は存在せず、ゆえに思い出に立脚する願望や渇望も生まれない。

人を人たらしめるのは記憶だ。だからこそネリムはここまで苦しんできたのだ。

その全てを失えばただ生きて会話ができるだけの人形が生まれるだけだろう。

それが本来の結末。法外な奇跡を求めて欲望のままに全てを差し出した者に与えられる神の罰。圧倒的な力を持つ、がらんどうの人形としての運命。

だが彼女の持つ日記が全てを変えた。

記憶など関係ない、もはや習慣として脳に刻まれた日記を読むという行為が彼女に目的を与え、がらんどうの人形に歩むべき道を指し示した。

神ですら予想だにしなかった例外がそこに存在し、結果リトレイン＝ネリム＝クオーツという存在は正《まさ》しくあらゆる者を救える完全な聖女として生まれ変わったのだ。

そしてそれは同時にとんでもない爆弾を残した。

――知るよしもないことだが、日記の聖女に与えられた能力は、先に奇跡を渡しその後見合うだけの記憶を聖女から消し去るという些《いささ》か変則的な設計がなされていた。

この神の設計において記憶を全て捧げた者が更に神の奇跡を願うという行動は検討されていない。

日記を読むことによって空っぽの人形が奇跡を求めることなど考慮されていない。

その対策も設定されていない。

神の設計ミス……この世界でシステムという不可思議な現象がまかり通る状況を踏まえ、ヴィットーリオが瞬時に推測し判断した結論。

すなわち、神の奇跡は無限に降ろせる。

日記の少女が願えば願うだけ。

「いや、マジか……。ぶっちゃけかなり厄介ですぞ、あれ」

あまりにも杜撰《ずさん》な設計にさしものヴィットーリオも思わず罵声を浴びせそうになる。

だが戦いを告げる光の破裂によって、残念ながらその思考は中断された。

溢れんばかりの正義の光が、邪悪なる者たちを打ち払う。

ひとりぼっちの聖なる軍勢は、だが圧倒的な力をもってしてマイノグーラの戦士たちへと襲いかかった。

「全員下がるのです！」

すでに臨戦態勢に入っていたキャリアによって、非戦闘職への避難指示が出される。

同時に自らの武器を構え、隙あらばその生命を刈り取らんと鋭い視線を向けた。

月夜にて力の増したエルフール姉妹の視線にネリムも興味が湧いたのか、一切の悪意や害意を感じさせない無垢な表情で見つめてくる。

「あっ！　貴女たちはだぁれ？　えーっと！　そっか！　《イラ教》の人だねっ！　悪い人だ！　やっつけちゃうぞ！」

地面が爆発し、気がつけば目の前に日記の聖女ネリムが存在している。

無造作に振るわれる神の加護を纏《まと》いし日記を自らの武器――ハルバードで必死に防御しながら、キャリアはチラリと視線を姉に向けて叫ぶ。

「お姉ちゃんさん！」

双子の姉妹だ。意思疎通も容易なのだろう。その言葉だけですぐさま意図を把握したメアリアは、手に持つ双剣で未《いま》だキャリアの方へ意識を集中させているネリムへと斬りかかった。

だが……。

「わわっ！　危なかった！　でもその位じゃやられないよ！」

慌てた様子とは裏腹にまるで予期していたかのようにメアリアの攻撃を受け流したネリムは、そのまま距離を取りまた日記を確認し始める。

「私の能力が効かない……全部忘れちゃったってことなのかな？」

「ちっ！　大人しく寝返っていればいいものを！」

メアリアの《忘失感染》も、キャリアの《疫病感染》も先ほどから一向に効果を示さない。

おそらく圧倒的な聖のオーラによって阻害されているのだ。

彼女たちの能力は完璧ではない。無論強力無比ではあるが、ある程度のレベル――力量を持つ者には抵抗されるのだ。

少なくとも、目の前の聖女は月夜の力で最大限近くまで強化された魔女をもってしても尚、届かぬほどの高みにいることが理解できる。

更に、事態は加速度的に悪化の一途を辿っていく。

「神様！　力をちょうだい！　もっともっと！　悪い人を倒す力を!!」

「「キャッ――――！」」

神の奇跡が降ろされ、姉妹が弾き飛ばされる。同時に世界が照らされ、真昼の如く煌々《こうこう》と辺りから闇を打ち払う。

戦力の優劣はもはや明らか。

世界を照らさんばかりの極光によって月はその姿を消し去られた。

力の根幹である月の輝きが失われたことで弱体化した姉妹では、ネリムを抑えるのは厳しいだろう。

その圧倒的な力に信徒たちの撤退を指示するためにその場に残っていたヨナヨナは、思わず声を震わせる。

「な、なんて力だよ……あれが聖女の本気なのか？」

「いやいや、全然違いますぞ。本来《日記の聖女》の力は限定的かつ犠牲が必要なもの。記憶とともに絶大な能力を得たとしても、全ての記憶を失っては人格も喪失する。本来なら！　本来なら彼女はただ強い力を持つだけの人形に成り果てる運命だった！」

ヨナヨナの横で悠長に状況説明を始めたのはヴィットーリオ。

戦闘能力がないため仕方がないとは言え、あまりにも場違いだ。

だが……彼の言葉はヨナヨナに一定の理解を与

えた。

「日記か！　アレを読んで行動を決めているのか！」

「おそらく、日記を読むという行為が習慣としてすり込まれているのでしょうなぁ。ゆえに記憶が失われても忘れることがない。そして一度読めば、自らが何をすべきかが分かる」

彼の言葉どおり、ネリムはまた日記を読み始めた。

隙だらけでまるで攻撃してくれと言わんばかりの状態ではあったが、それがネリム本人が意図せぬ天然の罠であることは誰の目にも明らかだ。

彼女の周りを包む無限にも等しい光が、あらゆる害意を許さず、彼女を守っている。

まるで大切な人との記憶の代わりだと言わんばかりに……。

「しかしまぁ、父との思い出を犠牲にして得た力とはかくもすさまじきものなのですか！　いやぁ、美しいですなぁ、儚いですなぁ！　こういうのも、吾輩大好きですぞ！」

カラカラとヴィットーリオが笑う。

もはやここまで至ってしまってはお手上げ状態。口車で場をかき乱すことが本領の彼にできることはない。

無論能力の行使も無意味だ。彼女の周りを包み込む聖なる守りがそれを許しはしないだろう。

だから傍観者の立場でいたのだが……。

「そこのあなた、うるさい！　悪い人に沢山喋らせると良くないって、この日記に書いてあるよ！」

一拍をおいて、ヴィットーリオの目の前にネリムが出現した。

そのまま目に捉えきれぬほどの速さで日記をヴィットーリオの頭蓋《ずがい》に打ち込もうとする。

「ぐぉぉぉっ！　緊急回避ぃぃぃぃ！」

すんでの所で回避。だが攻撃は一度で終わらない。

攻撃が外れたことで少しばかりたたらを踏んだネリムだったが、すぐに態勢を立て直しそのままの勢いで日記を振るい詐欺師の胴体を狙う。

次こそは不可避。ヴィットーリオの命はここまでかと思われたその瞬間。

隼《はやぶさ》の速度で切り込み、ネリムの攻撃を武器で受けたのはキャリアとメアリアだった。

「さんきゅー！　マジで助かりましたぞ！」

「ちっ！　べらべら喋ってる暇があったら何とかするのです！　その無駄に回る頭はなんのためについているのですか!?」

「早く何とかして欲しいな変態さん。このままじゃみんなやられちゃうよ？」

暴言と軽口を吐きながらも、二人の表情には焦りが見える。

先ほどの攻撃を受け止めるのも二人で力を合わせてようやくという状況で、ネリムが少し本気を出して攻撃に転じればすぐに状況が崩れることは明らかだった。

「ふむぅん。そうですなぁ……」

チラリと視線をネリムに向ける。彼女はまたぼんやりとどこかを眺め、思い出したかのように日記を確認し始める。

この隙だらけの行動があるからこそ、今はマイノグーラ側がなんとか防御できている。

今回のこのタイミングで何か案を出せと言うのが、言外に告げられた双子からの要求であった。

しかしこの状況を覆す方法などあるのか？　それともこの状況すら、ヴィットーリオにとってはさしたる難問ではないのか？　状況が逼迫する中、だが舌禍の英雄は黙して動かない。

「ネリム！　ネリム！　もう止めて！　もう止めてください！」

「えーっと、貴女はだぁれ？　ちょっと待ってね……」

そして、動かない状況に焦《じ》れた者もまたいた。

先ほどまでの圧倒的な出来事と刹那に行われた攻防についていけず茫然《ぼうぜん》自失としていた異端審問官のクレーエだ。

彼女は大切な少女の変わり果てた姿に絶望しながらも、決して希望は失わないとばかりに声をかける。

その言葉に感化されたのか……ネリムはそれまでより少し長く日記を確認していた。

「ああっ！　クレーエさん！　私がお世話になったって書いてある！　いつも私を気にかけてくれた人！　優しくしてくれた人！　大好きな人！　彼女を助けろって書いてある！　何を犠牲にしても、絶対に助けろって書いてある！　えーっと。涙でボロボロだね、このページ」

失われた優しき少女からの、声にならない想いがその日記にはたしかに記されている。

ネリムはこのような結果になることを予想していたのだろうか？　自分が失われることを知っていたのだろうか？　未来の自分へ向けた必死の願いは、無垢な少女に希望という名の方向性を与える。

……かに思えた。

「でもどうしてなのかな？　貴女は邪悪に染まっている。えーっと、悪い人は倒さないといけないけど、クレーエさんは助けないとダメ……うーん？　どうすればいいのかな？」

ここに来て、最悪が鎌首をもたげた。

日記に書いてあるクレーエを助けよという願いと、日記に書いてある悪を討ち滅ぼせという願いが、衝突を起こしたのだ。

まっさらな少女に正反対の異なる方向性が与えられた。

矛盾の判断をどのようにすれば良いか、ネリムは困った様子で日記のページを何度も確認している。

「まずは……クレーエさん以外を倒せばいいのか

な？」

「ネリム！　話を聞いてください！　このような行いはお父上が悲しみます！」

「お父上？　私にお父さんがいるの!?　それは素敵！　どこかな？　えーっと……あれ？　何も書いてない」

一つ、クレーエは大きな失態を犯した。

ネリムの日記には父に関する出来事が書かれていない。それは彼女が父だけは決して渡さないと必死に抱え続けた結果だ。

少しでも日記に書いてしまえばいつかこぼれ落ちていきそうな気がする。

そんな少女の不確かなこだわりが、日記にそれらを記すことをためらわせたのだ。

そして、だからこそ……今のネリムはどのような手段を用いても父の実在を知ることはない。

彼女の前で父の名前を出しても無駄だ。

〝父親など日記の聖女には存在しない〟のだから。

奇《く》しくもそれは、彼女が聖女となった折に、ヴェルデルの影響力を排除しようとした心無い聖職者たちから毎日のように聞かされた言葉と同じであった……。

「そ、そんな……」

「私を騙したのね、やっぱり悪い人なんだ。死んで」

ネリムの無慈悲な攻撃が……絶望に立ちすくむクレーエの顔面を射貫《いぬ》こうとする。

「お前も！　べらべら喋るなって言っているのです！」

「ぐっ――――！」

命を救ったのは、キャリア＝エルフール。

おそらく攻撃が来るだろうと予想し、すんでの所でカバーに回ったのだ。

だが先のように攻撃を防ぐことはできない。

代わりにクレーエの胴体に蹴りを入れ、その身体をはるか後方に飛ばすのが関の山だ。

ダメージは少なからずあったが、顔面を粉砕されるよりはマシだろう。

「あれ？　どうして仲間を傷つけるの？　イムレイス審問官は悪い人なんでしょ？」

その言葉に、無言で返答とするキャリア。

メアリアも背後から隙を窺うが、決定打にかけるためあまり積極的に動くつもりはないようだ。

はるか後方で、クレーエが腹を押さえて呻きながら立ち上がる。

「んー？　……ああ！　なるほど！　やっぱり悪い人は仲良くすることなんてできないんだ！　ふふふ。ひどいね！」

一歩、歩み出る。

思わず背後に下がったキャリアは、己の惰弱さに小さく舌打ちをする。

次いで一歩。ネリムがまた歩みを進める。

「あれ？　私何してるんだろう？　あれ？　貴女たちはだあれ？」

先ほどまでのやり取りがなかったかのように、またネリムが記憶を失った。

何らかの奇跡を神に求めたのか、もしくはすでに奇跡の仕組みに異常が生じているのか。

どちらにしろ点滅するかのように記憶を喪失させるその少女は、不気味を通り越していっそ哀れであった。

「っと、その前に。人々を助けなきゃ！　助けるといいことがあるって書いてあるんだもん！　いいことがあると、どうなるんだろう？　まぁいっか。日記に書いてあるし、そうなんだよね！」

ゆっくりと、二人はネリムから距離を取る。

先ほどの記憶喪失によって間違いなく命を救われた。

今の彼女の興味はまた別のところに移っている。

その言葉を信じるのであれば、人々を助けることを優先したようだ。

イラ教の布教によってこの地において疫病と忘

却はもはや存在しない。

それらは全てマッチポンプじみたやり取りで取り払われた。

だから救うという言葉は、少々奇妙にも思える。

「神様！　神様！　力をちょうだい！　もっともっと！　人を助けるための力をちょうだい！」

また、極光が辺りを包み込んだ。

邪悪なる者にこの光は眩しすぎる。直接的な光量という意味でもそうだが、その内に含まれる聖なる性質が彼らの存在を鋭く照らし焼こうとするのだ。

まばゆいその光景をしかめっ面《つら》で見つめ、だがネリムから決して視線を離さず事態の推移を注視するエルフール姉妹。

そんな二人の背後からヨナヨナが小声で声をかける。

「キャリアさん、メアリアさん。この街からイラ教の信徒がどんどん減っているっす」

それはイラ教の信徒の喪失。

代理教祖という立場にいるからこそ把握できるイラ教信徒の動向。

その特異な能力が、この地より急速に信徒が減っていることをヨナヨナに伝えていた。

「神の奇跡ですか……あまりにも強大ですね。キャリーの疫病も全然効果が出ていないし、これは少しまずいですね。どうします？」

断言はできないが、おそらくイラ教の教えが取り払われ、再度聖教へと変更されているのだろう。

目の前でヴィットーリオの能力によってその教化を散々眺めてきたキャリアだ。

その程度のことであればいくらでも起こりうると認識している。

とはいえ、それがマイノグーラ側にとってあまり受け入れがたい出来事であるということは避けようがない事実であったが。

「くすくす。私たちではちょっと荷が重いね。早くしないと犠牲が出ちゃうよ変態さん。それって失態だよね。王さまに落胆されちゃうね」

メアリアから再度の催促が入った。

そろそろ行動に移せという警告だ。王の名――すなわち拓斗のことを持ち出したのもこれ以上は待てないという意思表示だろう。

彼がイラ＝タクトを強く信奉していることは周知の事実だ。

王の名前を出されては、いつものように自由奔放に動けないことも姉妹はよく理解している。

もっとも、あまりやり過ぎると対策をとられるためにあくまで奥の手だが。

今回はそれが効いたようだ。

「まぁ、潮時ですな。吾輩もここまで事態が悪化するとは思っておりませんでした。今のうちに逃げたい所ですがぁ……」

ヴィットーリオがチラリと視線をネリムへと向ける。

運悪くと言うべきか、タイミング良くと言うべきか、キョトンとした表情のネリムがそこにはいた。

「あれ？　貴女たちはだぁれ？」

興味がこちらに向いた。

また記憶が失われ、先ほど抱いていた人々を救うという目的も忘れたのだろう。

であれば彼女が行うであろう行動は目の前の対処だ。

……パタリと、日記が閉じられる。

「えーっと。悪い人なのかな？　なら倒さなきゃ！」

「吾輩が殿《しんがり》を務めます」

どこか緊張を含んだ声で、ヴィットーリオはそう宣言した。

………

……

…

全ての人が去り、たった二つの影だけが残されたかつてのイラ教本拠地。

巨大な光の柱のもとで、一つの邪悪が果てようとしていた。

「ぐふぅっ……」

満身創痍《そうい》のヴィットーリオにすでに力は残されていない。

手足は潰され、その体躯も痣《あざ》や傷でボロボロになっている。

だが爛々と輝く闇の瞳だけはハッキリとネリムを捉え、まるで自らの誇りだと言わんばかりにその不愉快な笑みは深みを増していく。

「ふぅ……疲れた。この人すごい逃げ足なんだもん。私びっくりしちゃった。でももうおしまい！」

日記が、彼女の大切な記録が両手で掲げられる。

その様を脳裏に刻みつけんと眼を限界まで開け、ヴィットーリオは高らかに最期の言葉を叫ぶ。

「我が主よ、イラ＝タクトよ……命じられたままに、吾輩は死にますぞ！　おお、偉大なる神よ！　我が神よ――」

「これでさようならだよ」

鈍い音が辺りに響いた。

それっきり、それで終わりだ。

残るは静寂。辺りに不気味なほどの静けさと無が訪れる。

やがてしばらくして、少女は驚いたように辺りを見回し、不思議そうに血に濡れた日記を読み始めるのであった。

第十六話　再演

アムリタの街。その郊外。
《イラ教》――すなわちマイノグーラの面々は
ヴィットーリオが見せた最後の献身によって無事
聖女リトレインの興味の外へと脱出していた。
「追っ手は……来てないみたいだな。あの痛いく
らいに強烈な光の気配は、アムリタの街にとど
まったままだ……」
人はまばらだ……ヨナヨナやエルフール姉妹は
当然だが、それ以外の信徒の数が圧倒的に少ない。
逃げ遅れたというわけではない。見知った顔が
多くあるため、おそらくヨナヨナたちとともに
やってきた旧来の信徒は無事なのだろう。
つまりこの街に来て新たに獲得した信徒がそっ
くりそのまま奪還されたということであった。
「見逃されたか。それとも興味が無いか……」
疲労困憊の様子でぼんやりと街の方向を見つめ
るヨナヨナ。
相変わらず街の中心部からは光の柱が上がり、
その場所で聖女の奇跡が乱発されていることを示
している。
「後者だろうね。きっと日記に書いてある優先順
位は、人を助けることが先だったんだよ」
「もう何も分かっていない感じでしたね。その点
は幸いだったのです」
さしものエルフール姉妹も疲れた様子だった。
空に浮かぶ月は彼女たちにまた力を与えていた
が、それでも極限状態の戦闘における精神的な負
担は彼女たちからいつもの調子を奪っているのだ
ろう。
とは言えここまでくればよほどのことがない限

り安心だろう。

後は夜に紛れて自軍領域まで撤退すれば良いだけの話で、それは闇に属す彼女たちにとって十八番《おはこ》とも言える得意分野だ。

「んで、アンタはどうするんだ？」

一段落ついたところで、ヨナヨナは小さな問題を片付けることにした。

視線の先には異端審問官クレーエ＝イムレイス。茫然自失としていたところを、エルフール姉妹に抱えられて一緒に退却していたのだ。

いや……元異端審問官と言った方が良いだろう。少なくとも彼女はもう自らが信じる神を捨てたのだから。

「小職は……私は。もうどうすればいいか分からないのです。もう……一体」

「んー……。まっ、辛い時こそ一旦立ち止まって休むことが必要だぜ！　なぁに、ウチらはそういうの得意なんだ。どっちにしろ国には帰れねぇだろ？　なら一緒に来いよ」

そう明るくクレーエの背中をぽんと叩いてやる。

人生における苦悩は、すぐに答えが見つからないものだ。

少なくとも彼女に自分の立場と今後の目標について即答を求めるのは酷というものだろう。

今のクレーエに必要なのは休息だ。

温かい飲み物と寝床。ぐっすり休んで、身体と心の疲れを取り、そうしてようやく未来へと目を向けることができる。

ヨナヨナ自身の経験と、いままで彼女が導いてきた人々との経験が、クレーエに向けて最も的確な言葉を投げかける。

代理《教祖》という立場は何も名前だけではない。彼女はそれに足るだけの資質を有していた。

それに、クレーエは偉大なる神であるイラ＝タクトに恭順の意を示したのだ。自らが信奉する聖なる神を捨てて。

なればこそ、偉大なる神が彼女の苦悩に寄り添わないとは思えなかった。

聖なる神とは違い、邪悪なる神は苦しむ者を必ず救済するのだから……。

「それにしても……」

無言で頷《うなず》きまた静かに歩き始めたクレーエに優しげな瞳を向けながら、ヨナヨナはつぶやいた。

その言葉で周りにいる耳ざとい者たちは彼女が何を言いたいのか瞬時に理解し、同時に今まで考えないようにしていたある男のことを思い出す。

「死んじゃったね」

「あっけなかったのです」

ヴィットーリオが殿《しんがり》をつとめたということは、すなわち自らの命を犠牲に彼女たちを守ったということでもある。

無論生死は確認していないがゆえにまだ生きている可能性はあるが、相手の聖女の力量を考えると希望は薄いだろう。


ヴィットーリオは元来戦闘向きの英雄ではない。そのことは彼との付き合いが長い者であれば誰しも理解している。

彼の人智を超えた頭脳があの場から脱出を可能とする妙案をはじき出した可能性もないと言えば嘘になる。

だが、残念ながら……。

ヨナヨナとエルフール姉妹は、先ほどまでわずかに残っていた闇の気配が、今しがた街の中央から完全に消失したことを知覚していた。

「ったく、バカ教祖め。散々かき回して、散々めちゃくちゃにして、勝手に死ぬのはねぇだろうが……」

寂しそうに、つぶやく。

エルフール姉妹はその言葉に応えない。彼女たちでは計り知れない関係性がヨナヨナとヴィットーリオの間にあったことをよく理解しているからだ。

悲しみにくれる者に余計な言葉は棘《とげ》となる。

失う悲しみを知っているからこそ、無言を貫くのが優しさであると理解していた。

「説教する予定も、ボコボコにする予定も、それにアンタに感謝する予定も台無しだ……」

ひゅうと、風が吹いた。

肌を刺すその夜風は、彼女たちの身体に籠もった熱を急速に奪っていく。

冷めた熱とともに何か大切なものもなくなってしまったような、そんな寂寥感が心を支配していく。

「とりあえずセルドーチに戻るのです」

「そこで王さまに今後の方針を相談だね」

双子の言葉で、皆がゆっくりと歩き出す。

夜の移動は慣れたものだ。追っ手が放たれないかぎり南にある支配下の都市セルドーチへの行程は特に問題ないだろう。

だが状況は芳しくない。

場合によってはセルドーチの放棄も必要となってくる。

せっかく手に入れた南方州でも有数の都市を手放すのは惜しかったが、少なくともあの聖女が相手では逃げの一手だ。

あとは彼らの王であるイラ＝タクトがどのような判断を下し、どのような手段を命令するかによる。

もはや彼女たちがある意味当てにしていた神算鬼謀は存在しないのだから……。

最後に己の瞳にその光景を焼き付けんと言わんばかりに、ヨナヨナは一度アムリタの方角へと振り返った。

「……ままならねぇな」

ポツリとつぶやいた言葉は夜風にのって流れていく。

彼女の言葉に応える者は誰もいなかった。

「愚かな人間が見せるドラマは、何よりも輝いていて美しい。平穏を望む思いが大きいほど、手に入るはずだったそれがこぼれ落ちる時の慟哭《どうこく》は愛おしい」

詐欺師が語る。

死したはずのその男は、まるでそれが当然であるかのようにその場で演説を始める。

「ああ、そうなのです。吾輩は本当にあの哀れな小娘に慈悲を与えていたのです。吾輩の神が吾輩に唯一の生きる希望を与えてくれたように。正しい選択の果てにあるのは、なんら曇りのない純粋な幸福だったはずなのに！」

「しかしながら！　ああしかしながら！　人はどうしてこうも選択を誤るのか！　そして吾輩はどうしてこうも人の不幸が大好きなのか！」

「炊きたてのほかほかご飯がここにないのが悔やまれるぅぅぅぅ！」

バン！　とポーズを取り、不誠実な笑みを浮かべる。

辺りに明かりが灯り、その場がどこであるかが明らかになってくる。

見慣れた木製の床に、いびつに歪んだ調度品の数々。

玉座に座る者とその横に侍《はべ》る一つの影。

「祈りは成就し、祝祭の時はここに成れり。本来なら最強の聖女と名高き《依代の聖女》を引き出すつもりでしたが、よもや《日記の聖女》がその役についてくれるとは手間が省けましたねぇ」

「英雄の力を持ちしチビッ娘どもですら抗《あらが》えない強力な敵対者の出現。まさに、まさに吾輩が待ち望んでいたもの！　これで、これにて貴方さまの策は全て封じられた！」

くるくると、本当に嬉しそうに。心底嬉しそうに。

に。

ヴィットーリオは語る。

全て作戦どおりなのだと。貴方の敗北だと。

「そうでしょう？」

彼は玉座に座る人物に勝利を宣言した。

「偉大なる神――イラ＝タクトよ！」

Eterpedia

幸福なる舌禍ヴィットーリオ

――特殊ユニット

戦闘力：０　移動力：３

《邪悪》《英雄》《狂信》《煽動》《洗脳》《説得》《脅迫》《説法》《折伏》
《宣教》《破壊工作》《魔力汚染》《文化衰退》《焚書》《詐欺》
《通貨偽造》《スパイ》《隠密》《偽装》《潜伏》《逃走》

※このユニットはコントロールできない
※このユニットは戦闘に参加できない
※このユニットは一部の指導者コマンドを使用する
※このユニットは死亡しても拠点で復活する

マイノグーラ【宮殿】。玉座の間。

自らの能力で殿をつとめ死亡し、一足先に大呪界へと戻ってきたヴィットーリオは全くもってごきげんな様子で自らの主へと勝利宣言を行った。

ヴィットーリオが『Eternal Nations』で最も厄介な英雄であるとされている最たる理由がこれだ。

一度世界に召喚したからには彼をゲーム上から排除するには非常に困難を伴う。

なにせ撃破しても拠点で復活し、何事もなかったと言わんばかりに平然と活動を再開するのだ。

戦闘能力がないがゆえの絶大なるボーナス。

彼が世界にもたらす悪影響を考え頭を悩ませる『Eternal Nations』プレイヤーが多かったと言われるのもまた納得だろう。

ちなみに彼は例外的に召喚主であるマイノグーラが滅んでも残り続ける。

出現した瞬間にゲームバランスが崩壊する危険性をはらむと言えば、彼がどれほど嫌がられたかを想像する一助となろう。


「偉大なる神――イラ＝タクト。

それは世界を滅ぼす厄災であり、死と恐怖をもたらす存在である。

それは怒り狂う炎であり、冷酷なる吹雪であり、猛り鳴る雷である。

それは血と刃《やいば》と悲鳴である。

それは世界を明け照らす太陽であり、沈み包む夜である。

それは無限の叡智を持ち、無限の権能を持つ。

それは永遠の命と永遠の肉体を持ち、金属、固い物、柔らかい物、六つの元素、ヤドリギ、あらゆるもので傷つけること敵《かな》わない。

それは最初にありて、最後にある者。完全にして無なる者。

偉大なる神を称えよ――」

舌禍の英雄による大胆不敵な勝利宣言にも、拓斗は自分のペースを崩していなかった。

彼の手には以前入手した邪書が開かれている。

今読み上げたのは神の項目――すなわち拓斗についで言及された部分だ。

「なるほど……ね。〝古き聖女の神託書〟に記された『破滅の王』に関する記述。これをベースに、より完全な存在になるよう付け加えられている」

「んっふっふー」

その内容は尊大であった。

イラ＝タクトがどのような人物かについて書かれている箇所にさほどおかしな部分はない。

だがその力の詳細については大きな違いがあった。

実際の拓斗には存在しない能力や力がこれでもかと並べられ、拓斗という存在をより神格化するエッセンスが随所にちりばめられている。

現実と書物の内容に差異があるというのは得てして起こりうるものだ。

特にこういう信仰心を増幅させたり特定の人物の有様を宣伝したりするものでは大なり小なり誇大表示が存在するだろう。

だがその内容が異常なほどであることは、拓斗本人を知る者であれば誰しもが理解できた。

そしてその内容こそが、ヴィットーリオが仕掛けた策だ。

「僕が《名も無き邪神》であることを利用した、イラ＝タクトの再定義か。大きく出たね」

ニヤリと、爛々と瞳を輝かせてヴィットーリオが深々とお辞儀をする。

ヴィットーリオが理想とするイラ＝タクトの姿が、その邪書には記されていた。

「対象が違《たが》わぬように、偶像崇拝を禁止したのもこれが理由か。神の新定義を確実に僕に届けるため、僕と《イラ教》が敬う神は必ず同一視されていなければならなかった。余計な概念や解釈が入る余地を嫌ったわけだ。——とするとダークエルフの皆や大呪界の配下たち、そしてアンテリーゼ都市長のような僕を知る人たちにイラ教への入信を勧めなかったのも理解できる。ふざけた態度と行動で嫌悪感を稼ぎ、考慮する価値無しと判断させた手腕は見事だね」

拓斗の言葉に少しばかり目を丸くするヴィットーリオ。

そこまで読まれていたかという驚きが少しだけあった。だがこの場に至っては逆転の目は存在しない。勝者の余裕は、道化師を饒舌《じょうぜつ》にさせた。

「《名も無き邪神》の力は非常に危険であります。我が神の意識が喪失したのはまさにこれが原因。すなわちあらゆる者を模倣するという行為は自己を変質させるもの。イラ＝タクトであるという本質を希薄化させる愚策に他なりません」

「何者でもあるが、何者でも無い。そんなあやふやな存在がイラ＝タクトという個人を名乗るのは矛盾しているということだね」

「しかり！　だがしかしぃ！　取り扱い注意であるからこそ、そこに勝機が見える！　あやふやな存在であるのなら、しかと固定してやれば良い！《名も無き邪神》の設定の無さは、それを可能にする！」

名前がない——すなわちそれは空白を意味する。空白であるのなら自分の好きなように名付けを行える。自分の好きなように色を加えられる。

それがヴィットーリオが拓斗復活と同時に考えた不遜なる策だ。

無論、《名も無き邪神》に方向性を与えたところで実際にそのとおりに新たな神が生まれるか？という疑問は残る。

だがその点についてはすでにクリア済みだ。ヴィットーリオがイラ教を起こし、ほどなくして拓斗が目を覚ましたことによって彼の推論は正解であったことが証明されたのだから。

「つまり、拓斗さまが記憶を喪失したのは、力を失っていたからではないと？　存在があやふやになっていたから……ということですか？」

「そう考えられるね」

隣でやりとりを見守っていたアトゥの問いに拓斗が曖昧《あいまい》に応える。

この高等な心理戦にすでに彼女はついていけずにいる。

ただオロオロとことの成り行きを見守るだけだ。自らの主の力を信じているが、万が一があったらどうしようかという不安が、アトゥの心には確かにあった。

「だからこそ、ヴィットーリオはイラ教を作り、邪書に僕という存在を刻み込んだ。多くの信徒たちによる認識の力でマイノグーラの王でありイラ教の神であるイラ＝タクトという存在を固定するために。いわばこれは名前の無い神に名前を付ける行為。神の再定義さ」

《名も無き邪神》の能力を用いたイラ＝タクトの再定義。

ヴィットーリオの策はたしかにその成果を十全にあげていた。

「そして、その神は本物のイラ＝タクト、つまり僕ではない」

チラリと、拓斗が自らの神格について記された箇所を一瞥《いちべつ》する。

そこに記されたるは最も致命的な一文。

すなわち――。

「『偉大なる神イラ＝タクトは舌禍の英雄ヴィットーリオを一番の配下とする』……か。前に言っていたドジっ子ウサ耳美少女発言はマジだったんだ」

「偉大なる神には偉大なる伴侶が必要でしょう。優秀で、愛らしく、従順で、おっぱいの大きい！なぁに、吾輩の能力をもってすれば性転換も容易い！　すぐに神の理想の嫁となってみせましょうぞ！」

「僕の好みを勝手に断定して、勝手に嫁宣言しないで欲しいんだけど……」

流石にその言葉に拓斗も呆れ顔だ。

だが彼が本気であることは拓斗とて理解していた。それだけの狂気が彼の瞳にはあったのだ。

マイノグーラに住まう者たちは狂信の能力を有し、得てして狂気的な信仰を拓斗に向けることがある。

だがヴィットーリオのそれは他の追随を許さぬほどに強大であった。

「しかしまぁ、自分の立場を押し上げようとするのはまだ理解できるけど、僕を理想どおりに改造しようとするのはちょっと解せないね。君が持つ僕への信頼は、そういう行いを嫌がるはずだけど……」

ヴィットーリオの狂気を拓斗は理解している。

だがそれゆえにこの一点だけは終《つい》ぞ分からなかったのだ。

彼が自分を真に主として認めるのであれば、その改造などという驕った手段を決して取らないだろうという予想があった。

その予想を覆したのは一体何であるか？　そのことを知りたかったのだ。

答えは、拓斗の予想だにしなかったものだ。

「貴方さまのせいですぞ」

「僕？」

「吾輩が敬愛するイラ＝タクトがこの程度なのはあり得ない！　吾輩の知るイラ＝タクトはもっと偉大で、もっと素晴らしく、もっと知恵にあふれ、もっともっともっと悪意に満ちている！」

その言葉を聞き、拓斗は眉をひそめた。

根本的な理由がこの時点で分かったからだ。

「こんな小娘と乳繰《ちちく》り合っているような、そんな惰弱な存在ではない！　かような闇妖精に心を砕くような惰弱な存在ではない！　敵に後れを取り、英雄を失うような惰弱な存在ではない！」

その言葉に隣でことの成り行きを見守っていたアトゥが反応しようとする。

それを手で制すと、拓斗はヴィットーリオの怒りの籠もった独白をしかと聞き届ける。

「貴方の素晴らしさは！　貴方が持つ無限の叡智と力は、何よりもこのヴィットーリオが理解しているのです！　貴方さまはもっともっと素晴らしいお方だ！　こんなところで歩みを止めて良いお方ではない！」

ヴィットーリオは不満だったのだ。

自分の主が敵に後れを取ったことが。自分が認めし主が不甲斐ない姿を見せたことが。

彼は決して主を見捨てない。そのような下賤な思考は彼に存在していない。

だからこそ、彼は彼が望むままに、彼の主をより高みに上げる。

「ゆえに！　吾輩が本当のイラ＝タクトを顕現《けんげん》させてみせましょう！　吾輩こそがもっともイラ＝タクトを識《し》っている者！　この世界の誰よりも、イラ＝タクトという存在を愛している者！　だからこそ――」

ヴィットーリオは間違いなくイラ＝タクトの配下である。

その忠信は、いついかなる時も揺らぐことはない。

「貴方さまの全ては吾輩が用意しましょう。地位、力、配下、敵、全て全て、このヴィットーリオが準備しましょうぞ」

これこそが祝祭だ。

全ての過ちと失態を過去のものとし、本来のイラ＝タクトを降臨させる敬虔なる儀式。

真なるマイノグーラをこの地に広めるための祝福されし第一歩。

「さぁ、偉大なるプレイヤー、イラ＝タクト！

吾輩と一緒に、またあの頃と同じように！　今度は吾輩と世界征服を！　どうか！　それだけが吾輩の望みなのですぅぅぅ!!」

　ヴィットーリオは高らかに宣言する。

　その心には、栄光あるマイノグーラの繁栄と輝かしき主と自分の未来の情景が、まるでそこに存在するかのようにありありと描かれていた……。

「――うん。いいね。実に良い。だがその提案は却下としよう」

「……え？」

　拓斗の言葉に、ヴィットーリオは素っ頓狂《すっとんきょう》な声を上げた。

　彼は自らの主が何を言っているか分からなかった。

　いや、その言葉の意味は理解できる。だがなぜそのようなことを言い出すのか、全くもって理解できなかった。

「いや、本当。僕の知るヴィットーリオって感じだ。本音で語ってくれて、僕は嬉しいよ」

「なぜ……？」

　策士がなぜと問うのは愚かな行為だ。

　いわんや相手を誑かすためではなく、自分が理解できない状況について答えを求めるという行為は、己の敗北を認めることと同義である。

　ヴィットーリオとてそのようなことは当然に理解している。

　理解して尚、その言葉しかでてこなかった。

「おや？　僕がイエスと言うと思ったのかい？　まぁ確かにこの邪書ではヴィットーリオを最も信頼する配下と定義されているからね。彼の言葉だけに唯一耳を傾けると、そう書いてある」

　欲張りだね――。そのように付け加え、拓斗は薄く笑う。

　彼の言葉は真実だ。そしてヴィットーリオがここまで自信に満ちて彼の前で延々と演説を行った根拠でもある。

拓斗はヴィットーリオが創設したイラ教の信徒たちが生み出した認識の力でその意識を取り戻した。

それはすなわち邪書の設定が間違いなく《名も無き邪神》に通ったことを意味し、すなわちそれは記載どおり拓斗がヴィットーリオを第一の配下としその言葉を受け入れることを意味する。

それだけではない。ヴィットーリオはいくつもの策を用意してみせた。

イラ教という巨大な第二の国内勢力を用意することでマイノグーラの国力を大いに増大させたし、更には宗教という国家に囚われない支配手段も用意してみせた。

また結果論ではあるが日記の聖女という巨大な敵を用意し、今までの拓斗では戦力的に対応不可能な状況も作り上げた。

邪書が描く最強無敵のイラ＝タクトの存在を拒否することは、道理の面でも理解しがたい。

それ以前にイラ＝タクトが最も信頼する第一の配下であるヴィットーリオの作戦を否定することはあり得ないはずだ。そのように仕組んだ。

何か……大きな間違いをしている。

ヴィットーリオの瞳が揺れる。自らの作戦が土台から崩されるような、そんなあり得ない想像が彼の胸中を支配し始める。

「最初から違和感を抱いていたんだ。君のその振る舞いはとても好ましいものだけど、どこか遠慮があるんじゃ無いかって。君が僕の能力に不信感を得たように、僕も君の行動から似たような不信感を抱いていた」

拓斗が語る。

それはまるで彼がヴィットーリオの策を見抜いていたかのような物言いだ。

だがそれはおかしい。彼が目覚めた時点ですでに彼はヴィットーリオの理想とするイラ＝タクトへと変化し続けている。

舌禍の英雄を第一の腹心として考えているはずのイラ＝タクトにどうしてそのような思考ができようか？　だからこそ、前回謁見した時に汚泥のアトゥがその場にいなかったのではないか？　自分の腹心はヴィットーリオであると内外に知らしめるために……。

だが、ヴィットーリオの混乱をあざ笑うかのように、拓斗は実に軽やかに話を続ける。

それはまるで久しぶりにあった友人に近況を語るかのような気軽さだ。

「まぁ確かに僕は少々情けない作戦が多かったし、事態を舐めて失敗したこともあった。その点では君に落胆される部分はあったと思う。だから、少し僕の方でもいろいろと対策をとっていたんだ」

おかしい、おかしすぎる。

何か間違いが起きている。ヴィットーリオは頭を必死の勢いで回転させながら自ら今まで行ってきた行動をかえりみる。

だがどこにもミスは存在せず、何らしくじりは存在しない。

一体どこで自分は拓斗にその作戦を知られ、対策をとられたのか？　驚愕と衝撃、そして奇異なことにある種の喜びを感じながら、ヴィットーリオは主の言葉を待つ。

「――以前、君はセカンドプランは常に必要と言っていたね。覚えている？」

「え、ええ、もちろん。忘れておりませんぞ」

セカンドプラン。つまり代替手段だ。

あらゆる作戦には予想外の出来事が起きる。そのために様々な対策を練るのは策士の常。

ヴィットーリオが用意したのは代理教祖のヨナヨナ。

もっともヨナヨナはヴィットーリオが何らかの問題で行動できなくなった場合にイラ教をコントロールするためのものだが。

その意味では代理教祖という立場はヨナヨナを

正確に表したものだ。

　だが拓斗が言いたいのはヨナヨナの件ではないだろう。物事には予備が必要という手段の話だ。

　その意図はつまり――。

「そっか、良かった。ならこれで分かるはずだ」

　目の前の拓斗の姿がブレる。

　そこに現れたるは異形の赤子。《擬態》の能力を持つ、強力な拓斗の配下であった。

「確かに僕がイラ＝タクトとして《名も無き邪神》の力を使いすぎたことによってこの問題は引き起こされた。君の作戦も実に見事と言わざるを得ない。ただ僕はこの問題に対して、何も考え無しだったわけじゃない。一応、対策はしていたんだよ」

　赤子の口から拓斗の言葉が漏れる。

《擬態》を見破るにはそれに見合った能力が必要だ。ヴィットーリオも似た能力を有しているが、残念ながら見破ることに関しては専門外だ。

　全く予想だにしていなかったと言えば嘘になるが……その意図がいまいち見えない。

「で、《出来損ない》!!　模倣能力と念話で演じていたのですか！　しかし、なぜ!?　――まさかっ!!」

　記憶を呼び起こす。

　前回の謁見の際に、自分はなんと言ったのか？

　その相手は本当にイラ＝タクトだったのか？

　あの擬態能力を有す赤子の化け物に忠誠を誓い、へつらいの言葉を述べたのだとしたら？　いや……だとしたら、前提が崩れる。

　偶像崇拝を禁じる教えに。イラ＝タクト以外を奉じてはならぬと言う絶対の教えに。

　神に対する認識の分散がなされ、解釈の余地が生まれる。

　それを自分がやってしまった。他ならぬイラ教の教祖である自分が！

「わ、吾輩を騙したのですか!?」

　その言葉に拓斗はふふと軽く笑う。

どこにいるのか分からないが、本物の彼はどこからかこちらの状況を常に監視しているのであろう。

確か拓斗の指導者としての能力はまだ戻っていなかったと聞いていたが、それも最初から嘘だったのだ。

してやられた。まんまと騙された。

「君との知恵比べはいつも僕をワクワクさせてくれる。懐かしいな、毎回君の企みを当てる度に手を叩いて喜んだものさ」

すでに状況は真逆のものとなっている。

ヴィットーリオの策は全て封じられ、拓斗の勝利が確定している。

舌禍の英雄に今から巻き返す手段は無いに等しい。相手の手段に全く見当がつかないのだ。

その状態で起死回生の手を打てるなどとは、さすがのヴィットーリオも甘い考えは抱いていなかった。

「しかし！　だとしても納得がいきませぬぞ！　吾輩が行った再定義は、貴方さまに確実に届いたはず！　でなければ今でもその身は意識を失ったまま！　このような策を打てるはずがない！　吾輩は！　貴方さまの唯一にして無二の信頼を置く腹心なのですぞ！」

「君が僕の意識喪失を《名も無き邪神》の能力ゆえのものだと推測したのは確かに正しい。破滅の王やマイノグーラの指導者と同様に、僕を構成する性質であると考えるのも間違ってはいない。ただ一つ勘違いしているのは、あくまでそれはイラ＝タクトの話であって、伊良拓斗の話ではないんだ」

その言葉でヴィットーリオは大きく息を呑んだ。

おおよその状況が把握できたのだ。だがそれは彼に大きな屈辱を与えるものだ。

拓斗の言葉が事実なら、ヴィットーリオはそれこそ最初から一人踊っていたに過ぎないのだから……。

「君ならもうすでにある程度理解しているんじゃないかな？　この世界がある種の多重構造になっていることを」

ゆっくりと頷く。

この世界に存在する者たちには絶対に越えられないある種の壁が存在することをヴィットーリオはおおよそだが理解していた。

例えばダークエルフたちのような世界に元からいる存在は、一般的にゲームのＮＰＣのような存在と同等もしくは下位にあると定義できる。

逆にプレイヤーなどの転生者は上位の存在であり、更に彼らをこの世界に呼び寄せたと思わしき神々は更に上位に位置している。

それらに決定的な区切りや見た目の違いがあるわけではないが、圧倒的な力の差として区別が可能であった。

「イラ＝タクトはあくまでも『Eternal Nations』における人格でしかない。そしてそれはより上位の存在である伊良拓斗の一部だ」

《名もなき邪神》はあくまで『Eternal Nations』世界一位プレイヤー、イラ＝タクトの一性質でしかない。

チェスのコマが指し手を攻撃できないように、下位の存在もまた上位の存在に直接影響を与えることは強い困難を伴う。

イラ＝タクトという存在が消え去ろうと、伊良拓斗という人間が消え去るわけではない。

特にそれが精神性や存在意義の話であるのならなおのこと……。

それが世界の法則だ。

「すなわち、初めからイラ＝タクトが《名も無き邪神》の力によって人格を失おうとも、僕への影響はなかったんだ」

伊良拓斗はこの世界に転生者としてやってきてから常に『Eternal Nations』のプレイヤーとし

て振る舞ってきた。それがマイノグーラの指導者であり、《破滅の王》であり、《名も無き邪神》だ。

だが彼の本質はあくまで伊良拓斗である。最も愛するお気に入りのキャラクターとともに、数々のプレイをクリアした若くして死したゲーム好きの男子。

それが拓斗という人間であり、揺るぎ難い本質だ。

「ただまぁ……長く指導者として過ごしてきたせいか、少しばかり気付けは必要だったけどね」

拓斗が自身を喪失したのは、実のところゲーム酔いのようなものだった。

ゲームにのめり込むあまり、ゲームの人物と自分を混同する。ショッキングな映画を見て発作を起こす人間がいるように、拓斗もまたイラ＝タクトという概念の影響を受けて一時的に《名も無き邪神》の性質に引っ張られることとなった。

だが……それすらも拓斗の中では想定内の出来事だ。

そして解決法は一つ。

「例えばそう……最も信頼する、幾万ものゲームプレイを繰り返して僕のことをよく知ってくれている子が――伊良拓斗との思い出をずっと語りかけて、僕が誰かを思い出させてくれる。とかね？」

彼の側《そば》にアトゥがいること。

アトゥが床に臥《ふ》せる自分に思い出を語ってくれることによって、自己の本質を呼び起こしイラ＝タクトの呪縛から解き放つ。

まるでメルヘンチックなおとぎ話のような話ではあったが、拓斗の予想どおり実に素早く復帰することが可能となった。

もちろん、アトゥがそのようにしてくれる保証は高い確率で存在する。

なぜなら自分が反対の立場ならそうするから。

拓斗が復活したのはヴィットーリオの策によるものではない。偶然タイミングが合っただけで、本当はアトゥの献身によるものだったのだ。

アトゥが窮地に陥れば拓斗が助け、拓斗が窮地に陥ればアトゥが助ける。

気恥ずかしくて言葉にはしないが、絶大な信頼がそこにはあった。

「あらゆる者を超える知謀を持ち、全てを操り嘲笑する者。だがそれは一度も騙されたことがないということでもある」

コツコツ、と足音がする。

ドアがギィと開き誰かが入室してくるが、茫然自失のヴィットーリオには振り返る気力すら残されていない。

「えてしてそういう者こそ、思わぬところで容易に足を掬《すく》われる。自分は騙されることはないという自負が、驕りとなって自らを殺すんだ」

これを驕りと言って良いのだろうか？　最初からすでに敗北が決定していた。自分が呼び出される前からすでに策はなっており、完璧なまでにその準備が整えられていた。

これを巻き返すなどヴィットーリオとて不可能に近い。

過去を変えられないように、完成された復活劇に付け入る隙などないのだから。

「そうだね。分かりやすく結論を述べよう」

背後から、声がした。

ああ、これだ。この声だ。

ヴィットーリオを唯一コントロールし、手のひらで踊らせて見せるその妙技。

あらゆる知識を蓄え、その知謀によって全てを嘲笑う舌禍の英雄を御して見せる者。

「——最初から、アトゥさえいれば全て解決するよう仕組んでいた」

ぽんと、背後から肩に手を置かれる。

ヴィットーリオの瞳から涙が流れた。

待ち望んだ主が目の前にいることが何よりも嬉しいと、やはり自らの信じた主は彼の信じたとおりに偉大な存在であったと。

ああ、早く、早く言ってくれ。

自分に敗北の屈辱を味わわせてくれ。

「君はセカンドプランだよヴィットーリオ。どうやら出番はなかったみたいだけどね」

正面にやってきた拓斗の視線が、ヴィットーリオに合わされる。

優しく言い聞かされた言葉が何よりも尊い。

初めて相対する主から聞かされる言葉。

敗北の味は、ヴィットーリオを何よりも強く強く狂わせたのであった。

第十七話　流転

舌禍の英雄。《破滅の王》に敗れる。

否――最初から勝負にはなっていなかったのだ。

拓斗はアトゥが彼を召喚するはるか以前より此度の流れを予測し、その対策をとっていた。

アトゥが拓斗のあり方を呼び起こし意識を取り戻せば良し、焦《じ》れてヴィットーリオに助けを求めてもまた良し。

どのように転んでも最初から拓斗の勝利に揺るぎはない。

『Eternal Nations』においてイラ＝タクトこそがもっともヴィットーリオを上手に扱えるとするその評価はなんら誇張のない純然たる事実だった。

「た、拓斗さまぁぁぁ!!」

先ほどまで置物と化していたアトゥが拓斗にタッと駆けよりその身に抱きつく。

突然のことに少し驚いた拓斗であったが、平静を装うことができたのは成長の証しだろうか。

「わ、私は感動しておりますぅぅぅ！」

だがそんな拓斗が抱く内心の動揺とは裏腹にアトゥは感動しっぱなしだ。

あれほど華麗にヴィットーリオを打ち負かしてみせたのだ。

憎きライバルを打ち負かす爽快感もさることながら、拓斗が常に自分を選んでいてくれたという事実が彼女を幸福の絶頂に誘《いざな》う。

「しゅごい！　拓斗さましゅごい！　これほどまで華麗にあのヴィットーリオの策を見抜いて打ち砕くとは！　私感激です！」

ちなみに拓斗はアトゥに抱きつかれてカチコチである。

平静を装うことはできたが、所詮拓斗ではここまで。特に気の利いたことを言うでもなくただテンションが最高潮に達した愛おしい腹心にされるがままになっている。

「でもどうして私に説明してくださらなかったのですか？　私は、私は本当に拓斗さまがいなくなるんじゃないかってこれほどまでに心配したのにっ！」

「いや、ちゃんと説明したけど全然理解してなかったよねアトゥ」

「………………拓斗さまぁぁぁぁ!!」

誤魔化したな……。

ギュッと抱きつかれながら、冷や汗をかく。

確かに拓斗は早い段階でアトゥにこの作戦のことを伝えていた。

それは彼女があまりにも心配するからであり、加えて彼女が勘違いで暴走せずに協力を得るという理由があったからだ。

だがこの態度を見る限りあまり分かっていなかった様子。

アトゥはもともとこのような謀《はか》りごとをする英雄ではないし、する必要もないので仕方ないとは言えるが、もう少し自分の話を理解しようと努めてくれればと拓斗は少しばかり困ってしまう。

だが当の本人はそんなことどこ吹く風。

敵に奪われた自分を敬愛する主が奪い返してくれた上に、その後のトラブルも全て彼の手のひらの上で解決してしまったのだ。

彼女が有頂天になるのも致し方ないと言えよう。

とは言え、少々浮かれすぎの嫌いはあったが……。

「ふっふっふ！　しかしこれで分かりましたね。拓斗さまの腹心はやはりこの私！　お前程度では私と拓斗さまの間に入り込むことはできないのですよヴィットーリオ！」

アトゥによる勝利宣言。

一体彼女が何をしたのかという疑問はあったが、とりあえず勝利宣言はしなければいけないようだ。

自ら敬愛する主を取られまいとするいささか子供じみた感情でもって、アトゥはもはやお前の出る幕はないとヴィットーリオに現実を突きつける。

そして圧倒的な敗北を喫した舌禍の英雄はというと……。

「おぎゃああああ！」

突然大きな叫び声をあげながらその場でごろごろと転がり始めた。

「えっ、ええ……」

突然の奇行に思わず引いてしまう拓斗とアトゥ。

仲良く抱き合いながらまるで仲睦まじい夫婦のように同じ反応を見せる二人の態度にヴィットーリオは更に叫び声を上げる。

「目の前で繰り広げられる唐突な寝取られ！　吾輩の脳が破壊されるぅぅぅ！」

「いや、寝取られも何も、最初から始まってないんだけど……」

「わきまえなさい！　わきまえなさい！」

ヴィットーリオの中では敬愛する主が突如どこその馬の骨とも知らない小娘に寝取られたということであろう。拓斗もアトゥも全力で否定しているが、言い聞かせて受け入れるようでは舌禍の英雄などとは呼ばれていない。

相変わらず二人に向かって怨嗟の声を上げつつ、如何《いか》に寝取られが人の心を破壊するかを言って聞かせているヴィットーリオであったが、当の二人はそんな話は一切聞いていなかった。

「あ、あとアトゥ。その……ちょっと近いかも」

「あっ！　ご、ごめんなさい！　その、拓斗さまが私のことを想ってくれていたと思ったらつい……」

「う、うん。僕も改めてありがとう。その……アトゥがずっと僕の看病をしてくれていたから、あれだけ早く戻ってこられたんだ」

「お、お慕いしていますから……」

「え、えっと」

「わーっ！　わーっ！　今の無し！　今の無しです拓斗さま！」

ようやくお互い抱き合っていることに気づいたのか。

顔を真っ赤にして離れる二人。どうやら二人の世界にはすでにヴィットーリオは存在していないらしい。

ヴィットーリオの話を聞いていたら永遠に終わらないので放っておこう——。

拓斗とアトゥの判断は奇《く》しくも同じもので、ある意味でそれが正解と言える。

無論目の前で主を取られた哀れな英雄の怒りは収まらない。

「くそがぁっ！　付き合いたての中学生みたいな甘酸っぱいラブコメしやがってぇ……。吾輩がこの作戦にどれだけ心血を注いだか知っていてそんな仕打ちをするのですかぁっ！」

「つ、つきあい……！　ま、まぁっ！　私と拓斗さまはとーっても仲良しですからっ！　最初からハッピーエンドは決まっていたのですよ！　セカンドプランは身のほどをわきまえて、以後私の視界に入らないところでマイノグーラに献身するように！　ねーっ！　拓斗さまーっ！」

「そ、そうだねアトゥ」

「えへへーっ！」

アトゥは天然であった。拓斗への想いが溢れ、本心で彼への思慕を表明しているだけに過ぎないのだが、それがとことんヴィットーリオの神経を逆なでする。

滅多なことでは本心から怒りをあらわにしないヴィットーリオではあったが、これだけは割と真剣に頭に来ていた。

そういう意味では、きっとアトゥとヴィットーリオは犬猿の仲で永遠のライバルなのであろう。

水と油という表現が正《まさ》しく似合う関係性だった。

「正ヒロイン気取りかぁっ!?　まだレースは終わってないですぞぉっ！」

「いや、何で貴方がヒロインレースに乗ってる前提なんですか？　無いに決まってるでしょ！」

「うるさぁぁぁいっ!!　吾輩は諦めませんぞ偉大なる神イラ＝タクトよ！　いつかそこの頭お花畑恋愛脳を蹴落とし、神の伴侶としてドジっ子ウサ耳美少女になってみせましょう！」

「その話……まだ続いていたんだ」

　拓斗も呆れ顔だ。

　彼の策が決まっていたら今頃ドジっ子ウサ耳美少女になったヴィットーリオを最愛の配下として世界征服を始める最強無敵のイラ＝タクトが爆誕していたところだ。

　本人はあらゆる手段をもって本当に伴侶としてふさわしく変身してくるだろうが、元がヴィットーリオなので嫌悪感がすさまじい。

　きっとその世界ではアトゥも【宮殿】から追い出され、道端で哀れに物乞いをする運命が待っているのだろう。

　最悪極まりないとはまさにこのことだ。無事彼の企みを挫《くじ》くことができて本当に良かった。

「吾輩諦めない！　諦めなければ夢は叶う！　ネバーギブアップ、ネバギブですぞ吾輩っ！」

「諦めなさい！　もうチャンスはないのです！　私と拓斗さまの勝ちです！　試合終了！　ゲームセット！」

　ぎゃーぎゃーと、二人の英雄が実にくだらないことで言い争いを始める。

　しかし……ともあれこれで一段落ついたと言えよう。

　ヴィットーリオに対して本当の意味で支配者としての格を見せつけたし、自分の力も取り戻せた。

　アトゥも変わらず自分の側《そば》にいるし、国家の運営も手を加えるところが多けれどなんとか軌道に乗りつつある。

　ヴィットーリオのやらかしで聖なる軍勢が更に力をつける結果となったが、まぁそれも不可抗力だ。難易度は高い方がやりがいがある。

《イラ教》という面白い組織もできたことだし、これからますますやることできることは増えていくだろう。

　目的は忘れていない。《次元上昇勝利《アセンションヴィクトリー》》を得て失った全てを取り戻すという目的は、拓斗に慢心の二文字を与えずに歩みを進ませる。

「まぁ……ヴィットーリオがいてくれるのは頼もしいよ。これからも僕のためにその知恵を貸してくれ。お遊びは……ほどほどに」

「んんんんっ！　無論、もちろん、イエッサー！《幸福なる舌禍ヴィットーリオ》！　今までも、そしてこれからも御身のためだけに、我が全てを捧げましょうぞぉぉ！」

　これにて此度のいざこざは無事終幕。

　すでに指導者としての権能によってアムリタで起こった戦闘と、イラ教の信徒たちが退却したセルドーチの状況は把握している。

　エルフール姉妹を戻したりヨナヨナに新たな指令を出したりと部隊の再編は必要だが、全体を見れば国土を増やす結果となっており成果は上々だろう。

　まぁ急激に支配地域が増えたことでまた皆には書類仕事に奔走してもらわなければならないが、もはやそのあたりは逃れられぬ宿命なのかもしれない。

　思えば、こうやって腰を落ち着けて戦略を練るのも久しぶりだ。

　ヴィットーリオを加えた次なる戦略を考えるのが、楽しみでならなかった。

「というわけで、早速吾輩は次なる作戦をば……」

　無論、ヴィットーリオが話を聞くはずはないので、ある程度の釘刺しは必要だ。

忠誠の言葉を述べた側から暗躍しようとする舌禍の英雄に、拓斗は分かっているなとばかりに忠告する。

「その前に、ちゃんと皆に説明はしておくように」

「はて、みんなとは？」

「ヨナヨナとエルフール姉妹だよ」

「………………やっべ」

本人もすっかり忘れていたのだろう。それとも興味がなかったか。

彼は自分の死を偽装して《日記の聖女》から逃走している。

しかもそのまま放置して、自分の復活能力とその無事を仲間に伝えていないのだ。

彼女たちがどのような感情を抱いていたかは拓斗とて分からないが、表面上の態度を見る限りでも相当の折檻《せっかん》があると思われた。

「まぁ、身から出た錆《さび》さ。仕置きは覚悟しておくように。それに君は死なないし、何されても問題ないだろ――」

ニヤリと笑って見せる。

まぁ散々周りに迷惑をかけてきたのだから、この程度のことは当然として受け入れるべきだ。

いい気味だという思いが少なからず存在することを理解しながら、拓斗は自らの英雄にそう言い伝える。

そんな、主従の会話が終わりに入ろうとする時だった。

『あっ、あー。テステスー。聞こえているかしら』

「「――っ!?」」

突如、世界に轟くかのような巨大な声が辺り一面に響いた。

すぐさまその出処を探そうと臨戦態勢に入る三人。

いち早く気配と音の発生源に気付いたのはアトゥだった。

「拓斗さまっ！　外です！」

慌てて外に出る。

予想外の出来事に三人とも険しい表情をしているが、この世界において予想外は日常茶飯事。

この程度で心が揺らいでいては勝利など遠い彼方だ。驚きはすれども動揺はなかった。

だが……。

『イドラギィア大陸にお住まいの皆さんごきげんよう。皆さんのエッチなおかず、サキュバスのヴァギアお姉さんよん♡』

空一面に映る巨大な半裸の痴女を見ては、その前提も覆る。

「何ですかあの痴女は……」

アトゥの呆れた声に思わず同意。

天をつこうかと思われるほどの巨体。うっすらと背後の景色が見えているところを見ると何らかの魔術的な技術による幻影なのであろう。

漫画やゲームなどでたまに見る悪役の演出に似ているが、そこに映されるのが目に毒な妖艶な美女となれば流石の拓斗も判断に困る。

「エ、エル＝ナーの魔女か。動きは無かったはずなのに、いきなり大胆な行動にでるなぁ」

視線はこちらに向いていない。すなわち自分たちだけに向けたものではない。

おそらく大陸全土に向けた放送のようなものなのだろう。

事実彼女の口から語られた内容は、その推測を肯定するようなものであった。

『この世界にいる全てのプレイヤー、組織、国家に提案するわん♡　皆思うところはあるかもしれないけど、互いを知らないままに争うなんてナンセンス！　ここは一旦休戦して平和的な話し合いをしない♡　そのための用意がこの魔女ヴァギアにはあるわぁん♡』

拓斗はすでにテーブルトークＲＰＧ勢のプレイヤーを撃退している。

その衝突は突発的なものだったたし、その結果もまた中途半端なものだった。

こちら側が世界征服を狙っているとは言え、テーブルトークＲＰＧ勢の目的はあまりにも不明だったたし、それこそエル＝ナーやその地を支配した魔女の目的も不明である。

結局こちら側がやることは変わらないのだとしても、相手がどのような考えを持っているかを知ることは悪くないように思えた。

特に……この世界には自分たちを呼び寄せた神々が存在する。

それらの意図を知るという観点でも、興味深い提案だ。

『各組織には後ほど使者を遣わせるわ♡　ではこの《拡大の神》の使徒たる魔女ヴァギアの名において、各々《おのおの》方の列席を楽しみにしているわよ～ん♡』

言いたいことだけ言って消えた。

使者を送るということはある程度こちらの情報も割れているということだろう。

エル＝ナーの魔女。すなわちサキュバスの軍勢と魔女ヴァギアの存在についてはほとんどと言って良いほど情報がない。

クオリアやレネアとの争いに気を取られていたとは言え、情報面では一歩先を行かれていることが確実だ。

「拓斗さま、これは一体……」

困惑した様子でアトゥが尋ねる。

せっかく少しは落ち着けると思ったのにまた面倒事が起きるのか？　という言外の不満があふれている。

拓斗としてもそれには同意だった。

クオリアとの国境を強化して引きこもりながら国力を増加させる予定が、出鼻からくじかれた気持ちになる。

とは言え……動き出した世界は待ってくれない。

「うーん……」

「ついに動き出したって感じでございますなぁ」

さしものヴィットーリオも呆れた様子だ。

彼もある意味で派手好きではあるが、その上を行かれる演出に思うところがあったのだろう。

変な対抗心を覚えてくれなければ良いがと思う拓斗であったが、その保証がどこにもないことを彼自身よく理解していた。

そして、運命の流転は彼らを待ってはくれない。

「ん？」

わずかな予兆が拓斗の脳裏を駆け、次いでそれは通達される。

WORLD MESSAGE

プレイヤー鬼剛雅人《きごうまさと》および《無価値の魔女ムニン》の消滅が確認されました。

《《明白の神》》は敗北となり本遊戯から退場となります。

残るプレイヤーの奮戦を、遊戯管理者《《盤上の神》》は心より応援しております。

OK

ここに来てシステムメッセージ。

しかもこれはおそらくこの世界で行われている争いそのものに関するものだ。

加えて神と来た……。

「こりゃあ忙しくなりそうだ……」

情報の奔流に溺れそうになりながら、世界の挑戦に対して拓斗は薄く笑うのであった。

あとがき

鹿角フェフです。

『異世界黙示録マイノグーラ』六巻のご購入ありがとうございます。

このご挨拶ももう六回目となると、なんだか感慨深いものがあります。

皆さんも鹿角フェフの挨拶を六回も読みたくはないと思いますが、どうぞ今回もお付き合いくださいませ。なお個人的な意欲としてはあと九四回くらいはやりたいですね。


さてさて、今回の六巻では新規登場のキャラクターが沢山出てきます。

もちろんどのキャラも丹精込めて設定と性格を練り上げているのですが、その中でお気に入りをと言われるとやはり《幸福なる舌禍ヴィットーリオ》が一番に思いつきます。

マイノグーラに召喚される新たな英雄。『Eternal Nations』史上最低最悪と言われる強烈な個性。なかなか魅力的にできたのではないかと。皆さんはいかがでしょうか？

また今回の書籍版では各種小説投稿サイトにて掲載しているWEB版よりも大幅に再構成＋ブラッシュアップをはかっています。

全体的にスリムになりましたが、その反面物語の要点や情報が整理され、より話の流れを楽しめるようになっていると自負してます。お気に召していただければ幸いです。

そういえば、皆さんはアンケート特典のＳＳ等はお読みいただいているでしょうか？

本誌奥付欄にありますＱＲコードからアンケートを答える事によって特典ＳＳを読むことができます。

結構ボリュームあるので皆さんそちらも本編と一緒に是非お楽しみ下さい。

そうそう、宣伝になりますが緑華野菜子先生の描くコミカライズ版『マイノグーラ04』が２０２３年2月に発売となっております。

まだお読みでない方。書籍版と合わせてコミカライズ版もよろしくおねがいします。

現在コミカライズ版はちょうど原作三巻の終盤。つまりイスラにまつわる重大な出来事のシーン。

緑華先生が描く悲劇に僕もはじめて読んだ時は感動しっぱなしでした。

というか今も感動しっぱなしです。この感動と興奮を皆様にも。


というわけで紙幅もちょうど良い塩梅《あんばい》となりました。

恒例、謝辞のコーナーです。（お便りコーナー的なノリで）

イラストレータのじゅん様、ＧＣノベルズ編集部ならびに担当の川口さん。

校閲様、デザイン会社様、その他ご協力いただいている様々な方。そして読者の皆様。

今回もありがとうございました。次も、その次も、そして九四回後も、お目にかかれることを楽しみにしております。

6巻発売、おめでとうございます!。
Jun

GC NOVELS

Mynoghra the Apocalypsis
-World conquest by Civilization of Ruin- 06

異世界黙示録マイノグーラ
〜破滅の文明で始める世界征服〜 06

2023年5月6日　初版発行

著者　鹿角フェフ
イラスト　じゅん
発行人　子安喜美子
編集　川口祐清
装丁　伸童舎株式会社
本文組版　STUDIO 恋球
印刷所　株式会社平河工業社
発行　株式会社マイクロマガジン社
〒104-0041
東京都中央区新富1-3-7　ヨドコウビル
TEL 03-3206-1641 FAX 03-3551-1208（販売部）
TEL 03-3551-9563 FAX 03-3551-9565（編集部）
URL:https://micromagazine.co.jp/

ISBN978-4-86716-420-4
C0093

本書は小説投稿サイト「小説家になろう」（https://syosetu.com/）に
掲載されていたものを、加筆の上書籍化したものです。

ファンレター、作品のご感想をお待ちしています！

【宛先】
〒104-0041
東京都中央区新富1-3-7　ヨドコウビル
株式会社マイクロマガジン社 GCノベルズ編集部
「鹿角フェフ先生」係
「じゅん先生」係

■ご協力いただいた方全員に、書き下ろし特典をプレゼント！
■スマートフォンにも対応しています（一部対応していない機種もあります）。
■サイトへのアクセス、登録・メール送信の際の通信費はご負担ください。